책을 뒤쫓는 소년

창비청소년문고 30

책을 뒤쫓는 소년

초판 1쇄 발행 • 2018년 7월 6일
초판 3쇄 발행 • 2020년 4월 9일

지은이 • 설흔
펴낸이 • 강일우
책임편집 • 김선아
조판 • 신혜원
펴낸곳 • (주)창비
등록 • 1986년 8월 5일 제85호
주소 • 10881 경기도 파주시 회동길 184
전화 • 031-955-3333
팩시밀리 • 영업 031-955-3399 편집 031-955-3400
홈페이지 • www.changbi.com
전자우편 • ya@changbi.com

ⓒ 설흔 2018
ISBN 978-89-364-5230-8 43810

책을 뒤쫓는 소년

설흔 지음

창비

일러두기

* 이 책에 등장하는 책 제목 중 이야기 속 가상의 책 제목은 겹화살괄호(≪ ≫)로, 실제로 존재하는 책 제목은 겹낫표(『 』)로 구분해 표기하였습니다.

차례

일주일 전

헌 책 방

그 뒤 나는 꼬박 2주 동안,
군밤 봉투로 쓰일 운명이었던 종이들을 해체해
원래 형태로 복원하는 일에 매달렸다.

군밤 봉투를 순서대로 엮자,
옛이야기가 담긴 책 한 권이 내 앞에 나타났다.
《책을 씨와 섭구 씨의 기이한 책 여행》이라는 책이었ᄃ

1장 / 섭구 씨와의 만남

문고리를 단단히 걸고 빗장까지 굳게 질러 빈틈없이 잠갔던 문이 백기 투항하듯 맥없이 열렸다. 벌어진 문틈으로 햇살과 바람이 점령군처럼 어깨를 다투며 밀고 들어왔다. 껑충하니 키 큰 햇살은 핼쑥했고 검은 얼굴에 광대뼈가 툭 튀어나온 바람은 광포했다. 햇살과 바람에 특별한 감각을 느낄 틈도 없이 달고 상큼한 감귤 향이 뒤를 잇더니 요란한 인기척 또한 달음박질 경주하듯 곧바로 따라붙었다. 자연과 사람의 예고 없는 침입에도 나는 놀라지 않았다. 오랜 세월 할아버지의 유일한 안식처였던 서재는 이미 난장판이었으니까. 무너지고 부서지고 깨진 공간에, 뒤늦게 도착한 자연과 사람의 폭력이 새로 더해진다고 한들 더 이상 허물어질 건 전혀 없으니까.

서너 시간 전 까마귀 넷이 쳐들어왔다. 어쩌면 일고여덟 시간

전, 아니 한두 시간 전일 수도 있겠고 어제, 혹은 십오 분 전일 수도 있겠다. 제국의 국민인 내가 태어나면서부터 본능과 상식으로 지니고 살았던 시간관념은 서재와 함께 무너져 내렸다. 지금 나는 시간의 객관적인 흐름에서 열외가 되었다. 폐허의 서재에서 보낸 시간이 도대체 얼마인지 내 헝클어진 감각으로 온전히 파악하기란 불가능했다. 수평선처럼 끝도 없이 길고 길어서 영원 같기도 했고, 어린 개가 햇살 아래에서 눈 깜빡이는 시간보다도 짧고 짧아서 찰나 같기도 했다.

까마귀들의 침입부터 말하는 것이 좋겠다. 까마귀는 제국 포도청의 관원이다. 벙거지도 검고 융복도 검고 가죽신도 검고 몽둥이도 검기에 사람들은 그들을 까마귀라 불렀다. 직접 겪고 보니 그들은 언어도 검었고 마음도 검었다. 까마귀들은 저잣거리를 누비는 불량배들이나 입에 달고 다닐 법한 지저분하고 상스러운 욕을 여름날 소나기처럼 빠르고 강하게 쏟아부으며, 서재에 머물던 할아버지를 밖으로 끌어냈다. 까마귀 1은 그때까지도 할아버지가 들고 있던 『논어』를 빼앗아 흙바닥에 내동댕이쳤고, 까마귀 2는 두툼한 오랏줄로 할아버지의 손을 묶었고, 까마귀 3은 편지 붓을 들어 할아버지의 주름 많은 이마에 대역 죄인이라는 단어를 썼고, 까마귀 4는 두 손으로 영장을 빳빳하게 펼쳐 할아버지의 죄목을 읽었다. 달리 도리가 없어 따로 서술했지만 사실 까마귀 1부터 4는 내가 길게 쓴 문장을 거의 동시에 처리했다. 까마귀들의 동작엔 군더

더기가 전혀 없었다. 만약 그들이 체포한 피의자가 내 할아버지가 아니었다면? 일이 벌어지기 전까지 방에 누워 왼쪽으로 한 번 오른쪽으로 한 번 번갈아 뒹굴며 달콤 씁쓸한 망상에 잠겼다가 천지가 무너지는 요란한 소리에 화들짝 놀라 마루로 뛰쳐나왔던 나는 포도청 관원다운 그들의 깔끔한 일 처리에 감탄한 나머지 모자란 놈처럼 입을 헤벌쭉거리며 웃었을지도 모르겠다. 그러나 서리가 내린다는 상강도 이미 지난 지 오래, 겨울의 문턱인 입동이 코앞인 늦가을 차가운 흙바닥에 허약한 무릎이 꿇린 이는 다른 이가 아니라 내 하나뿐인 가족, 할아버지였다. 서슬 퍼런 위세에 눌려 다가가지도 못하고 애꿎은 입술만 연달아 깨물어 금속성 피 맛을 보던 나는 까마귀 4의 시궁창처럼 검은 목소리만큼은 똑똑히 알아들었다. "제국의 풍속을 문란하게 만드는 유언비어를 날조해 사방팔방에 퍼뜨린 죄."

유언비어? 이 단어를 문자 그대로 풀어 볼까? 까불거리는 어린 물고기도 아닌데 낄 데 못 낄 데 가리지 못하고 이리저리 꼬리를 흔들고 다니면서 흙탕물을 일으키고, 날개도 제대로 자라지 않은 철부지 주제에 하늘을 마구 날아다니며 사고를 치는 말이라는 뜻이다. 말을 내뱉음에 있어 군자가 마땅히 갖추어야 할 절제를 잃은 채 세상을 더럽히고 어지럽힌다는 의미다. 하루 종일 서재에 틀어박혀 홀로 책을 읽거나 쓰며 소일하는 할아버지에겐 전혀 어울리지 않는 죄목이었다. 계절이 가을로 접어들면서부터 할아버지는 아예 바깥출입을 접었다. 아버지가 열병으로 세상을 떠난 후 할아버지를 찾아온 손님은 단 한 명도 없었으니 유일한 식구인 나와 밥을 먹으며 중요하지도 않은 말 몇 마디를 반찬 삼아 흘리거나 서재에서 책을 읽으며 혼자 흥얼거리고 감탄하고 웃는 것 말고는 아예 입도 열지 않는 날이 대부분이었는데 도대체 누구에게 말을 흘리고 날린다는 것일까? 설마 낮말을 듣는다는 새와 밤말을 듣는다는 쥐를 매수해서 증인으로 삼은 건 아니겠지. 까마귀들에게 불가능은 없다지만 아무리 그래도 그건 좀 아니다.

책을 읽고 쓰는 행위 자체를 문제 삼았을 가능성도 생각해 볼 수 있겠다. 역사서를 살펴보면 알 수 있듯 제국에서 일어난 무수한 반역이 서재, 그리고 책과 함께 탄생한 건 제국 서당에서 이제 처음 『맹자』 공부를 시작한 소년조차 알 수 있는 명명백백한 사실이니까. 그러나 할아버지 서재의 책장을 빽빽하게 채운 건 제국 안 어느 책방에나 다 있는 것들, 즉 제국이 읽어도 좋다고 공인하고 장려한 책들뿐이다. 『논어』, 『맹자』, 『주역』, 『대학』, 『퇴계집』, 『율곡집』, 『송자대전』 등으로 이어지는 지루한 목록은 제목을 소리 내서 읽는 것만으로도 긴 하품을 유발하기에 부족함이 없었다. 할아버지의 할아버지, 즉 내 고조부가 붓으로 직접 써서 만든 필사본이 서재 구석 오동나무 서랍장 깊숙이 보관되어 있기는 했다. 하지만 그 책으로 말할 것 같으면 박식하고 현명하기로 유명했던 제국의 22대 황제가 소문을 듣고 빌려 읽은 후 세상에 이런 훌륭한 책이 있었다니, 하고 남보다 배는 두툼한 이마를 주먹으로 세게 치며 감탄했다는 전설을 휘장 삼아 두르고 있는 보물 중의 보물이었으니 풍속의 문란과는 거리가 멀어도 한참 멀었다. 유난히 겸손했던 고조부의 외고집만 아니었다면 이미 출판을 하고도 남았을 책이고, 그랬다면 제국이 적극 추천하는 책에만 주어지는, 배꽃 문양이 줄줄이 박힌 금박 띠지도 두세 줄은 어렵지 않게 달았을 게 분명하다.

할아버지가 쓰던 책에 대해 말해 볼까? 길게 말할 것도 없다. 그건 허무맹랑하고 잡스러운 이야기 모음집일 뿐이니까. 예를 들어 보겠다. 할아버지는 이수광의 『지봉유설』에서 김용택의 사연을 찾아내 자신의 책에 옮겨 적었다. 김용택은 검고 풍성한 수염을 자랑으로 삼았는데 나이가 들면서 수염이 희어져서 고민이었다. 그런 그에게 명나라에서 온 장군이 (아마 수염은 온통 검었겠지.) 검은 통에 든 약수를 건네며 귓속말을 했다. 이 약수를 사용하면 수염이 검게 변하오. 단 주의 사항이 하나 있소. 약수를 쓸 땐 주위를 어둡게 해야 하오. 민감하고 예민한 약이라 안 그러면 효과가 전혀 없지. 김용택은 집으로 돌아오자마자 방문을 닫았다. 하도 서두른 까닭에 아직 해거름 전이라 김용택은 눈을 질끈 감기로 했다. 주위 대신 스스로를 어둡게 만드는 편법을 쓴 것이다. 김용택은 손을 더듬거려 약수로 수염을 씻었다. 온 정성을 다해 한참을 씻고 또 씻다가 이만하면 됐겠지, 하고 눈을 뜨고는 서둘러 거울을 들었다.

김용택은 깜짝 놀랐다. 수염은 검어지는 대신 푸르게 변했다. 약수가 아니라 염색 물감이었던 것. 명나라 장군은 은인이 아니라 장난꾼이었던 것. 혼자서 요란을 떨던 남편의 모습이 궁금해서 슬며시 방으로 들어왔던 부인이 웃음을 터뜨렸다. 귀신이네, 귀신. 푸른 수염 귀신. 이에 김용택은 부끄럽고 화가 난 나머지 한동안 바깥출입을 전혀 하지 못했다는 이야기다.

'그림자가 없는 사람'이라는 항목은 또 어떤가? 노인의 자식, 귀신의 후손, 꿈속에서 잉태한 아이에겐 그림자가 없다는 것이다. 도무지 믿을 수 없는 황당무계한 내용이지만 양보하고 또 양보해 기운이 부족한 노인의 자식이야 뭐 그럴 수도 있다고 치자. (노인을 비하하려는 의도는 전혀 없다.) 하지만 세상에 귀신의 후손이 어디 있으며, 꿈속에서 아이를 잉태한 여인은 또 어디 있단 말인가? 지금은 고주몽이 알에서 태어나던 시대도 아니고 처용이 경주 거리를 활보하던 시대도 아니다. 강물처럼 남아도는 시간과, 중천의 뜨듯하고 무료한 햇살을 주체하지 못하는 노인들이 주막에서 대낮부터 막걸리를 퍼마시면서 나눌 법한 그렇고 그런 이야기일 뿐이다. 이런 이야기들이 미풍양속을 해친다면 지금도 여전히 책방에서 팔리고 있는 『지봉유설』은 당장 수거되어야 마땅하며, 대낮부터 막걸리 마시며 설을 푸는 노인이란 노인은 모조리 잡아넣어야 옳을 것이다.

변명과 반박은 내 머릿속에만 존재했다. 겉과 속이 온통 검은 일

사불란한 까마귀들 앞에서 나는 과묵한 대합이 되어 입을 꼭 다물었다. 순식간에 할아버지를 파렴치한 풍속범으로 만들어 버린 까마귀들은 할아버지의 서재에 있던 책들을 모조리 끄집어냈다. 그들은 여전히 신속하고 정확했다. 일을 시작한 지 얼마 되지도 않았는데 마당엔 이내 작은 산이 생겼다. 할아버지가 어어, 신음에 가까운 소리를 내며 몸을 일으키려 했다. 책으로 산을 만드는 일에 전념하던 까마귀 4는 머리 뒤에 눈이 달린 독수리처럼 빠르게 몸을 돌려 할아버지의 무릎을 몽둥이로 쳤고, 쓰러지는 할아버지를 부축하기 위해 달려간 내 머리엔 뒷발차기를 날렸다. 까마귀 한 마리를 넘지 못한 할아버지와 나는 흙바닥에 나란히 무릎을 꿇고 문자로 된 산이 불타는 모습을 지켜보았다. 크고 작은 불 화(火) 자가 좁은 마당을 가득 채웠다. 불의 기운이 뜨거워질수록 내 마음도 용광로처럼 후끈 달아올랐다. 이런 망할 놈들. 도대체 할아버지가 무슨 죄를 지었다고. 관절염에 시달리는 칠십 노인일 뿐인데.

갑작스레 닥친 대형 재난에 비해 이상할 정도로 평온하던 할아버지의 표정은 딱 한 번, 아주 조금 일그러졌다. 까마귀들이 고조부의 책을 찾아내 불속에 집어던졌던 바로 그때. 박식하고 현명한 황제가 (그 뒤로 지금까지 제국에 '현명한'이라는 수식어를 달 수 있는 황제는 더 이상 나타나지 않고 있다.) 처음부터 끝까지 꼼꼼히 읽고 칭찬했던 책, 당대의 내로라하는 선비들이 앞다퉈 빌려 가서 베꼈던 책, 오랜 세월 할아버지의 자랑이었던 책, 말수 적은 할

아버지가 다른 건 몰라도 이 책만큼은 꼭 읽으라고 밥상머리에서
만도 수십 번 넘게 권하고 권했던 책, 그럼에도 열일곱 소년의 오
묘하고 기묘한 반발심으로 내가 끝내 읽지 않았던 책. 이제 재로
변했으니 영원히 읽을 수 없겠지. 이런 제기랄. 내가 느닷없이 눈
물을 뚝뚝 흘렸던 이유는 이성에 비해 지나치게 비대해진 감정을
주체하지 못하는 어리석은 열일곱 소년이기 때문일 테고. 할아버
지는 너무 늦게 터진 내 참회의 눈물을 소리 없는 웃음으로 받았
다. 할아버지는 썩은 마늘 냄새가 나는 빈틈 많은 입을 내 귀에 대
고 귓속말을 했다. "괜찮다, 괜찮아. 잘 보관된 책은 절대 불타지
않거든."

　제일 먼저 든 생각은 할아버지가 실성했다는 것이었다. 시뻘겋
던 불 화 자가 짙은 회색빛 재 회(灰) 자로 변한 지 이미 오래였다.
며칠 남지 않은 가을의 살벌한 건조함 속에서 오래간만에 놀잇감
을 얻은 불은 제 능력을 넘어서는 기운을 무리하게 쓰다가 제풀에
지쳐 쓰러졌고, 불의 둘도 없는 친구인 바람은 이제 타고 남은 재
를 세상에 고루 뿌리는 일에 탐닉하는 중이었다. 그런데 책은 불
타지 않는다니, 미치지 않고서는 할 수 없는 말이었다. 불쌍한 할
아버지, 얼마나 놀라셨으면. 할아버지의 눈을 보았다. 얼굴은 웃고
있는데 눈은 울고 있었다. 할아버지가 언젠가 말씀하셨지. 아버지
가 그리우면 할아버지를 보라고. 아버지는 할아버지를 빼닮았다
면서. 할아버지의 얼굴은 왼쪽 눈이 오른쪽에 비해 눈에 띄게 작

은 데다가 끝이 아래로 처져서 왠지 우스꽝스럽고 슬프면서도 인자해 보였다. 나는 그 불균형한 눈을 통해 할아버지의 마음을 읽었다. 할아버지는 정신 줄을 놓은 게 아니었다. 너무 커서 감당할 수 없는 슬픔을 현실에선 불가능한 언어에 담아 이겨 내려는 것이다. 하긴, 할아버지는 그 어떤 경우에도 절망하지 않는 사람이었다. 하나뿐인 아들이 열병에 시달리다가 먼저 세상을 떠난 이후로도 책에 파묻혀 사는 걸로 마음을 다잡으며 결코 무너지지 않았으니까.

"너의 책이 시들어 가는 제국을 구원할 도구가……."

어쩌면 유언일 수도 있는 문장을 할아버지는 채 끝내지도 못했다. 까마귀 1이 할아버지를 거칠게 잡아 일으켰다. 까마귀 2가 포승줄로 할아버지의 허리를 꽁꽁 묶은 후 끝을 말아 쥐었다. 까마귀 3이 할아버지 머리에 검은 복면을 씌웠다. 뚫린 곳 없이 꽉 막힌 커다란 복면은 할아버지의 마른 어깨까지 다 가려 버렸다. 법 없이도 살 수 있는 선비 중의 선비를 대역 죄인의 몰골로 만들어 놓은 것이다. 까마귀 4는 나를 향해 검은 이빨을 드러내며 웃었다. 빠진 어금니에서 실실 새어 나오는 더러운 웃음 뒤로 문장 하나가 가래처럼 툭 튀어나왔다. 내일 다시 올 테니 집 안에서 꼼짝 말고 있어라. 까마귀는 웃음마저 검다는 것을 그 순간 깨달았다. 그 검은 웃음은 내 다리를 얼어붙게 만들었다. 나는 까마귀들이 할아버지를 질질 끌고 가는 걸 가만히 지켜보아야만 했다. 두 눈에선 눈물이 줄줄 흐르는데, 심장은 터질 듯 빠르게 뛰는데, 머리는 어서 뒤를 쫓으라고 내 어리석은 두개골이 부서지도록 쾅쾅 두드려 대며 큰 소리로 외치는데, 행동의 주체가 되어야 할 다리는 썩은 기둥으로 변해 버린 것처럼 꼼짝도 하지 않았다.

짓궂은 바람이 희롱하듯 불어왔다. 마른 흙먼지가 크게 일었다 가라앉았다. 바람은 내 인내력을 시험하듯 강도를 달리하며 몇 번을 더 불어왔고 그때마다 흙먼지가 텅 빈 집을 휘감고 돌았다. 나는 흙먼지를 먹는 줄도 모르고 입을 크게 벌린 채 할아버지가 사라진 쪽만을 보고 또 보았다. 코가 막히고 입안이 텁텁해져서 어쩔 수 없이 진득한 침을 뱉었을 땐 담장 너머로 기웃거리던 얼굴들과 그들이 나지막이 주고받던 소리도 모두 사라진 후였다. 무심하고 냉정한 이웃을 탓할 수는 없는 일이었다. 그들은 볼거리가 있기에 구경을 했고, 구경거리가 없어지자 다시 일상으로 돌아갔을 뿐이니까. 남의 일에 간섭하지 않는 건 중요한 불문율이니까. 불쌍하고 안타깝다고 쓸데없이 간섭하고 나섰다간 어떤 일이 벌어지는지 제국에서 나고 자라 잔뼈가 굵은 그들은 자기 손바닥의 손금 보듯 한 줄 한 줄 잘 알고 있으니까.

쉬지 않고 불던 바람이 지루한 듯 하품을 크게 하며 사라졌다. 늦가을의 쌀쌀하고 무심한 평온이 한 줄기 여린 햇살과 함께 슬며시 장마루에 걸터앉았을 때 나는 서재로 들어가 문고리를 걸었고, 부서진 책장 조각을 찾아 빗장을 질렀다.

진한 감귤 향을 따라 서재 안으로 쳐들어온 인기척이 목소리를 냈다. "개자식들, 철저하게도 부쉈네. 더럽고 집요하고 짜증 나는 놈들."

시간의 흐름도 잊었던 내가 고개를 들어 목소리의 주인을 쳐다본 이유는 오직 하나였다. 어투와 목소리가 전혀 어울리지 않았기 때문에. 함부로 욕을 내뱉는 껄렁껄렁한 어투로 볼 땐 까마귀나 깡패가 분명했다. 맑고 여린 목소리는 어린 여인의 것이었다. 내 눈은 후자의 손을 들어 주었다. 적게는 열네다섯, 많게는 열예닐곱으로 보이는 내 또래의 여인이 할아버지의 서재에 들어와 여기저기를 헤집고 다녔다. 빛깔 좋은 남색 치마에 자줏빛 삼회장저고리를 단정하게 입은 차림으로, 어느 사이엔가 바닥에서 집어 든 할아버지의 참나무 지팡이로 처참하게 무너지고 부서지고 깨진 서재 여기저기를 툭툭 건드리며 마치 제집인 양 자연스레 살피는 중이었다. 의문이 꼬리에 꼬리를 물고 이어졌다. 이 여인은 도대체 누구일까? 할아버지와는 무슨 관계일까? 서재에서 뭘 찾고 있는 걸까? 할아버지의 지팡이는 왜 들고 있지? 혹시…… 까마귀?

"까마귀는 아니니까 걱정은 차곡차곡 접어서 주머니에 넣어 둬. 생각해 보니 기분 참 나쁘네. 도대체 어딜 봐서 내가 까마귀 같니?" 여인은 내 마음을 읽기라도 한 것처럼 지팡이를 든 손을 크게 내저으며 말했다. 자신이 내뱉은 말이 우스웠는지 소매 끝으로 입을 가리고 호호 웃음을 지었다. 나는 웃지 않았다. 좁은 이마에 얇은 한 일 자 주름을 만들며 생각에 잠겼다. 호호 웃음소리 때문이었다. 단정한 외모, 맑고 여린 목소리와는 결이 다른 시원하고 경쾌한 이 웃음소리, 어딘가 익숙했다. 분명 들어 본 적이 있는데 어디서 들었는지는 도무지 떠오르지 않았다.

해답을 찾기 위해 이리저리 고민하다 여인과 눈이 마주쳤다. 여인은 안 그래도 내 두 배나 되는 커다란 눈을 더 크게 떴고 나는 죄지은 사람처럼 깜짝 놀라서 허겁지겁 눈을 돌렸다. 정면으로 마주한 여인은 아, 놀랍도록 아름다웠다. 밤마다 내가 머릿속으로 꿈꾸었던 여인이었다. 내가 읽었던 소설 속에나 등장하던 그 여인이 운 좋게도, 믿을 수 없게도 나와 같은 공간에 있다! 할아버지의 서재는 결코 넓은 공간이 아니다. 바로 코앞에서 나는 감귤 향이 머리를 어지럽게 만들었다. 애써 정신을 차리고 스스로를 책망했다. 할아버지가 잡혀갔는데 여인의 용모 따위에 정신이 홀려 운이 좋다는 표현을 쓰다니, 할아버지가 알았다면 크게 실망했을 것이다. 여인은 결코 모를 복잡한 속내를 감추려고 목소리에 힘을 주고 물었다. "까마귀가 아니라면 도대체 넌 누구냐?"

무게를 잡고 근엄해 보이려는 내 의도와 달리 목소리는 떨리고 갈라져서 나왔다. 괜히 힘을 주었다 싶었다. 여인은 또 한 차례 호호 웃음을 지은 후 지팡이로 서재 바닥을 톡톡 두드리면서 자신의 이름을 밝혔다. "난 섭구야."

섭구? 처음 듣는 이름이었고, 흔히 들어 볼 수도 없는 이름이었

다. 도대체 어떤 부모가 자식에게 섭구라는 이름을 붙여 줄까? 괴상한 건 이름만이 아니었다. 자기소개를 하면서 달랑 이름만 밝히는 건 도대체 무슨 경우지? 섭구에겐 성도 없나? 부모도 없고 조상도 없나? 게다가 처음부터 줄곧 말을 놓는 이유는 또 뭘까? 제국에서 나고 자랐으면 예의와 법도가 의식주보다 열일곱 배 이상 중요하다는 사실 정도는 귀에 못이 박히도록 들었을 텐데. 할아버지가 숭늉으로 입가심을 한 후 잔기침만큼이나 자주 했던 당부의 말이 문득 떠올랐다. 남의 허물을 살피기 전에 너의 허물부터 살펴라. 그렇다. 남을 비웃을 때가 아니었다. 할아버지가 지어 준 내 이름도 만만치는 않았으니까. 불쌍한 할아버지. 사라지고 나니 더 그리운 할아버지. 까마귀들이 득실거리는 포도청에서 어떤 고초를 당하고 계실까? 너무 조용해서 때론 따분했던, 너무 무기력해서 가끔 화가 났던 할아버지와의 일상이 벌써부터 그리워졌다. 하나뿐인 가족에게 나는 그동안 얼마나 못되게 굴었던가? 소 잃고 외양간 고치는 격이었지만 속으로 굳게 다짐했다. 이제 할아버지에게 조금 더 친절하게 대하리라. 못다 한 손자의 도리를 다하리라. 물론 할아버지가 돌아와야 가능한 일이지만.

또다시 목소리가 갈라질까 봐 이번엔 배에 힘을 살짝 풀고 자기소개서를 써 내려갔다. "우리 고조부로 말할 것 같으면……."

"책을 써, 고리타분하고 지루한 정보는 이미 다 알고 있으니까 부디 생략해 줘. 그나저나 책은 좀 썼겠지?"

"책? 무슨 책?"

여인이 고개를 갸웃하더니 한 발짝 더 내게로 다가왔다. 진한 감귤 향에 머리가 어지럽다 못해 산산조각이 날 지경이었다. 정신을 집중하고 새로 생긴 의문들을 정리해 보려 노력했다. 내 이름은 도대체 어떻게 알고 있는 걸까? 짐작으로는 도저히 맞출 수 없는 유별난 이름인데. 그리고 책 이야기는 또 뭘까?

여인이 목소리를 살짝 높였다. "무슨 책인지 정말 몰라?"

답답한 건 나였다. 나야말로 여인의 말을 이해할 수 없었으니까. 책이란 책은 모조리 불에 타서 재로 변한 지 이미 오래였다. 까마귀가 침입한 건 알면서 책이 사라진 건 모르다니, 앞뒤가 맞지 않았다. 그때였다. 할아버지의 마지막 속삭임이 더듬이가 되어 달팽이관을 간질였다.

"혹시 잘 보관된 책은 결코 불타지 않는다는 건가?"

"그래, 이제 좀 말이 통하네. 어휴, 깜짝 놀랐잖아. 자, 어서 보여 줘 봐. 책을 씨 솜씨 좀 살펴보게."

"무슨 책?"

여인이 검지로 내 이마를 수박 상태 감별하듯 톡톡 두드리며 말했다. "책을 씨, 귀가 안 좋니? 이해력이 떨어지니? 아니면 이 와중에도 장난을 치는 거니? 시들어 가는 제국을 구원할 책 말고 도대체 뭐가 있겠니?"

할아버지가 남긴 마지막 말과 똑같았다. 너의 책이 기운을 잃고 시들어 가는 제국을 구원할 도구라던. 그때 몰랐던 걸 지금이라고 알 리는 없었다. 나는 곧바로 나의 무지를 고백했다. 모를 땐 모른다고 말하는 게 최선이라는 것 정도는 나도 안다. "그런 건 없는데."

"정말 하나도 없어?"

"없어."

"본인이 몇 살인지는 알지?"

"그야 열일곱."

"책을 씨, 그 나이 먹도록 책도 안 쓰고 뭐 했어?"

"글쎄, 공부?"

"젠장맞을."

여인은 부서진 책장을 발로 차며 분노를 터뜨렸고 나는 모든 게 다 내 잘못인 것 같아서 어깨를 움츠렸다. 부서진 책장 조각들이 내 쪽으로 튀었다는 물리적 사실도 숨기지는 않겠다. 날카로운 파편보다 더 나를 뾰족하게 찌른 건 부끄러움이었다. 할아버지는 책벌레였다. 죽은 아버지 또한 책벌레였고 심지어 나를 낳다 죽은 어머니도 책벌레였다고 했다. 할아버지의 아버지, 즉 증조부도 책벌레였고, 증조부의 아버지, 즉 고조부는 오백 년을 바라보는 제국의 역사를 통틀어서도 다섯 손가락 안에 들 만한 대단한 책벌레였다고 했다. 집안사람들 모두가 책을 읽고 쓰는 데 미친 이들이었지만 나는 그렇지 않았다. 책을 멀리하는 건 아니었지만 그렇다고 가까이하지도 않았다. 읽으라고 하면 군말 없이 읽기는 했지만 절대로 먼저 손을 내밀지는 않았다. 내게 책은 그저 종이로 된 무거운 물건일 뿐이었으니까. 그것도 의무감이라는 부담으로 겹겹이 포장된. 돌연변이까지는 아니라도 책벌레로 가득 찬 가문의 역사에서 내가 이질적인 존재인 것만은 분명했다. 나 자신을 탓할 수는 없는 일이라고, 변명의 말을 토끼 발처럼 얌전히 내밀 수도 있겠다. 내가 일부러 책을 멀리한 건 절대 아니니까. 나도 얼마간 노력은 했으니까. 하지만 할아버지가 허무하게 잡혀간 지금, 처음 보는 여인의 기대를 처참하게 깨뜨린 지금, 몸과 마음이 동시에 허약해진 나는 자연스럽게 속으로 자신을 책망했다. 여인이 하늘을 보며 투정하듯 독백했다. "선생님, 왜 저한테 이런 시련을 주시는 건가요? 한 번이라도 좀 쉽게 가면 안 되는 건가요?"

"미안해. 모든 게 다 내 잘못이야."

"미안? 뭐가 미안한데?"

"할아버지가 잡혀간 것도 그렇고, 내가 책을 전혀 못 쓴 것도 그렇고."

나를 노려보던 여인이 곧바로 표정을 바꿔 호호 웃더니 내 등을 찰싹 소리 나게 때렸다. "하여간 이 집안사람들은 미안하다는 말이 봄 꿀처럼 입에 넘쳐흘러. 됐어. 그냥 해 본 소리니까 너무 마음에 두지는 마."

"미안한 건 미안한 거지."

"됐다니까. 할아버지만 믿고 널 내버려 둔 우리 쪽에도 얼마간 책임은 있으니까."

여인의 손은 매서웠다. 얻어맞은 건 등인데 정신이 번쩍 들었다. '우리 쪽'에도 책임이 있다는 요령부득한 말을 곱씹는데 여인이 지팡이로 문을 밀었다. 속도 없이 활짝 열린 문으로 들어오는 바람은 조금 전보다 배는 더 활기찼지만 햇살은 여전히 핏기가 없어서 손가락으로 톡 건드리면 잠깐 비틀대다 그대로 쓰러질 것 같았다. 문 앞으로 다가간 여인이 햇살을 구하려는 듯 손을 뻗었다가 내리더니 다시 돌아서서 말했다. "책을 씨, 가자."

"어디로?"

"어디긴. 책을 쓰러 가야지. 여기선 좀 힘들지 않겠어?"

"까마귀가 내일 다시 온다고 했는데? 꼼짝 말고 있어라 명령했는데?"

"책을 씨, 까마귀가 책을 씨 친구라도 되니? 그 까마귀가 할아버지를 잡아갔다는 사실은 머리에 전혀 떠오르지 않는 거야?"

여인의 말은 논리적이었다. 까마귀가 꼼짝 말고 있으라고 한 건 내 기를 죽이기 위해서이거나 필요한 경우 나 또한 잡아가기 위함이었다. 그런데도 그 말을 따를 생각을 계속 머리에 넣고 있었다니 난 어리석어도 참 어리석었다. 가끔 내 공부를 등 뒤에 서서 지켜보던 할아버지가 내 시선을 피해 살짝 한숨을 쉬었던 것도 이해할 만했다. 그래, 떠나자. 무너지고 부서지고 깨진 서재뿐인 이 집

을 떠나자. 어디든 가서 책을 쓰자, 책을. 할아버지를 구출해 낼 실
질적인 방법을 궁리할 입장이 못 되는 내겐 아마도 그것만이 지금
할 수 있는 유일한 일일 테니.

결심은 섰으나 여전히 불안한 구석이 남아 있었다. 섭구라는 이
여인, 믿어도 되는 걸까? 아니, 섭구가 문제가 아니었다. 고조부의
책조차 읽지 않은, 게으르고 어리석고 마음속 깊은 곳에서는 조금
삐뚤어지기까지 한 내가 과연 책을 쓸 수 있을까? 그것도 보통 책
이 아닌 시들어 가는 제국을 구원할 수 있다는, 듣기만 해도 어깨
가 저절로 움츠러드는 대단한 책을?

"이러다 해 떨어지겠다. 책을 씨, 어서 가자."

여인이 내게 길고 가는 손을 쭉 내밀었다. 엉겁결에 잡았다 깜
짝 놀라 다시 놓은 그 손은 차가우면서 따뜻했다. 무슨 그런 이상
한 말이 있느냐고 눈 크게 뜨고 힐난해도 나는 표현을 절대 바꾸
지 않겠다. 나는 분명 차가움과 뜨거움을 동시에 느꼈으니까.

2장／첫 번째 책

사람이 반드시 지켜야 할 올바른 행실

서쪽 하늘 끝에 매달린 해가 구름 아래로 똑 떨어지기 직전인데 섭구 씨는 걸음을 멈출 생각이 없어 보였다. 바둑판처럼 반듯한 제국 수도 황성의 잘 닦인 길을 뒤도 돌아보지 않고 걷고 또 걸었다. 처음엔 군말하지 않고 묵묵히 뒤를 따랐다. 이것저것 고민하는 게 서당 선생에게 종주먹으로 머리를 세게 얻어맞는 것처럼 고통스러워서 걷고 있는 두 발에만 온 신경을 집중하며 아무 생각도 하지 않으려 애를 썼다. 하지만 걸으면 걸을수록 머릿속은 무거운 돌을 넣은 것처럼 무거워졌고 그사이 가슴속 비밀 상자에 꼭꼭 묻어 두었던 질문이 탈출해 길바닥에 폭포수처럼 쏟아져 내렸다. 우리가 가야 할 곳이 과연 정해지기는 한 걸까? 도대체 얼마나 더 가야하는 걸까? 섭구 씨는 어떻게 빗장을 질러 잠근 문을 소리도 없이 열고 들어왔을까? 혹시 내가 떠난 사이에 할아버지가 돌아오지는 않았을까? 섭구 씨는 도대체 누굴까?

떨어져 내리는 별똥별을 두 팔 벌려 잡을 수 없듯 스스로 내던진 질문 중 어느 것에도 답할 수가 없었다. 머리가 지끈거리고 다리가 아팠다. 가출한 시간관념은 제국의 하늘과 땅 사이 어딘가를 유령처럼 떠도는 중이었다. 두 시간을 걸은 것인지, 네 시간을 걸은 것인지 도저히 분간이 안 되었다. 지는 해가 유일한 단서였지만 떠난 시간을 알지 못하니 그 또한 무용지물이었다. 한 가지 분명한 건 섭구 씨 뒤를 따르느라 다리가 찢어질 지경이라는 사실뿐.

언뜻 보기에 섭구 씨는 그리 빨리 걷는 것처럼 보이지 않았다. 할아버지의 참나무 지팡이를 천천히 짚어 가며 마실 가듯 여유롭게 걸었다. 제국의 길을 다 꿰고 있는 사람처럼 갈림길을 만나면 왼쪽, 오른쪽, 가운뎃길 중 하나를 택해 멈추지 않고 걸었다. 섭구 씨의 동작은 물 흐르듯 자연스러웠다. 그러나 뒤를 쫓는 나는 무척 힘들었다. 책 읽는 건 몰라도 걷고 뛰는 건 또래에 비해 크게 처지지 않는다고, 아니 조금 낫다고 은근히 자부했기에 적잖이 당황스러웠다. 나란히 걸으면 좀 나아질까 하고 속도를 높여 보기도 했다. 하지만 나는 섭구 씨 옆에 도저히 다가설 수 없었다. 거리는 전혀 좁혀지지 않았다. 두 걸음 간격은 절대 진리였다. 나는 지구를 도는 달처럼 섭구 씨 등만 보며 걸을 운명인 걸까?

그러는 사이 우리는 황성의 문을 통과했다. 처음엔 황성과 전혀 다르지 않던 풍경이 시간의 흐름과 더불어 서서히 바뀌었다. 반듯한 길이 조금씩 줄어들었고, 이리저리 구부러지고 휘어진 길들이 자주 나타났다 사라졌다. 오르막과 내리막도 훨씬 심해졌다. 황성 바깥으로 나왔다는 사실을 비로소 실감했다. 제국에서 나고 자랐지만 황성을 벗어나 본 적은 한 번도 없는 터라 제국 전체의 지리에 대해 아는 건 많지 않았다. 서당 선생에게서 제국은 세상의 중심인 중국을 제외한 이 세상 어느 나라보다도 넓고 크다는 추상적인 이야기만 귀에 인이 박이도록 들었을 뿐 정확히 얼마나 넓고 큰지는 알지 못했다. 중국과 맞닿아 있지 않은 남쪽, 서쪽, 동쪽 국경엔 구름까지 닿는 높은 벽이 있으며 그 벽 너머에서는 예의범절도 모르는 무식한 오랑캐들이 호시탐탐 제국을 노리고 있다는 위협적인 소문만 들었을 뿐 그 오랑캐들이 어떤 족속인지는 남쪽 바다 건너의 왜국 말고는 전혀 알지 못했다. 제국의 건전한 국민으로 사는 한, 사족의 신분을 박탈당해 군대에 끌려가지 않는 한, 제국의 끝인 벽과 그 너머의 오랑캐들을 만날 일은 없으리라는 게 서당 선생의 무심한 결론이었다.

그러나 다리 통증이 심해질수록 두려움도 커졌다. 섭구 씨가 가려는 곳이 성벽일 리는 없겠지만 할아버지의 사례에서 보듯 사람 일은 알 수 없는 것이니, 게다가 아직 섭구 씨가 누구인지도 모르니 내 마음만큼은 분명히 알리고 싶었다. 할아버지를 잃긴 했지만 제국마저 잃고 싶지는 않았다. 여러 여건이 삼 일 굶은 까치 주둥이 앞에 놓인 마지막 감처럼 위태롭기는 했어도 나는 제국의 당당한 사족이었다. 까마귀라면 이제 치를 떨게 되었지만 그래도 그들에게 잡히거나 길거리에서 죽으면 죽었지 국경 너머 오랑캐의 밥이 되고 싶지는 않았다. 생각 끝에 한참 전부터 오르던 오르막길 중간에서 걸음을 멈추고는 툭 튀어나온 바위에 걸터앉았다. "섭구 씨, 조금만 쉬었다 가자."

섭구 씨가 걸음을 멈추더니 뒤를 돌아보았다. 지팡이로 흙바닥을 툭툭 두드리며 나를 보는 표정이 완전히 찬바람이었다. 할아버지가 아주 드물게 화가 났을 때 지었던 엄숙한 얼굴과 무척이나 비슷했다. 때맞춰 불어온 보라바람도 무서움을 증폭시키는 데 한몫 단단히 했다. 가슴이 서늘해지고 뜨끔해져서 바위에서 재빨리 일어났다. 섭구 씨가 말했다. "책을 씨, 성벽 걱정은 하지 않아도 돼. 이제 겨우 황성에서 벗어났을 뿐이니까. 성벽은 멀고 머니까. 무엇보다도 성벽에 갈 생각은 전혀 없으니까. 지금은 바깥보다 안쪽이 더 문제인 상황이거든."

섭구 씨의 말을 생각하는 동안 섭구 씨가 새로운 불안 요소를 더했다. "책을 씨, 초행이라 힘들겠지만 조금 서둘러 가는 게 좋겠어. 슬슬 냄새가 나기 시작하거든."

냄새? 무슨 냄새를 말하는 걸까? 여태껏 내가 맡은 건 감귤 향뿐인데. 섭구 씨는 내가 생각하고 질문할 틈조차 주지 않고 곧바로 돌아서서 걸었다. 섭구 씨의 걸음은 쉬기 전보다 더 빨라졌다. 경사가 급격히 가팔라진 언덕을 뛰다시피 바쁘게 걸어서 섭구 씨의 뒤를 쫓았다. 걸음의 주체인 내 다리는 끼익 끽 녹이 잔뜩 슨 비명을 질러 댔다. 내 나름 분투를 했건만 거리는 조금도 줄어들지 않았다. 얼마 전 읽은 소설에서 새로 익힌 욕을 내뱉고 싶은 마음을 간신히 참으며 섭구 씨가 사라진 오른쪽 길로 들어섰다.

길 초입부터 썩는 냄새가 진동했다. 이빨 서너 개가 빠진 할아버지 입에서 나던 마늘 썩는 냄새나, 발에 밟혀 짓이겨진 은행으로 가득한 운종가 큰길에서 나는 냄새는 저리 가라였다. 시체 썩는 냄새가 이러할까? 직접 맡아 본 적은 없으니 그렇다 아니다 말하긴 어려웠지만 아무래도 그에 필적하거나 넘어설 것 같았다. 섭구 씨는 벌써 오르막길의 끝에 서 있었다. 목적지가 가까워졌나 보다. 마지막 기운을 몰아서 섭구 씨 쪽으로 가려는데 갑자기 극심한 통증이 파도처럼 몰려왔다. 왼손 새끼손가락에 열일곱 평생 한 번도 느껴 보지 못한 끔찍한 아픔이 느껴졌다. 도저히 참을 수 없는, 비유하자면 손가락이 잘리는 것 같은 예리한 아픔이었다. 그 순간에도 나는 체면을 생각했다. 섭구 씨가 멀지 않은 곳에 서 있는데 어린애처럼 유치한 비명을 지를 수는 없었다. 신음을 삼키고 입술까지 감쳐물곤 왼손의 상황을 살폈다. 아아악. 나도 모르게 소리를 내고 말았다. 없었다! 새끼손가락이 없었다! 내가 느꼈던 아픔은 정확했다! 어느새 해를 아래로 떨어뜨린 뒤 어둠에 몸을 맡긴 서쪽 하늘을 보며 스스로에게 말했다. 침착하자, 침착해. 칼을 맞은 적도 없으니 그럴 리가 없잖아. 새끼손가락에 발이 달린 것도 아니니 도망갔을 리도 없을 테고. 나는 눈을 한 번 감았다 뜨곤 다시 천천히 왼손을 살폈다. 없었다! 여전히 없었다! 새끼손가락이 사라진 건 꿈이나 환상이 아니라 실제로 일어난 일이었다!

나는 놀라고 아프고 무섭고 슬퍼서 어찌할 바를 모르다가 섭구 씨에게 달려갔다. 섭구 씨는 어두운 바닥을 보며 무언가를 찾고 있는 중이었다. 잠시 후 오른손으로 어떤 물체를 집어 들고는 나를 보며 호호 웃었다. 섭구 씨의 왼손 새끼손가락이었다. 섭구 씨는 별일 아니라는 듯 새끼손가락을 원래 있어야 할 자리에 붙였다. 무시무시한 딱 소리가, 사람이라곤 우리 둘뿐인 길에 울려 퍼졌다. 섭구 씨가 다가왔다. 나도 모르게 뒷걸음질을 쳤다. 섭구 씨가 지팡이로 내 왼쪽을 가리키며 외쳤다. "책을 씨, 조심해!"

섭구 씨를 경계하느라 고개를 살짝만 돌려 바닥을 보았다가 뱀 머리를 밟은 것처럼 펄쩍 뛰었다. 사라졌던 새끼손가락이 바닥에 홀로 서 있었다. 마치 나를 놀리는 것처럼 손가락 끝을 까닥거리며 당당하게. 믿기지 않는 일의 연속에 나는 얼음이 되었다. 섭구 씨가 다가와 새끼손가락을 집었다. 그러고는 신기한 물건을 접한 아이처럼 이리저리 고개를 돌려 살펴본 뒤 말했다. "손가락 끝에 둥근 흉터가 있네." 섭구 씨는 말을 끝내기 무섭게 내 왼손을 꽉 쥐었다. 어찌나 힘이 세던지 손을 뺄 수가 없었다. 그리고 곧바로 울려 퍼지는 딱 소리. 내겐 하늘이 무너지는 것보다 더 크게 들린 소리. 여름날 허름한 지붕을 마구 뒤흔드는 요란한 천둥은 비교할 것도 못 되었다. 아픔은 소리보다 열 배는 더했기에 나는 비명을 지르지 않기 위해 입을 꼭 다물곤 속으로 으흐흑 신음을 삼켰다. 눈에선 눈물이 주르르 흘렀고 코에선 콧물이 났고 어울리지도 않게 배에서는 꼬르륵 소리가 났다. 섭구 씨가 손가락으로 내 이마를 톡톡 쳤다. "책을 씨, 이제 다 됐어."

조심스럽게 고개를 돌려 왼손을 보았다. 있었다. 새끼손가락은 제자리에 있었다. 한 번도 떨어진 적이 없는 것처럼 얌전히 고개를 숙이고 있었다. 살짝 움직여 보았다. 움직였다. 힘을 세게 주어 보았다. 역시 움직였다. 살아 있는 세발낙지처럼 기운차게. 섭구 씨가 예쁜 코를 킁킁거리며 얼굴을 찌푸렸다. "책을 씨, 거의 다 왔어. 그런데 어휴, 이를 어쩌나? 상태가 정말 좋지 않아. 썩은 내가 진동을 하네."

섭구 씨 말대로 내 코에도 썩은 내가 풍겼다. 섭구 씨의 의견에 완전히 동의할 수 없는 부분도 있었다. 좋지 않은 냄새가 나는 건 분명했지만 처음처럼 심하진 않았으니까. 지나가다 은행 하나를 실수로 살짝 밟은 정도라고나 할까? 차가운 바람 한 덩어리가 아래에서 위로 달음박질하며 올라왔다. 바람은 구수한 밥 냄새도 데리고 왔다. 배에서 다시 한번 꼬르륵 소리가 났다. 할아버지를 잃었고 조금 전엔 새끼손가락을 잃을 뻔했는데도 이상하게 배가 몹시 고팠다. 이 마당에도 본능에 휘둘리는 게 부끄러워서 싱거운 선비들처럼 괜히 목청 한번 가다듬곤 저 아래 내리막길 끝에 자리한 마을을 보았다.

어둠이 깊게 드리운 마을엔 대략 스무 채 정도의 집이 자리 잡고 있었다. 특별할 게 없는 풍경이었다. 늘 보던 모습이었다. 그런데 이상하게 낯설고 거북했다. 무언가 불편한 구석이 섞여 있어 머리를 계속 갸웃거렸다. 눈을 크게 뜨고 한참을 쳐다보고 나서야 이유를 깨달았다. 큰길을 사이에 두고 두 줄로 늘어선 집들은 마치 일란성 쌍둥이처럼 크기와 모양이 똑같았다. 집 한 채를 그대로 복사해서 옮겨 놓은 느낌이었다. 개인의 취향 같은 건 아예 존재하지 않았다. 섭구 씨가 지팡이 손잡이를 어루만지며 말했다. "책을 씨, 느낌이 좋지 않은 곳이니 마음 단단히 먹도록 해. 책을 씨도 운 좋은 사람은 아니네. 처음부터 제대로 걸린 것 같아. 아니 어쩌면 운이 좋은 건지도 모르겠어. 이 일만 제대로 처리하고 나면 앞으로는 좀 쉬워질 테니."

섭구 씨의 말에 있는 겁 없는 겁을 한꺼번에 다 집어먹은 나는 조용히 섭구 씨의 뒤만 따랐다. 섭구 씨의 빠른 발걸음은 내리막길에서 더 큰 위력을 발휘했다. 이번에도 나는 섭구 씨를 따라잡기 위해 달리다시피 해야만 했다. 이미 무거운 어둠이 깔린 후라, 겁을 잔뜩 집어먹어 마음이 상하좌우로 크게 흔들리는 터라 질주는 꽤 위험한 선택이었지만 달리 방법이 없었다. 섭구 씨를 놓치면 훨씬 더 위험해질 테니. 숨을 헉헉거리며 간신히 섭구 씨의 등을 따라잡은 내 눈에 다시 마을이 들어왔다. 질서 정연한 집들은 언덕에서 보았을 때보다 열 배, 스무 배는 더 이상했다. 똑같은 집들이 군사 훈련하듯 오와 열을 맞추어 나란히 늘어섰기 때문만은 아니었다. 이 마을엔 무언가가 빠져 있었다. 그림자 없는 사람처럼, 귀 없는 토끼처럼 마을이라면 당연히 있어야 할 무언가가 존재하지 않았다. 나는 얼뜨기가 되어 한참을 두리번거리다가 비로소 깨달았다. 개가 한 마리도 없네.

제국 어느 골목에나 존재하는 개들, 흔히 똥개라는 정겨운 이름으로 불리는, 사람보다 더 흔한 동물이 이 마을엔 단 한 마리도 없었다. 개의 출입을 막는 특수한 장치 따위도 없었는데 눈을 씻고 봐도 보이지 않았다. 그래서 마을이 유난히 조용했던 것이다. 개들조차 거부하는 마을이라니, 개를 잡아먹는 귀신이라도 사는 걸까? 마음을 단단히 먹으라는 섭구 씨의 말은 괜한 소리가 아니었다. 그 순간 어둠에 잠겼던 마을이 갑자기 환해졌다. 때론 빛이 어둠보다 더 무서울 수도 있다는 사실을 태어나서 처음으로 깨달았다. 머리카락이 쭈뼛 섰고 배와 등에 찌르르 소름이 돋았다. 나는 슬그머니 섭구 씨 옆으로 가서 섰다. 마음 같아선 손이라도 살짝 잡고 싶었지만 그놈의 체면 때문에 차마 그러지는 못했다.

마을이 밝아진 건 초롱 때문이었다. 마을의 모든 일각문이 거의 동시에 열리더니 열 살 이상으로는 결코 보이지 않는 조그만 소년 소녀들이 댓가지를 휘어 만든 똑같은 모양의 조족등을 들고 밖으로 나왔다. 키와 체격이 비슷한 소년 소녀들은 얼굴마저 다 비슷해 보였다. 소년 소녀들이 한 목소리로 외쳤다. "올바른 마을에 오신 것을 환영합니다. 우리 집으로 오십시오."

뜻밖의 풍경에 어리둥절한 표정으로 섭구 씨를 보았다. 섭구 씨는 여전히 찌푸린 얼굴이었다. 섭구 씨가 경계하듯 아이들에게서 눈을 떼지 않으며 말했다. "예절 하나는 정말 바른 동네네."

섭구 씨 말대로 올바른 마을은 예절이 살아 숨 쉬는 마을이었다. 손님을 대접하는 건 제국에서 권장하는 덕목 중 하나이다. 그럼에도 27대 황제가 다스리는 이즈음 황성에서 손님 대접이라는 아름다운 덕목을 실천하는 사람은 찾아보기 힘들었다. 까마귀들이 손님으로 변장해서 집 안을 염탐하는 일이 잦아지면서부터였다. 손님 대접하려다가 자칫 집안을 말아먹을 수 있으니 사람들이 꺼리는 것도 당연했다. 그런데 올바른 마을은 달랐다. 표현은 좀 그렇지만 서로 대접하지 못해 안달이었다고나 할까? 사족의 일원으로서 흐뭇해야 마땅하지만 마음은 그렇지 못했다. 뭐든지 과하면 부족한 것보다 도리어 못하기 마련이다. 과유불급이란 말이 괜히 사전에 자리를 차지하고 있는 게 아니다. 예절 바른 동네라고 말했던 섭구 씨의 표정이 도리어 어두워진 것도 그 때문일 테고.

꺼림칙하기는 해도 어느 한 집을 고르기는 해야 했다. 이미 어둠에 단단히 사로잡힌 거리를 마냥 걸어 다니다간 배고픈 호랑이와 딱 마주칠지도 모르니까. 기왕 호랑이를 등장시킨 김에 비유를 더 이어 가자면, 호랑이를 잡으려면 무엇보다도 일단 호랑이 굴에 들어가야 하는 법이니까. 섭구 씨가 나를 보며 고개를 끄덕였다. 신기하게도 나는 섭구 씨의 말 없는 말을 단번에 알아들었다. 집을 고르는 건 책을 씨의 몫이야. 크게 어려운 결정은 아니었다. 고르고 말고 할 것도 없었으니까. 집도 다 똑같고 소년 소녀들의 생김새도 다 똑같으니 특별히 선호하는 집이 있을 리 없었다. 나는 왼쪽 첫 번째 집과 오른쪽 첫 번째 집을 저울질하다가 왼쪽을 택했다. 소년보다는 소녀 쪽의 표정이 눈썹 하나 차이로 더 자연스러워 보였다. 첫 번째 집을 고른 건 혹시라도 도망가야 하는 상황이 왔을 때를 대비한 것. 소녀에게 정중한 말투로 물었다. "괜찮다면 하룻밤 머물 수 있을까?"

인형 같던 소녀의 얼굴에 비로소 표정이라는 것이 떠올랐다. 내 말 한마디에 세상을 다 얻은 아이처럼 환하게 웃어서 내 마음도 덩달아 따뜻해졌다. "머물 수 있고말고요. 어서 안으로 들어오세요." 소녀의 집으로 들어가기 전 다른 소년 소녀들을 살피려 했는데 그럴 틈이 없었다. 그들은 나타났을 때처럼 순식간에 집 안으로 사라졌다. 거리를 서성이는 건 딴전 피우다 미처 안으로 따라 들어가지 못한 늦가을의 굼뜬 바람과 깊다 못해 넓고 굵어진 어둠뿐이었다.

안으로 들어가자마자 어서 오십시오, 하는 주인의 목소리가 들렸다. 서둘러 다가오며 내뱉는 목소리엔 반가움이 가득했다. 잠시 후 주인이 모습을 드러냈다. 이십 대 후반이나 삼십 대 초반으로 보이는 주인은 입가에 커다란 미소를 머금은 채 먼 길 오시느라 고생이 많으셨다는 환영의 인사를 기계처럼 정확한 속도로 내뱉었다. 가까이에서 본 주인은 약간 무서웠다. 얼굴에서 웃고 있는 부분은 입밖에 없었다. 가늘게 뜬 두 눈은 속내를 꼭꼭 감추었고, 조금 이상한 말처럼 들리겠지만 코와 귀는 전혀 웃고 있지 않았다. 나는 일단 허리를 깊이 숙여 인사하고는 섭구 씨의 반응을 살폈다. 섭구 씨의 시선은 주인의 오른편 어딘가에 가 있었다. 섭구 씨의 시선을 그대로 따라가니 어둠 속에서 어떤 소리가 들렸다. 소리의 정체는 확실하지 않았다. 기침 소리, 혹은 우는 소리 같기도 했고 화를 내거나 싸우는 소리 같기도 했다.

"어서 안으로 드시지요." 주인이 내 허리에 손을 두르고 힘을 주어 밀다시피 했다. 그 바람에 몸이 앞으로 쏠려 어둠 속의 소리에 온전히 집중할 수 없었다. 얼른 중심을 잡은 뒤에 눈으로 섭구 씨를 찾았다. 언제나 재빠른 섭구 씨는 소녀와 함께 몇 걸음 앞에 있었다. 발을 재게 놀려 섭구 씨 뒤를 따랐다. 감시하듯 뒤에 선 주인이 일각문을 닫는 소리가 들렸다. 끼이익 소리가 오늘따라 더욱 불길하게 들렸다.

주인이 안내한 방은 좁았다. 나와 섭구 씨, 주인과 소녀가 한 벽씩을 차지하고 앉자 빈 벽이 남지 않았다. 주인이 예의 바르게 사과를 하고 나섰다. "방이 너무 누추합니다."

"과객에겐 과분합니다." 그저 인사치레로 한 내 말에 주인은 한 번 더 사과하고, 나는 머물 곳을 찾는 이들에겐 분에 넘치는 훌륭한 곳이니 약간 미흡한 부분에 대해서는 조금도 신경 쓰지 말라고, 장황하지만 예절을 제대로 갖춘 말로 대응했다. 주인은 누추하다는 표현이 세 번 들어간 긴 문장으로 한 번 더 사과한 후에야 내게 물었다. "실례지만 두 분은 어떤 관계이십니까?"

관계? 그런 건 생각해 본 적이 없었다. 섭구 씨가 떠나자고 했기에, 달리 선택지가 없었기에 따라나섰을 뿐이었다. 섭구 씨가 누구인지 나는 전혀 모른다. 돌발 사태에 유난히 서투른 내가 망설이는 사이 섭구 씨가 먼저 대답했다. "오누이랍니다. 제가 누나이고요."

졸지에 섭구 씨의 동생이 되었다. 어차피 난처한 상황만 모면하자고 하는 거짓말이지만 그래도 마음 한 구석에서 기묘하고 오묘한 반발심이 살짝 머리를 들었다. 왜 내가 오빠가 아니고 자기가 누나인가?

내 마음을 알 리 없는 주인이 고개를 끄덕이곤 또 다른 질문을 던졌다. "그런데 이 구석진 마을까지는 어떻게 찾아오셨습니까? 어쩐 일인지 요즈음에는 지나는 손님이 통 없었거든요."

섭구 씨가 곧바로 대답했다. "높은 언덕을 두 개 연속으로 넘으면 산기슭에 버섯이 잡초처럼 무섭게 자라는 마을이 하나 있지요? 바로 그 버섯 마을에 살고 있습니다. 아침 일찍 일어나서 황성 구경을 하고 돌아오는데 제국의 건축술이 완벽하게 구현되었다는 황궁을 꼼꼼히 살펴보느라 시간을 많이 쓴 탓에 그만 늦어져서 허둥대다가 급한 대로 이 마을로 들어오게 되었답니다."

"그러셨군요. 저도 일전에 아이를 데리고 황성에 다녀왔지요. 제국의 국민으로서 당연히 해야 할 의무이자 권리이니까요. 아닌 게 아니라 아이와 함께 다니니 시간이 꽤 많이 걸리더군요. 제국을 훌륭하게 이끌어 주시는 황제께서 머무시는 황궁뿐만 아니라 주변에도 워낙 보여 주고픈 건물들과 구경거리가 많아서 쉽사리 발걸음을 옮길 수가 없었지요."

섭구 씨와 주인의 문답은 물 흐르듯 자연스러웠다. 섭구 씨는 여러 의미로 대단했다. 감정 처리에 미숙한 나라면 섭구 씨처럼 아무렇지도 않은 얼굴로 둘러대긴 어려웠을 테니. 문답이 잠시 끊어진 틈으로 기침 소리가 들렸다. 이번엔 기침 소리가 확실했다. 주인은 입가에만 있던 웃음을 단번에 지우고 근심 가득한 표정으로 변신해 (변신이라 표현한 건 이번에도 귀와 코는 동참하지 않았기 때문이고) 말을 이었다. "부친께서 병을 앓고 계십니다. 누우신 지여러 달이 되었는데 좀처럼 차도가 없으십니다."

주인의 말이라도 들은 듯 기침 소리가 더 크게 들렸다. 척하면 척이라고 해야 할까? 지나치게 아귀가 잘 들어맞아 도리어 어색할 정도였다. 기침 소리는 할아버지를 떠올리게 만들었다. 무서리가 곧 내릴 듯 무겁고 차가운 구름이 두텁게 낀 이 어두운 밤, 할아버지는 어떻게 지내고 계실까? 무릎은 괜찮으실까? 할아버지 생각에 동병상련의 안타까움이 솟아나 뭐라 말은 못 하고 절실함을 담아 고개만 끄덕이는데 갑자기 문이 열렸다. 주인 또래의 여인이 상을 들고 방 안으로 들어왔다. 주인이 미안한 표정을 지으며 말했다. "부족합니다. 그저 시장만 면하시지요."

나는 여인의 왼손을 보느라 주인의 말을 제대로 듣지도 못했다. 여인의 왼손은 온전하지 않았다. 새끼손가락이 없었다! 당황스러움을 애써 감춘 채 바람벽을 보는 척하면서 슬쩍 주인의 손을 보았다. 마찬가지였다. 주인의 왼손 새끼손가락 또한 있어야 할 곳에 있지 않았다. 한 걸음 뒤로 물러나는 척하면서 소녀의 손을 보았다. 역시 없었다. 혹시 하는 마음에 고개를 숙여 내 왼손을 보았다. 있었다. 내 새끼손가락은 제자리에 잘 붙어 있었다. 섭구 씨가 붙여 주었던 새끼손가락을 살짝 움직여 보았다. 이상이 없었다. 오히려 다른 손가락보다 더 활기차게 움직이는 것 같았다.

"차린 게 별로 없습니다. 그저 요기만 하시기를 바랍니다." 재차 권하는 주인의 말을 듣고서야 상을 보았다. 주인의 말은 사실이었다. 상 위에 놓인 건 고봉으로 퍼 담은 검은 잡곡밥과 희멀건 김치뿐이었다. 별것 아닌 음식이 식욕을 강하게 자극했다. 생각해 보니 오늘 아침에 밥 한 공기를 먹은 이후로 아무것도 먹지 못했다. 배 속에서 아우성을 쳤다. 잡곡밥이 아니라 돌멩이라도 씹을 수 있을 것 같은 기분이었다. 허기가 내 얼굴에도 뻔뻔하게 모습을 드러낸 모양이었다. 내 마음을 읽은 주인이 가족과 함께 일어서며 말했다. "그럼 드시고 편히 쉬시지요. 방에 가 있을 테니 필요한 게 있으시면 뭐든 말씀하십시오."

주인 가족이 나가자마자 나는 허겁지겁 숟가락을 들었다. 그런데 섭구 씨가 오른손으로 내 손을 비틀어 숟가락을 떨어뜨렸다. "책을 씨, 먹으면 안 돼."

위험한 음식이라는 뜻은 확실히 전달되었다. 전달 방식은 마음에 들지 않았다. 말로 해도 되는데 왜 굳이 폭력을 쓰는 걸까? 어리석다고 나를 무시하는 건가? 섭구 씨에게 따지고 들 틈을 찾을수는 없었다. 이미 섭구 씨는 내게서 시선을 돌린 채 닫힌 문과 눈싸움을 치열하게 벌이고 있는 중이었으니까. 때맞춰 기침 소리가났다. 콜록콜록, 콜록콜록. 기침 소리치곤 꽤 규칙적이었다. 준비된 연기라도 펼치는 것처럼. 내가 말했다. "노인께서 많이 아프신가 봐."

섭구 씨는 재빨리 고개를 저었다. "노인이 아냐."

"그럼 누군데?"

"그야 모르지."

섭구 씨는 담담하게 말하는데 나는 가슴이 덜컥 내려앉았다. 섭구 씨가 모른다면 도대체 누가 안다는 말인가? 노인이 아니란 건정확히 무슨 뜻일까? 섭구 씨가 호호 웃으며 말했다. "책을 씨, 모

르면 확인을 해 봐야겠지."

섭구 씨의 표정을 보니 아무래도 내가 나서기를 바라는 것 같았다. 내가 읽은 표정을 믿고 싶지 않아서 섭구 씨에게 물었다. "내가?"

"그래, 책을 씨가."

"왜 내가?"

"책을 써야 하는 사람은 책을 씨라는 거 벌써 잊었어?"

책을 쓰는 것과 낯선 존재의 정체를 확인하는 게 무슨 관련이 있는지 종잡을 수 없었다. 그럼에도 그 말이 틀렸다고 반박하기는 어려웠다. 무엇보다 까마귀들이 잡아간 건 내 할아버지니까. 섭구 씨가 누구건 간에 섭구 씨는 나를 돕기 위해 함께 길을 나선 거니까. 내키지는 않았지만 어쩔 수 없이 현실을 인정하고는 침울한 목소리로 물었다. "내가 어떻게 해야 하는 건데?"

"모르겠어?"

"모르겠는데."

"기침 소리가 나는 곳을 찾아봐. 아마 이 집 안엔 다른 건물이 있을 거야."

"찾으면?"

"안으로 들어가야지."

"위험하지 않을까?"

"위험하겠지. 언덕에서도 새끼손가락이 뚝 떨어질 정도였으니."

자기 일 아니라고 말을 참 쉽게 한다. 한 줌도 되지 않던 용기를 단숨에 잃어버리고 머뭇거리는 내게 섭구 씨가 결정적인 한마디를 던졌다. "책을 씨, 어차피 더 잃을 것도 없잖아."

빠져나갈 구멍을 바위로 꽉 막아 버리는 말이었다.

우리는 (비유적으로) 머리를 맞대고 전략을 세운 후 자리에서 일어났다. 전략이라고 썼지만 사실 전략이라 하기엔 민망한 수준이었다. 섭구 씨가 주인 식구들이 머무는 안방으로 들어가 이야기를 나누는 동안 내가 몰래 방을 빠져나가 기침 소리의 근원지를 찾아 문제를 해결한다는 게 전부였으니까.

아무튼 우리는 함께 방문을 열고 나섰다. 섭구 씨는 지체 없이 마루를 지나 안방 문을 두드렸다. 안방 문이 조심스럽게 열렸고 방에서 흘러나오는 불빛이 좌우로 흔들리며 마루를 불안하게 비추었다. 섭구 씨가 안으로 들어가며 우렁찬 목소리로 말했다. "밥이 어찌나 맛나던지 단숨에 한 공기를 다 비우고 말았답니다. 도대체 무슨 비법을 쓰신 건가요?"

"그렇다면 다행입니다. 동생분은?"

"허겁지겁 먹더니 벌써 잠들었어요."

"그런데 누님은 왜……."

방문이 닫히는 걸 확인한 후 조심스럽게 마당에 내려섰다. 이 집에서 빛은 방에만 존재했다. 처음엔 아무것도 보이지 않아서 몹시 불안했다. 긴장을 풀기 위해 입을 크게 벌렸다 다물기를 반복했다.

조금씩 어둠에 익숙해지니 사물의 윤곽이 비로소 눈에 들어왔다. 고개를 바쁘게 돌렸다. 본채 크기의 절반쯤 되는 거북등 같은 낮은 별채가 뒤편에 하나 더 있었다. 섭구 씨의 과장된 웃음소리가 들렸고 여인과 소녀의 조용한 웃음소리가 끼어들더니 주인의 낮은 목소리가 뒤를 이었다. 서로 어울리지 않는 소리들을 들으며 별채 쪽으로 천천히 다가갔다. 괴상한 소리가 났다. 기침 소리는 결코 아니었다. 내 귀로 들은 걸 말로 정확히 표현하긴 어렵다. 벌이 윙윙거리며 나는 소리 같기도 했고 두툼한 우박이 지붕을 후려치는 소리 같기도 했다. 달리 들으면 비명 같기도 했고 아우성 같기도 했다.

자꾸 도망가려는 가슴을 손으로 꼭 누르고 한 걸음 더 다가갔다. 갑자기 땅이 흔들렸다. 처음엔 기분 탓인가 싶었다. 심장이 아까부터 가슴에서 튀어나올 것처럼 요동치고 있었으니까. 심장 탓은 아니었다. 흔들리는 건 분명 땅이었다. 두 다리가 그렇게 알려 주었다. 덜컥 겁이 나서 앞으로도 뒤로도 못 움직이고 제자리에서 머뭇거리는데 안방 문이 활짝 열렸다. 섭구 씨가 외쳤다. "책을 씨, 서둘러."

섭구 씨가 지팡이를 마구 휘둘러 문을 막고 있었다. 주인의 완력은 지팡이를 이겨 냈다. 섭구 씨가 밀려나며 생긴 좁은 틈으로 주인이 비집고 나왔고 곧바로 부인과 소녀가 뒤를 따랐다. 나는 별채를 향해 달렸다. 아니 달리려고 몸부림쳤다. 하지만 물처럼 출렁이는 땅이 자꾸 발목을 잡았다. 마음은 벌써 별채에 가 있는데 발은 제자리걸음이었다. 거기 서라! 주인이 외쳤다. 주인은 빨랐다. 희한하게도 땅의 흔들림에 별로 영향을 받지 않았다. 주인의 묵직한 손이 내 어깨에 닿는 순간 섭구 씨의 지팡이가 날아와 주인의 머리를 때렸다. 주인이 옆으로 쓰러지는 걸 보고 나는 죽어라고 달렸다. 손 뻗으면 닿을 짧은 거리를 온 힘을 다해 달린 후 간신히 별채 문을 잡았는데 이런, 손이 하나 더 있었다. 소녀의 손이었다. 나는 속으로 미안하다, 악의는 없다 중얼거리고는 소녀의 손을 과감하게 뿌리쳤다. 불쌍한 소녀가 비명을 지르며 멀어졌다. 이번엔 부인이 다가왔다. 부인을 어깨로 살짝 밀어 버린 후 곧바로 별채 문을 열고 안으로 들어가 문고리부터 걸었다. 문밖에서 요란한 소리가 나방 떼처럼 바쁘게 허공을 날아다녔다. 주인의 고함 소리가 들리는가 싶더니 거기 서, 하는 섭구 씨의 목소리가 뒤를 이었다. 소녀가 울고 여인이 악을 썼다. 문이 덜컹덜컹 세게 흔들렸다. 나는 온몸으로 문을 막고 버텼다. 아, 그야말로 아비규환. 혼이 입으로 쏙 빠져나가는 기분이었다.

그때였다. 부서질 듯 요란하게 덜컹거리던 문이 갑자기 멈췄다. 밖은 아무 일도 없었던 것처럼 조용해졌다. 그러나 완전한 고요는 아니었다. 밖이 조용해지자 이번엔 안이 시끄러워졌기 때문이다. 윙윙 혹은 웅웅 소리가 나더니 방이 조금씩 흔들렸다. 오늘따라 고생이 많은 두 다리에 잔뜩 힘을 주고 버텼다. 흔들림은 점점 심해졌고 방 안은 그에 비례해 밝아졌다. 윙윙 혹은 웅웅 소리가 으아아 하는 비명 소리로 바뀌더니 다시 히히히 혹은 흐흐흐 하는 웃음소리로 바뀌었다. 지옥문을 지키는 수문장이 지상에서 방금 끌려온 인간들을 보고 잘 왔다 하며 내뱉을 법한 섬뜩한 웃음소리였다. 하지만 소리에 놀랄 겨를도 없었다. 웃음보다 훨씬 더 무서운 것들이 내 눈앞을 가로막았으니까.

새끼손가락 수백 개, 아니 수천 개가 방 안에 떠 있었다. 방 안을 가득 채운 새끼손가락들이 피를 줄줄 흘리며 공중 부양 중이었다. 하나하나가 살아 있는 괴물이었다. 그것들은 손가락 끝으로 날카로운 이빨을 내밀고 히, 흐 하는 섬뜩한 웃음을 내뱉었다. 아, 냄새. 섭구 씨가 진저리를 쳤던 바로 그 시체 썩는 냄새가 내 코를 곧장 밀고 들어와선 머릿속을 마구 때렸다. 나도 모르게 으악 소리를 내질렀다. 섭구 씨의 목소리가 문틈을 파고 들어왔다. "책을 씨, 책을 찾아, 책을!"

검붉은 새끼손가락 하나가 송곳니처럼 날카로운 손톱을 드러낸 채 달려들어 옆구리를 푹 찔렀다. 손가락 하나쯤이야 했던 생각을 무색하게 만드는 옹골찬 공격. 나는 충격을 이기지 못하고 비틀거렸다. 이번에는 허연 새끼손가락이 눈을 향해 날아왔다. 눈동자에 부딪히기 직전 간신히 고개를 돌렸다. 새끼손가락은 머리카락을 스치고 지나갔고 애꿎은 머리카락이 낙엽이 되어 바닥에 떨어졌다. 머리카락의 상실을 슬퍼할 겨를도 없이 모양과 크기가 다른 새끼손가락들이 그렇다면 나도, 하고는 한꺼번에 달려들었다. 공격을 도저히 피할 방법이 없었다. 나는 머리를 감싸 쥐고 자리에 주저앉았다. 새끼손가락들이 이야호 소리를 지르며 온몸을 마구 찔렀다. 통증은 바늘보다 날카로웠고 망치보다 묵직했다. 쉬지 않고 퍼붓는 공격에 정신을 잃을 지경이었다. 통증과 통증 사이로 섭구 씨의 목소리가 들렸다. "책을 씨, 책을 찾아야 돼, 책을!"

그래, 나에겐 할 일이 있었지. 이대로 당하고만 있다간 죽도 밥도 안 되지. 얼굴을 가렸던 손가락을 살짝 벌려 최소한의 시야를 확보한 후 방 안을 살폈다. 온몸을 이리저리 비틀고 머리를 흔들고 가끔씩 발을 굴러 공격을 막으려 애쓰며 방 안을 살폈다. 있었다. 반대쪽 벽 시렁 위에 책 한 권이 나를 보며 떨고 서 있었다. 이 방에서는 책 또한 살아 있는 존재였다. 몸을 일으켰다. 책을 향해 어렵게 한 걸음을 옮겼다. 한 걸음 떼기가 이렇게 어려울 줄이야. 걸음마를 배울 때에도 이렇지는 않았을 것이다. 시렁을 향해 다가갈수록 새끼손가락들의 공격은 더욱 거세졌고 그 바람에 앞으로 나아가기는커녕 뒤로 밀렸다. 속으로 욕을 내뱉었다. 쉽지 않은 여정이 되리라 예상은 했지만 다른 것도 아닌 새끼손가락 괴물들에게 시달릴 줄은 몰랐다. 나는 내 유일한 버팀목인 할아버지, 할아버지를 외치며 앞으로 나아갔다. 할아버지가 겪고 있을 고초를 떠올리며, 사람을 요절내는 잔인한 까마귀들에 비하면 새끼손가락들은 아무것도 아니라고 되뇌며 앞으로 나아갔다.

마지막 한 걸음을 내디뎌 시렁에 손을 올려 힘껏 뻗었다. 마침내 책에 손이 닿았다. 힘을 주어 잡으려다가 아야, 비명을 지르곤 곧 바로 손을 뗐다. 이미 경험했던 통증이 다시 찾아왔다. 아까 새끼 손가락이 떨어져 나가기 직전 느꼈던 바로 그 통증! 섭구 씨의 목소리가 다시 들렸다. "책을 씨, 책을! 책을!" 조금 전보다 힘겨워하는 목소리였다. 아무리 섭구 씨라도 더 이상 버티기는 어려워 보였다. 나는 배에 힘을 주고 책을 움켜쥐었다. 손가락이 끊어질 것 같았다. 새끼손가락들은 최후의 발악이라도 하듯 온몸을 마구 공격했다. 정신이 혼미했다. 지옥이라는 단어가 머릿속을 정신없이 날아다녔다. 책이고 뭐고 그 자리에 그대로 쓰러지고 싶었다. 방해해서 죄송하다고 정중히 사과하고 두 팔을 번쩍 들어 항복 선언을 하고 싶었다. 그래선 안 되겠지. 평생 새끼손가락 없이 살게 되더라도.

나는 발악하는 책을 품 안에 욱여넣은 후 문을 향해 발걸음을 옮겼다. 한 걸음 한 걸음이 유황불을 걷는 것 같았다. 수만 마리 벌이 우글대는 벌집에 맨손을 쑥 넣어 꿀을 채취하거나 수만 마리 뱀이 모인 굴로 기어 들어가 알 아홉 개를 한꺼번에 훔쳐 오는 게 훨씬 더 낫겠다는 생각마저 들었다. 내 몸은 더 이상 내 몸이 아니었다. 물론 내 정신도 더 이상 내 정신이 아니었고. 이제 새끼손가락들은 아예 내 온몸을 덮었다. 내 존재가 해체되는 기분이었다. 입도 벌릴 수 없어 속으로만 고통을 호소하며 문을 향해 힘겹게 다가갔다. 아, 드디어 문에 손이 닿았다. 남은 힘을 다 끌어내 문을 밀었다. 반갑지 않은 주인의 가족들이 먼저 달려들었다. 그들 너머로 섭구 씨의 흰 손이 보였다. 나는 섭구 씨, 받아, 하고 외치며 책을 던졌다. 섭구 씨가 손을 쭉 뻗어 책을 받아 드는 걸 확인하곤 그대로 쓰러졌다.

모든 게 검게 그을린 불의 바다에 빠져서 고개를 세게 흔들다가 슬며시 눈을 떴다. 눈앞에 주인이 보였다. 화들짝 놀라서 자리에서 몸을 일으켰다. 주인이 반가이 웃으며 말했다. "이제 좀 괜찮으신가요?"

주인의 웃음이 눈에 띄게 달라졌다. 무슨 말인가 하면 눈도 코도 귀도 함께 웃었다는 뜻이다. 어리둥절한 눈으로 섭구 씨를 보았다. 섭구 씨가 말했다. "어제 너무 오래 걸은 게 화근이었나 봅니다. 제 동생이 겉보기와는 달리 허약하거든요."

나는 아무 말도 못 하고 주인의 왼손을 보았다. 있었다. 새끼손가락이 있었다. 나도 모르게 생각을 말로 옮기고 말았다. "새끼손가락이 있군요."

주인의 표정이 어리둥절해졌다. "새끼손가락은 다들 있지 않습니까? 물론 없는 이들도 더러 있겠지만요."

우문현답에 머쓱해져서 말머리를 돌렸다. "부친께서 병을 앓고 계신다고 하지 않았습니까?"

주인의 얼굴에 곧바로 뿌연 안개가 꼈다. "아버지 이야기는 어디에서 들으셨는지 모르겠습니다만 안타깝게도 이미 몇 해 전에 세상을 떠나셨습니다. 돌아가시기 전에 마지막 수단으로 제 새끼 손가락을 잘라서 피를 내려고 했습니다. 그런데 어찌 아셨는지 아버지께서 저를 불러 당부하시더군요. 제 신체를 잘 보존하는 것이야말로 당신께서 가장 원하시는 일이라고요. 그런데 지금 물으시는 걸 들으니 또다시 후회가 됩니다. 그때 아버지 말씀을 거역하고서라도……."

"그건 올바른 도리가 아닙니다."

"정말 그런 걸까요? 제 행동엔 잘못이 없었던 걸까요?"

"그렇습니다. 새끼손가락을 자른다고 부모의 병이 낫는다면 제국 젊은이들의 태반은 새끼손가락이 없겠지요."

"그렇게 말씀하시니 비로소 마음이 가벼워집니다. 요즈음에도 밤이면 밤마다 손가락을 자르는 꿈을……."

"어허, 이제 그만하십시오! 제발 그만!" 끝없이 이어지는 손가락 이야기에 나도 모르게 손을 휘저으며 소리를 지르고 말았다.

우리는 아침까지 얻어먹고서야 다시 길을 나섰다. 아침은 전날 저녁과 똑같았다. 흔한 말대로 시장이 반찬이었다. 나는 거친 밥과 신 김치를 바닥이 보일 때까지 먹고 또 먹는 바람에, 섭구 씨의 밥을 허락도 없이 덜어 먹는 바람에 섭구 씨의 눈총을 뒤통수 가득 받아야 했다. 주인의 가족에게 인사를 건네고 밖으로 나왔다. 개들이 제일 먼저 다가와 알은체를 했다. 사람을 무서워하지 않는 얼룩빼기의 머리를 쓰다듬으며 섭구 씨에게 물었다. "섭구 씨, 어제 그 책은 어떻게 했어?"

섭구 씨는 느닷없이 팔목을 걷어 내게 들이밀었다. 감귤 향 나는 섭구 씨의 고운 팔목엔 자그마한 글씨가 새겨져 있었다. 나는 그 글씨를 소리 내서 읽었다. '사람이 반드시 지켜야 할 올바른 행실'. 책 제목임이 분명한 그 글씨를 읽으면서 나는 고개를 갸웃했다. "이건 제국이 권장하는 목록에 늘 들어 있는 책 아니야? 제국 책방 어디에나 꽂혀 있기도 하고, 어릴 때 읽은 책이기도 하고."

섭구 씨가 손목을 후 하고 불자 책이 나타났다. 나는 놀란 마음을 감추고 섭구 씨가 펼쳐 준 장을 보았다. 그림이 보였다. 아픈 부모를 위해 자식이 손가락을 자르는 잔인한 장면이었다. "이거라면 나도 본 적이 있는데."

제국에서 나고 자라 서당에 다닌 아이라면 누구나 본 장면, 그렇구나 하는 고갯짓만으로 넘겨 버린 장면이었다. 전에는 아무 문제가 없던 장면이, 강조나 과장으로만 여겼던 책이 왜 갑자기 말썽을 일으킨 걸까? 섭구 씨가 물었다. "책을 씨, 정말 그 이유를 모르겠어?" 내가 바보처럼 눈만 멀뚱멀뚱 뜨고 있자 섭구 씨가 주위를 한 번 둘러보더니 내 귀에 대고 속삭였다. "제국의 주인을 자칭하는 27대 황제가 자기 아버지를 독살하고 황위에 오른 건 알고 있겠지?"

깜짝 놀라서 귀를 뗐다. 귀로 들은 내용이 놀라워서이기도 했고, 유난히 진한 감귤 향에 정신이 황홀해졌기 때문이기도 했다. 나는 아무렇지도 않은 척 대꾸했다. "그건…… 물론 소문으로 들은 적이 있지. 그런데 그게 이 책이 이상해진 것과 무슨 관계야?"

"자기한테 구린 구석이 있으니까 이상한 윤리를 강조하는 거지. 제국의 백성들은 이유도 모른 채 시키는 대로 고분고분 따르다 보니 결국 새끼손가락을 보기만 하면 무조건 자르는 극단적인 일까지 벌이게 된 거고. 전에는 대부분 비유로 받아들였는데, 물론 실제 행동으로 옮긴 사람들도 아주 가끔은 있었지만 이제는 그것을 현실로 받아들이는 이들이 점점 더 늘어나게 된 거지."

"그렇다면 할아버지가 잡혀간 것도?"

"그렇지. 다는 아니어도 어느 정도는 관계가 있지."

"무섭네."

"무섭지."

섭구 씨가 책을 덮고 다시 후 하고 입김을 불었다. 방금 전까지 섭구 씨 손에 있던 책은 나비처럼 손목 주위를 날더니 이내 섭구 씨의 손목으로 들어갔다. 보고도 믿을 수 없었기에 결국 참지 못하고 섭구 씨에게 묻고 말았다. "섭구 씨, 도대체 어떻게 한 거야?"

섭구 씨가 귀여운 코를 킁킁거리며 말했다. "간단해. 책을 씨가 쓰면 내가 보관하는 거지. 책을 쓰는 집필자, 나는 보관자."

"어라, 나는 책을 쓴 적이 없는데?"

섭구 씨가 호호 웃으며 말했다. "어제 썼잖아, 그야말로 온몸으로. 초짜치곤 제법 용감해서 감동했는걸."

섭구 씨의 시원한 웃음소리를 들으니 갑자기 자신감이 생겼다. 아하, 그렇군. 이게 바로 책을 쓴다는 의미로구나. 손이 아닌 몸으로 쓰는 책이라면 못 쓸 것도 없겠다 싶었다. 난 머리보다 손발로 하는 일에 훨씬 능하니까. 섭구 씨에게 물었다. "할아버지는 어젯밤을 무사히 보내셨을까?"

섭구 씨가 지팡이로 바닥에 깔린 낙엽을 툭툭 치며 대답했다. "무사히 보내셨고말고."

"섭구 씨를 의심하는 건 아니지만 그걸 어떻게 그렇게 확실히 알아?"

섭구 씨가 검붉은 낙엽이 붙은 지팡이를 내 눈앞에 대고 흔들었다. "책을 씨, 내가 이 참나무 지팡이를 왜 제일 먼저 챙겼을까? 허리가 아파서? 다리가 부실해서? 그렇지 않아. 내 허리는 튼튼하고 다리는 피곤함을 몰라. 이 지팡이를 챙긴 건 할아버지와 나를 이어주는 끈이기 때문이야."

지팡이는 그저 지팡이일 뿐. 그러나 나는 섭구 씨의 새로운 비유를 믿기로 했다. 섭구 씨가 하는 말은 온통 이상한 점투성이였지만 왠지 거짓말 같지는 않았다. 일단 섭구 씨가 말하고 나면 모든 게 그럴듯했다. 섭구 씨가 결론을 내렸다. "책을 씨, 우린 우리 할 일을 하면 돼."

묻고픈 건 산더미였지만 우선은 마음속에 넣어 두기로 했다. 이제 막 여행을 시작한 셈이니 아직은 돌아가는 상황을 조금 더 지켜보는 게 좋을 것 같았다. 마을을 벗어난 섭구 씨가 지팡이를 쭉 뻗으며 말했다. "책을 씨, 이번엔 북동쪽인 것 같아. 벌써부터 냄새가 나는 걸 보니 다행히 그리 멀지는 않아 보이네."

섭구 씨는 말을 마치기 무섭게 걸음을 떼었다. 빈둥거릴 틈은 없었다. 섭구 씨 말대로 섭구 씨의 허리는 튼튼하고 다리는 피곤함을 모르니까. 나는 섭구 씨의 등을 보며 발걸음을 바쁘게 옮겼다.

《사람이 반드시 지켜야 할 올바른 행실》에 대해

『삼강행실도』에서 아이디어를 얻었음이 분명하다. 세종 13년 (1431)에 처음 발간된 『삼강행실도』는 조선이 역사의 무대에서 사라지기 전까지 요약본, 한글본 등의 다양한 판본까지 갖춰 가며 계속 발행된 스테디셀러였다. 중종 6년(1511)에는 삼천 부 가까이 인쇄되기도 했으니 실로 대중적인 책이었다고 할 수 있겠다. 우리의 관심은 이야기와의 연관성에 있는바, 『삼강행실도』에 수록된 내용 중 다음 사항들이 유사하다. (한국학중앙연구원 편 『조선시대 책의 문화사』(휴머니스트)에서 참고했음을 밝힌다.)

충개단지(忠介斷指, 충개가 손가락을 자르다)
석진단지(石珍斷指, 석진이 손가락을 자르다)
귀진단지(貴珍斷指, 귀진이 손가락을 자르다)
은시단지(恩時斷指, 은시가 손가락을 자르다)

『삼강행실도』에는 이야기에 나오는 것보다 더 끔찍한 내용도 있다.

　의부할고(義婦割股, 의로운 부인이 허벅지 살을 베다)
　위초할고(尉貂割股, 위초가 허벅지 살을 베다)

　심지어 『열하일기』를 쓴 개명한 작가이자 학자인 박지원도 『삼강행실도』의 영향에서 벗어나지 못했다. 박지원은 위독한 아버지 박사유를 위해 왼손 중지를 베어 피를 낸 후 그 피를 약에 타서 올리기도 했다. 사경을 헤매던 박사유는 그 뒤 110일을 더 산 후 세상을 떠났다. 박지원의 아들 박종채가 쓴 『과정록』에 나오는 내용이다.

3장／두 번째 책

호동 시집

衚衕 詩集

그리 멀지 않을 것이라는 섭구 씨의 예언은 진실의 별로부터 오백 광년 이상 떨어져 있었다. 새로 맞은 아침과 함께 소리 소문 없이 돌아와 뇌에 안착한 내 시간 감각은, 출발한 지 이미 두 시간도 훨씬 지났음을 귀띔해 주었다. 섭구 씨에게 반격을 가할 수 있는 중요한 정보였으나 당장 꺼내 사용하지는 않기로 했다. 아침을 충분히 먹은 터라 배도 든든했고, 비록 기절의 형태이기는 했어도 단잠을 이루었기에 팔과 다리도 멀쩡했으며, 섭구 씨의 등만 보고 걸어야 하는 특이한 여행 방식에도 어느 정도 익숙해졌으니까. 하지만 세 시간, 이어서 네 시간이 훌쩍 넘어가자 마음 한구석에서 볼멘소리가 혹처럼 툭 튀어나왔다. 멀지 않다는 말의 뜻을 모르나? 이거 이거, 섭구 씨에게 한마디 하고 넘어가야 하는 거 아냐?

나는 섭구 씨에게 넌지시 물었다. "섭구 씨, 아직 멀었어?"

"이제 조금만 더 가면 돼."

"출발할 때 분명 그리 멀지 않다고 했잖아. 이미 네 시간을 걸었으니 그 말은 사실과 조금 다른 게 아닐까?"

섭구 씨가 걸음을 멈추지 않은 채 머리만 돌렸다. 딱히 매서운 눈빛은 아니었으나 나도 모르게 어깨를 움찔하고 말았다. 섭구 씨가 비로소 걸음을 멈추고 나를 향해 돌아선 후 침착한 목소리로 응대했다. "책을 씨가 높은 산에 올랐다고 치자. 정상 구경을 실컷하고 딱 절반 정도 내려왔는데 숨을 헉헉거리며 오르는 사람을 만났어. 그 사람이 처량하게 눈을 뜨고 물었지, 얼마나 더 가야 하느냐고. 책을 씨는 그 사람한테 뭐라고 할 거야? 조금만 더 가면 됩니다, 힘내십시오, 하고 말할 거야, 아니면 아직 멀었습니다, 힘드시면 여기서 포기하시지요, 하고 말할 거야?"

"섭구 씨도 참, 산을 절반 가까이 오른 사람한테 어떻게 포기하라고 말하겠어? 격려하고 기운을 북돋아 주는 게 인간으로서의 조그마한 예의 아닐까?"

"말 잘했네, 조그마한 예의, 콩알만 한 예의, 밤톨만 한 예의. 책을 씨에게 내가 베풀어 준 것도 바로 그 콩알과 밤톨이야."

"그건……."

섭구 씨는 자기 할 말만 하고 빠르게 몸을 돌렸다. 기분 탓일까, 섭구 씨가 내딛는 걸음의 속도는 조금 전보다 배는 빨라진 것 같았다. 부지런히 발걸음을 옮기며 생각했다. 섭구 씨의 말에 빈틈이 없지는 않았다. 섭구 씨가 든 등산의 예와 지금 나의 경우가 똑같다고 말하기는 어려웠다. 나는 산을 오르는 것도 아니었고 포기할 마음도 없었으며 격려를 해 달라고 요청하지도 않았다. 그저 얼마를 더 가야 하는지 오직 그것만 궁금했을 뿐. 그렇긴 해도 내가 상대하기에 섭구 씨는 지나치게 높은 벽이었다. 국경 근처에 있다는 제국의 벽처럼. 생각해 보면 섭구 씨를 따라나서기로 마음먹은 순간부터 쭉 그랬다. 섭구 씨는 그 어떤 면에서도 옆집 아줌마나 동네 형이나 서당 친구 같은, 어디서나 쉽게 볼 수 있는 존재는 결코 아니니까.

주눅이 잔뜩 든 나는 섭구 씨에게 물으려던 또 다른 질문은 꺼내지도 못했다. 사실 내 불만은 단순히 오래 걷는 데 있지 않았다. 한참 전부터 섭구 씨는 앞으로 나아가지는 않고 자꾸 옆길, 또 옆길만 택해서 걸었다. 떠나기 전 명쾌하게 제시했던 북동쪽과는 이미 멀어진 지 오래였다. 다른 이도 아닌 섭구 씨의 선택이니 다 합당한 이유가 있겠지 여기고 군말 없이 믿고 따랐는데 한 시간 전에 지났던, 곰 머리를 닮은 검은 바위가 유난히 툭 튀어나온 골목에 아무렇지도 않게 또다시 들어서는 걸 보곤 도저히 참을 수 없어 입을 열었던 것이다. 섭구 씨에겐 더 말을 못 하니 혼자서 화를 낼 수밖에. 에이 참, 섭구 씨는 이미 지나온 길이란 걸 모르나? 길을 제대로 보고 있기나 한 거야? 골목에 내 목소리가 둥둥 요란한 북소리가 되어 울려 퍼지는 걸 듣고서야 내 잘못을 깨달았다. 혼잣

말치곤 목소리가 너무 컸다. 주위가 유독 조용한 것도 한몫 단단히 했지만 어차피 외부 탓을 할 수는 없는 일. 섭구 씨는 내 목소리를 들었는지 못 들었는지 뒤도 돌아보지 않은 채 그저 이렇게 대꾸할 뿐이었다. "책을 씨, 한 번 성공했다고 책을 씨가 하고 있는 일을 쉽게 생각해선 안 돼. 무엇보다 책을 씨는 이제 막 걸음을 내딛은 사람이니까. 내가 일부러 책을 씨를 골리려 한다는 생각은 하지도 마. 나도 책을 씨를 돕기 위해 내 나름대로 무진장 애를 쓰는 중이니까."

섭구 씨의 일침이 분홍빛 내 얼굴을 아예 여름 딸기 빛으로 만들었다. 섭구 씨 말에는 그른 게 하나도 없었다. 얼마 안 되는 경험에 비추어 보건대 책을 쓰는 건 내가 해야 할 일이었다. 섭구 씨가 이끌더라도 정신 똑바로 차리지 않으면 만사 헛수고이다. 그런데도 어느 순간부터인가 나는 섭구 씨에게 의존한 채 소극적으로 움직이고 있었다. 더 한심한 건 마음 깊은 곳에서 섭구 씨를 향한 의심이 조금씩 싹트고 있었다는 사실이다. 섭구 씨가 말했다. "책을 씨, 그렇다고 미안해할 건 없어. 내가 입이 좀 거칠어서 말은 험하게 했지만 그렇다고 하고 싶지 않은 일을 억지로 하는 건 아니니까."

섭구 씨가 또다시 선수를 쳤다. 솔직하고 따뜻한 말에 고마우면서도 궁금했다. 도대체 섭구 씨는 어떻게 내 마음을 저잣거리에 활짝 펼쳐진 책 읽듯 한 줄 한 줄 다 꿰고 있는 걸까? 내 마음 읽기가 그렇게 쉽고 만만한 걸까? 아, 섭구 씨에겐 도저히 못 당하겠다!

　섭구 씨는 두 시간을 더 걸은 후에야 바닥에 검고 냄새 나는 물웅덩이와 굳은 지 오래인 개똥이 함께 머무는 어느 골목 앞에서 멈추어 섰다. 여섯 시간을 넘는 고된 행군, 그것도 속보로 일관한 행군은 혈기왕성한 나조차도 지치게 만들었다. 마지막엔 할아버지 제발 도와주세요, 하는 소리가 목구멍을 가득 채울 정도였으니까. 하지만 잠깐 걷다 멈춘 사람처럼 땀 한 방울 흘리지 않는 섭구 씨 앞에서 약한 모습을 보이고 싶지는 않았다. 나에게 체면은 여전히 중요한 가치였다. 거친 숨을 억지로 참으며 애써 의연한 척 서 있는데 섭구 씨가 코를 킁킁거리며 물었다. "책을 씨, 거의 다 온 게 분명해. 어디선가 매캐하고 쌉쌀한 냄새가 바람 따라 솔솔 풍겨 오지?"

　엉겁결에 고개를 끄덕였지만 사실 나는 섭구 씨가 말한 것과는 전혀 다른 종류의 냄새를 맡았다. 구수하고 달짝지근하고 새콤하고 매콤하고 짭조름한 냄새, 배 속을 자극해 군침을 돌게 만들고 머릿속에서 잡생각을 모조리 지워 버리는 황홀한 음식 냄새! 출발하기 전에 먹었던 고봉밥은 이미 땀이 되어 안녕, 기회가 되면 다음에 또 봐, 하고 천천히 손 흔들며 내 몸을 빠져나간 지 오래였다. 사실 내 배는 벌써 두세 시간 전부터 걷는 건 좋은데 제발 뭘 좀 넣어 주라고 계속해서 구조 신호를 보내고 있는 중이었다. 그 와중에 허기를 콕콕 찌르는 온갖 냄새까지 맡으니 그야말로 미칠 지경이었다. 섭구 씨가 오른쪽 골목으로 들어서자 나는 사자가 포효하듯 입을 크게 벌리고 바닥에 도리깨침을 뚝뚝 떨어트려 새로운 물웅덩이를 만들 지경이었다.

골목은 좁았다. 말로만 듣던 가늘고 긴 실골목이었다. 어린애 셋은 몰라도 성인 셋은 무리였다. 아니 냉정하게 말하면 둘도 무리였다. 골목은 두 사람이 어깨를 딱 붙이고서야 간신히 함께 지날 수 있을 정도로 좁았다. 게다가 골목 양쪽엔 노점들까지 우후죽순으로 포진해 있었다. 두 사람이 나란히 서서 골목을 지나려면 기예에 가까운 괴이한 동작을 취해야만 했다. 나는 섭구 씨가 같은 골목을 돌고 또 돈 이유 또한 비로소 깨달았다. 섭구 씨가 그 나름대로는 애를 썼다고 말한 이유도 알게 되었다. 이 골목은 바로 호동 지구의 시작점이었던 것.

사실 내가 호동 지구에 대해 빠삭하게 아는 건 아니다. 언젠가 할아버지, 그리고 서당 선생에게서 지나가듯 이야기를 들은 게 전부다. 할아버지에 따르면 호동 지구는 제국에서 가장 좁고 오래된 골목길이 남아 있는 곳이다. 제국의 수도인 황성에 지금처럼 동서남북으로 반듯한 길이 만들어지기 전, 심지어는 제국이 생기기도 전에 황성 바깥에 자생적으로 만들어진 길이라는 뜻이다. 넓고 반듯한 길을 선호하는 제국이, 질서를 좋아하는 제국이, 토목 공사를 경전만큼 사랑하는 제국이 황성에서 그리 멀지도 않은 호동 지구를 못 본 체 내버려 둔 데에는 몇 가지 이유가 있었다. 우선 호동 지구엔 제국의 표준에 크게 못 미치는 작고 좁은 집들이 천여 채 가까이 모여 있었다. (정확한 숫자는 정보 수집 전문인 까마귀들도 모를 것이다!) 함부로 손을 댔다간 그들 대부분이 길거리를 떠도는 유랑민이 될 터이고 그들이 황성으로 밀고 들어오면 민심이 크게 술렁일 테니 제국으로서도 망설이지 않을 수 없었다.

또 다른 이유는 호동 지구 주민들의 특성이었다. 호동 지구는 제국 이전에 존재했다 사라진 이전 국가의 영향 때문에 제국에 대해 삐딱한 시선을 가진 이들이 유독 많이 모여 사는 곳으로 유명했다. 제국은 그 사실을 알면서 모르는 체했다. 이유는 간단하다. 그래야 오히려 관리하기가 쉽기 때문이다. 못마땅한 행동과 언어들을 한쪽 눈 슬쩍 감고 한쪽 귀 슬쩍 가린 채 아무것도 모르는 척 내버려 두었다가 제국의 안위를 흔드는 큰일이 터지면 특수 훈련을 받은 까마귀들을 투입해 한꺼번에 일이십 명씩 잡아들이는 게 제국의 전매특허였다.

물리적인 이유도 존재했다. 호동 지구를 뒤집어엎기에 충분한 대규모 인력을 진입시킬 방법을 찾기가 만만치 않았던 것. 호동의 좁은 골목들은 수시로 막히고 뚫렸다. 어제는 입구였던 곳이 다음 날 다시 가 보면 벽인 경우도 허다했다. (섭구 씨가 헤맨 이유였다!) 그런 마당에 인력을 대량 투입했다간 자칫 화를 당할 가능성이 있었다. 결국 여러 이유가 마구 뒤섞여 호동 지구는 그 원초적인 열악함에도 불구하고 수백 년 넘게 유지되어 온 것이다, 라는 게 할아버지의 이야기였다.

서당 선생의 이야기는 훨씬 더 간단했다. 삐딱한 시선 어쩌고저 쩌고는 다 옛날이야기이며 지금은 그저 가진 것 없고 배운 것 없는 무리들이 도적들처럼 진을 치고 있는 마을일 뿐이라고 단정 지었다. 우리의 위대하신 황제께서 마음만 먹으면 없애는 건 일도 아니라고, 황제의 비서라도 되는 양 호언장담을 침과 함께 퍼부었다.

할아버지와 서당 선생이 가르쳐 주지 않은 정보가 있었다. 바로 호동 지구 입구에는 음식을 파는 수많은 노점이 자리하고 있다는 사실이었다. 음식 냄새에 흥분해 눈이 뒤집힌 내가 앞서가려고 하자 섭구 씨가 지팡이로 내 배를 툭 치며 말했다. "책을 씨, 조심해. 이 골목은 꽤나 위험한 곳이야."

섭구 씨의 경고를 받아들이기엔 너무 허기졌다. 고개를 살짝 끄덕이곤 개똥을 피해 과감하게 한 걸음 앞으로 내디뎠다. 섭구 씨는 여행에 나선 후 처음으로 내 뒤에 섰다. 몇 걸음도 안 되어 상인들이 제각기 목소리를 높여 나를 반겼다. 만두 있어요, 만두. 쌀로 빚은 인절미 한번 먹어 봐. 감자전 한 장 먹고 가시지. 산초 가루로 맛을 낸 매운탕이 그만이지…….

주머니에 손을 넣고 동전을 헤아렸다. 많지는 않으나 허기를 채우기엔 충분했다. 섭구 씨에게도 한 접시 대접하리라 결심했다. 신세를 갚을 좋은 기회였다. 상인들이 싸움하듯 경쟁적으로 제시하는 가격은 황성에 비하면 턱없이 낮았으니까. 나는 내 눈에 제일 먼저 들어온 만두부터 먹기로 했다. 동전 세 개를 내밀었더니 만두 다섯 개가 곧바로 나왔다. 허겁지겁 하나를 집어 입에 넣었다. 기대했던 것만큼 맛이 썩 훌륭하지는 않았다. 다 삼키고 나니 목구멍 뒤쪽 어딘가에서 시큼한 냄새가 살짝 풍겼다. 그래도 허기를 물리칠 정도는 아니었다. 하나를 더 입에 넣은 후 빠르게 씹으며 섭구 씨를 찾았다. 섭구 씨는 주위를 살피는 중이었다. "섭구 씨, 하나 먹을래? 아니면 새로 한 접시 사 줄까?"

섭구 씨가 아무 말도 하지 않았기에 생각이 없나 보다 하고 내 마음대로 결론을 내린 후 그냥 내 입에 마저 넣었다. 네 번째 만두를 먹는데 모래가 와사삭 씹혔다. 뜻밖의 사태에 깜짝 놀라 서둘러 뱉었더니 바닥에 모래사장이 생겼다. 와, 이럴 수가. 이건 아예 모래 만두였다. 어쩐지 처음부터 조금 껄끄러운 기운이 느껴지더라니. 하나 남은 만두를 손으로 조심스럽게 쪼개어 보니 역시 모래 만두였다. 그대로 먹었다간 목구멍이 사막으로 변할 판이었다. 주인에게 점잖게 따져 물었다. "어째 만두 안에 모래가 들었나?"

나는 주인이 머리 숙여 사과하고 곧바로 만두를 바꿔 주는 아름다운 광경을 예상했다. 하지만 주인은 눈을 부라렸다. "이 양반이 어디서 행패야? 그 만두는 내가 만든 게 아니오." 하도 어처구니가 없어서 입만 크게 벌어졌다. 내가 말을 잇지 못하는 사이 주인은 한술 더 떴다. "장사에 방해되니 저리 비키시오."

내가 어리다고 무시하는 게 분명했다. 잠자는 사자를 건드리다니. 나이는 어려도, 가문은 기울었어도 나는 여전히 제국의 사족이다. 상인이 사족을 무시하다니 있을 수 없는 일이었다. 할아버지가 까마귀들에게 잡혀갔다는 뼈아픈 사정 때문에 굳이 나서서 문제를 일으키고 싶지는 않았으나 예절이 무너진 현장을 그냥 보고 넘어가자니 젊은 피가 푹푹 끓었다. "여기 이 가슴에 있는 금빛 배꽃 문양이 네 눈에는 안 보이느냐?"

"가짜 아냐?"

"뭐라고?"

"그런 것쯤은 이 골목에서 백만 개라도 만들 수 있어. 세상이 어느 세상인데 그 따위로 위세를 떨려고 하나?"

"아니, 이자가 정말."

내가 언성을 높이자 상인이 오른손을 살짝 들었다. 뒤쪽에 있던 검은 여닫이문이 흔들리더니 곧바로 활짝 열렸다. 어깨를 숙여야 출입할 수 있는 작은 문에서 씨름 선수 같은 남자가 몸을 비틀어 나왔다. 남자는 아무 말도 하지 않은 채 두툼한 곰 손바닥으로 목을 주무르며 나를 노려보았다. 조심하라는 섭구 씨의 경고가 뜻한 바를 비로소 깨달았다. 나는 조용히 물러서서 노점을 떠났다. 섭구 씨가 뒤따라오며 물었다. "책을 씨, 괜찮아?"

괜찮을 리가 있나? 어제는 까마귀에게 뒷발차기를 당하더니 오늘은 상인에게 멸시를 당한 판인데. 섭구 씨만 없었다면 저런 망할 놈들이, 하고 한바탕 욕을 내질렀을 것이다. 하지만 나는 괜찮아, 하고 말하곤 애써 웃음까지 지어 보였다. 섭구 씨가 다시 물었다. "정말 괜찮아?"

"괜찮아. 걱정해 줘서 고마워."

"주머니를 털렸는데도 정말 괜찮아?"

놀라서 주머니를 뒤졌다. 없었다. 동전이 하나도 없었다. 섭구 씨가 남의 이야기하듯 담담하게 사실을 전했다. "조금 전 어떤 남자가 책을 씨 주머니에 손을 넣었다 빼더라."

"그런데도 가만히 있었어?"

"어차피 못 잡아. 여긴 호동 지구니까."

"그래도 알려는 줬어야지."

"책을 씨, 내가 분명히 이야기했잖아, 위험한 곳이라고."

"이 위험한 곳에 왜 찾아왔는데?"

"왜 왔을까?"

섭구 씨의 반문을 듣고서야 내 어리석음을 깨달았다. 잠깐의 정적을 깨고 섭구 씨가 말했다. "책을 씨, 갑자기 닥친 여러 상황에 몸과 마음 모두 힘든 건 나도 알고 있지만 그래도 정신은 똑바로 차렸으면 해. 우린 아직 목표로 한 책을 못 찾았어. 이렇게 말할 수밖에 없어서 미안한데 우리가 가야 할 곳은 저 앞 어딘가야. 정확히 어느 지점인지는 길이 하도 복잡해서 나도 잘 모르겠어."

섭구 씨는 지팡이를 들어 앞쪽을 모호하게 가리켰다. 작고 좁은 집이 빽빽하게 들어선 골목들이 눈에 들어왔다. 눈앞에 보이는 골목만 대여섯 개가 넘었다. 모르긴 몰라도 한 골목에 들어서면 곧바로 갈림길이 나타날 것이다. 골목이 골목을 낳고 그 골목이 또 다른 골목을 낳는 신기하고 복잡한 미로 같은 동네가 바로 호동 지구였다.

나는 주인에게 한 소리를 듣고 기가 푹 죽은 한 마리 개가 되어 섭구 씨 뒤를 얌전히 따라갔다. 섭구 씨는 처음 만난 갈림길에서 잠시 망설이다 오른쪽 길을 택했다. 곧바로 나타난 또 다른 갈림길에서는 왼편을 택했다. 섭구 씨의 망설이는 어깨로 봐서 어떤 기준이 있다기보다는 그때그때의 감각에 의존해 고르는 게 분명했다. 길은 좁았고 갈림길은 바람에 날리는 낙엽만큼 많았다. 정신을 바짝 차려야만 했다. 잠깐 넋을 놓았다간 섭구 씨를 영원히 놓칠지도 몰랐다. 이미 노점 상인에게 혼쭐이 난 터라 이 무서운 호동 지구를 홀로 헤매고 싶은 마음은 털끝만큼도 없었다.

갈림길을 네다섯 개 이상 지났을 때였다. 좁고 깊은 골목에선 바람도 몸을 꼬아서 불고 햇빛도 퍼붓다가 지쳐서 위력을 발휘하지 못한다는 사실을 몸으로 깨달았을 때였다. 섭구 씨가 갑자기 걸음을 멈추더니 지팡이를 높이 들었다. 그러고는 코를 킁킁거리며 물었다. "책을 씨, 이 근방에서 매캐하고 씁쓸한 냄새가 나지 않아?"

"저쪽이야."

나는 가느다란 연기가 하늘에서 내려온 동아줄처럼 피어오르는 집을 향해 재빨리 달렸다. 어느 순간 섭구 씨가 내 앞을 휙 지나갔다. 나는 섭구 씨 등이 사라진 집으로 뒤따라 들어갔다. 할아버지보다 더 나이 많아 보이는 흰 수염 노인이 놀란 눈으로 우리를 보았다. 노인은 부뚜막 앞에 쪼그리고 앉아 탕약을 끓이는 중이었다. 집은 정말 좁았다. 문을 열었는데 곧바로 부엌이 나타났으니까. 나는 섭구 씨를 보았다. 섭구 씨가 고개를 저었다. 매캐하고 씁쓸하긴 했으나 섭구 씨가 찾는 냄새는 아니었다.

밖으로 나온 섭구 씨는 코를 쿵쿵거리더니 또다시 재빨리 달렸다. 우리는 갈림길을 두세 개 지나 왼편에 나타난 집으로 뛰어들었다. 좁은 마당에서 흙을 만지며 놀던 쌍둥이 남자아이 둘이 우리를 보자마자 까르르 웃었다. 석쇠에 도루묵을 굽던 여인의 눈초리는 아이들과 사뭇 달라 경계의 표시가 역력했다. 다시 밖으로 나온 섭구 씨는 코를 쿵쿵거리며 이 집 저 집을 뒤졌다. 가마솥에 밥을 짓는 여인 둘을 만났고, 화로에 고기를 굽는 팔자 좋은 더벅머리들도 만났다. 어느 집에선가는 까마귀처럼 위아래로 검게 차려 입은 중년 남자를 보고 혼비백산해 뛰쳐나오기도 했다.

섭구 씨의 코끝이 잘 익은 사과처럼 빨개졌을 무렵 나도 냄새를 맡았다. 섭구 씨가 내내 말했던 매캐하고 씁쓸한 냄새가 무엇인지 내 코로 직접 느끼고서야 알아챘다. 내게도 익숙한 냄새였는데 왜 몰랐을까? 나는 정말 한심한 아이였으니 그건 바로 책을 태우는 냄새였던 것. 이 미로 같은 골목 어느 집에선가 책을 불에 집어 넣고 학살하는 중이었다. 냄새의 정체를 알고 나니 섭구 씨의 생각 도 읽을 수 있었다. 섭구 씨의 목표는 불에 타 사라지기 직전인 책 들을 구하는 것이었다. 둔한 내가 냄새를 맡을 정도였으니 목적지 는 그리 멀지 않은 셈이었다. 하지만 우리가 있는 곳은 호동 지구 였다. 바로 옆집처럼 보이는 곳도 갈림길을 서너 개 통과한 후 윗 길 아랫길을 한두 번씩 지나고 왼쪽 오른쪽으로 돌아야 도달할 수 있는 마을. "책을 씨, 서둘러야 해. 이러다 책이 다 타 버리겠어. 그 러면 곤란해져. 세상에 한 권밖에 없는 책이거든."

섭구 씨가 나를 만난 이후 처음으로 초조한 기색을 드러냈다. 내 책임인 것 같아 또다시 미안해졌다. 머리를 쓸 겨를이 없었다. 그 렇다면 몸을 써야 했다. 에라 모르겠다, 하는 마음으로 집집마다 다 쳐들어갔다. 무모한 방법이었는데 뜻밖에 소득이 있었다. 세 번 째로 들어간 집 좁은 마당에서 젊은 부부와 눈이 마주쳤다. 남자의 손에는 책이 들려 있었고 여인은 작은 체구로 몸이 긴 남자의 앞 을 막고 버티는 중이었다. 나의 갑작스러운 등장에 잠깐 동작을 멈 췄던 남자는 여인의 어깨 너머로 책을 던졌다. 익숙해서 더 슬픈 광경이 펼쳐졌다. 어제 보았던 작은 문자 산의 축소판이 이 집 마 당에도 있었다. 어제 보았던 불 화 자보다 조금 작은 불꽃들이 이 집 마당에서도 어깨를 들썩이며 신나게 춤을 추었다. 다른 게 있다 면 어제는 까마귀들이 책을 던졌고, 지금은 이 집의 주인으로 보이는 남자가 직접 던지고 있다는 사실뿐이었다.

불을 자세히 본 나는 뒤통수를 문지르며 낙망했다. 이미 많은 책이 재로 변한 뒤였다. 남자의 곁엔 이제 책이 몇 권 남지 않았다. 뒤늦게 집으로 따라 들어온 섭구 씨가 대번에 상황을 파악하고는 다짜고짜 지팡이를 휘두르며 남자에게 다가갔다. 남자는 지팡이 세례를 간신히 피한 후 남은 책을 들어 한꺼번에 불 속으로 던졌다. 여인이 주저앉으며 이를 어째, 남편이 평생 쓴 시들인데, 하고 울부짖었다. 나는 잠깐 머뭇거리다 불 속을 향해 무작정 손을 뻗었다. 남자가 마지막으로 던진 책들 중 몇 권이 손에 잡혔다. 불 화자가 뱀처럼 혀를 날름거리며 다가오는 걸 보곤 재빨리 손을 빼냈다. 불길에 스친 손목이 쓰라렸지만 내 상처를 확인할 상황은 아니었다. 내 행동을 본 남자가 흥분해서 날뛰었다. 섭구 씨와 여인이 남자를 말리려고 팔 하나씩을 잡아당겼다. 남자는 팔을 빼내려고 안간힘을 썼다. 섭구 씨가 외쳤다. "책을 씨, 책에 불이 붙었어."

어렵게 구해 낸 책에서 갑자기 불꽃이 솟았다. 나는 발로 불꽃을 재운 뒤 책들을 무작정 품 안에 넣었다. 가슴이 단번에 뜨거워졌다. 날씨는 쌀쌀했지만 결코 다시는 경험하고 싶지 않은 지독한 뜨거움이었다. 섭구 씨가 다시 외쳤다. "책을 씨, 불을 꺼. 한 권이라도 더 구해야 해."

마지막 열기를 다해 활활 타오르는 불에 손을 넣을 용기는 나지 않았다. 나는 주위를 두리번거리다가 부뚜막 옆에서 물이 든 바가

지를 찾아서는 책들을 먹이 삼아 활활 타오르고 있는 불길에 부었다. 불길은 순간적으로 기운을 잃고 비틀거렸고 나는 남은 불을 발로 밟아서 껐다. 남자가 바닥에 주저앉는 것을 보고서야 동작을 멈추었다. 그러나 내 노력은 보상받지 못했다. 처음 건진 세 권의 책을 제외하곤 이미 모두 재로 변한 뒤였다. 세 권의 책 또한 꺼내서 확인해 보니 온전하지는 않았다. 절반 이상이 불에 타 버렸다. 재를 털고 보니 실제로 구한 책은 다해 봐야 한 권 분량밖에는 안 되었다. 나는 섭구 씨를 보며 고개를 저었다. 그러나 섭구 씨는 나를 보며 고개를 끄덕였다.

우리는 그날 저녁을 남자의 집에서 보냈다. 소박한 개다리소반을 사이에 두고 이야기를 나누면서 살펴본 결과 남자는 책을 불꽃의 먹이로 던져 주던 때와는 전혀 다른 사람이었다. 얼굴빛은 파리했고 말수 또한 적었다. 가슴에 단 은빛 배꽃 문양이 남자의 신분을 알려 주었다. 남자는 '모기'였다. 정식 명칭은 제2 사족으로, 사족인 아버지와 일반 신분의 어머니에게서 태어난 이들을 부르는 호칭이다. 그들이 모기라 불리는 이유는 간단했다. 사족들의 몫인 몇몇 관직을 왱왱거리며 빨아먹는 걸 사족들이 못마땅하게 여겼기 때문이다. 일정 비율의 제2 사족을 관직에 등용하도록 명시한 법률을 만든 건 제국 역사상 최고의 통치자였던 22대 황제였다. 황제가 만든 법률은 혁신적인 작품은 결코 아니었다. 황제는 의술,

산술, 통역 등 법률상 사족들의 업으로 되어 있으나 사족들이 꺼리는 바람에 제국 건립 초기부터 제2 사족들이 관습적으로 맡아서 해 오던 일들을 공식화했을 뿐이었다. 그러므로 제2 사족들을 모기라 부르는 건 사실 온당한 일은 아니다. 사족들은 진실을 알면서도 외면했다. 자신들의 권리를 크게 침해당하기라도 한 것처럼 제2 사족이라는 단어만 들어도 치를 떨었다.

침묵을 지키는 남자를 대신해 여인이 사정을 털어놓았다. "남편은 시인이랍니다. 아침에도 시를 쓰고 점심에도 시를 쓰고 저녁에도 시를 쓴답니다." 남자는 깊은 한숨을 내쉬며 어렵게 입을 열었다. "부끄럽습니다."

속으로 조금 놀랐다. 열일곱 해를 살면서 처음 만난 시인이었다. 나는 인생의 서글픔을 곱씹게 만드는 두보의 시를 열렬히 좋아하는 터라 반가웠다. 두보의 시를 어설프게나마 흉내 내 본 적이 있어서 나는 잘 알고 있었다. 시는 아무나 쓰는 게 아니라는 사실을. 내가 시인이 된다면 할아버지 얼굴에는 매화를 닮은 은은한 웃음꽃이 활짝 피어날 것이다. 물론 내 능력으로는 불가능한 일이지만. 그런데 시인인 것이 자랑스럽기는커녕 부끄럽다니 나로선 이해가 잘 되지 않았다. 남자가 고개를 여러 번 내저으며 말했다. "저는 시인이 아닙니다. 아내가 사정을 잘 모르고 한 말입니다."

"무슨 소리예요? 당신이 쓴 것보다 훌륭한 시는 읽어 본 적이 없어요. 그깟 제국의 문예 심사관이 내린 너절한 평가 따위에 신경 쓸 게 뭐가 있나요?"

"제국의 문예 심사관은 문학을 전문적으로 평가하는 사람이에요. 그 사람이 아니라고 하면 아닌 겁니다."

"당신 시를 읽곤 경박하다, 한마디로 퇴짜를 놓았어요. 무슨 평가가 그 모양이에요?"

"그 사람이 쓰레기라면 쓰레기인 겁니다. 쓰레기니까 불에 태워 없애야 하는 거고."

부부간에 오가는 격렬한 문답을 듣고서야 깨달았다. 오늘 제국에서 사라진 건 남자가 그동안 써 온 시 모음인 것이다. 섭구 씨가 세상에 한 권밖에 없는 책이라고 강조한 이유였다. 나는 속으로 크게 놀랐다. 시의 질이야 무지한 내가 이렇다 저렇다 논할 문제가 아니지만 그 엄청난 양에는 감탄하지 않을 도리가 없었다. 아침, 점심, 저녁으로 시를 썼다는 여인의 말은 결코 거짓이 아니었다. 아마도 남자는 아내가 잠든 깊은 밤과 이른 새벽에도 시를 썼을 것이다. 섭구 씨는 내내 침묵을 지키면서 불 속에서 건진 남자의 책을 뒤적거렸다. 방 안에 들어오기 전 한참을 털어 냈지만 아직도 재가 남아 방 안을 날아다녔다. 섭구 씨가 재를 피해 살짝 고개를 돌려 기침을 한 후 시를 읽었다.

세상은 언제나 이랬다저랬다 변덕스럽고
이 작은 몸은 고통과 근심에서 벗어나지 못하네.

잘난 사람들 앞에서 원치도 않는 배우가 되어
얼굴에 안 맞는 가면을 쓴 채 속으로 엉엉 우네.

방심한 상태로 듣고 있다가 깜짝 놀라서 이게 뭐야, 하고 외치곤
자리에서 벌떡 일어날 뻔했다. 이번엔 남자에게 뒷발차기를 제대
로 당한 느낌이었다. 뭐랄까, 꼭꼭 숨겼던 내 마음을 들킨 기분이
었다고 말하면 정확한 표현이 될까? 할아버지에게 털어놓지는 않
았지만 서당 생활은 내겐 고문이었다. 아이들은 부모도 없이 할아
버지와 단둘이 허물어져 가는 집에서 사는 나를 수시로 놀려 댔고
서당 선생은 그 사실을 알면서도 모른 척했다. 나는 그 이유를 잘
알고 있었다. 사족으로서 우리의 처지가 그만큼 위태위태했기 때
문일 것이다. 제국에서 당장 사족 신분을 박탈해도 할 말이 없을
만큼 우리는 한심한 처지였으니까. 눈치 빠른 서당 선생이 굳이 나
를 챙길 까닭은 없었다. 사실 눈치코치는 사족이 예의보다 먼저 갖
춰야 할 덕목이니까. 떨리는 목소리로 섭구 씨에게 부탁했다. "섭
구 씨, 한 편만 더 읽어 주지 않겠어?"

가족이 백 명이면 입도 백 개
모두들 좋은 음식을 먹고 훌륭한 옷을 입었지.
나는 초라하고도 한심하지.
오늘 넘긴 한술 밥도 남을 속여 얻은 것이니.

하마터면 왈칵 눈물을 쏟을 뻔했다. 꾀죄죄하고 남루한 남자가 전혀 다른 존재로 보였다. 몸도 얼굴도 지팡이처럼 길쭉하기만 해서 일주일 굶은 말처럼 보이는 남자가 이제 시성 두보의 현신으로 다가왔다. 남자는 어떻게 나와 같은 이의 사정을 손바닥 위의 달팽이 보듯 잘 아는 걸까? 흥분을 감추지 못하고 남자에게 대뜸 고백하고 말았다. "이런 훌륭한 시는 처음 들어 봅니다. 초라하고 한심한 제 이야기 같아요."

"그렇지요?"

여인이 반색하며 대꾸했다. 남자의 반응은 정반대였다. "제국에서 거들떠보지도 않고 버린 쓰레기를 훌륭하다고 말하다니 당신의 안목도 형편이 없군요."

시가 좋아서 좋다고 말했을 뿐인데, 내 마음을 울렸기에 그랬다고 고백한 것뿐인데 느닷없이 날카로운 화살이 날아온 격이었다. 위험을 감수하고 불 속에서 책을 건졌더니 필요도 없는 걸 뭐하러 꺼냈느냐고 비웃는 격이었다. 나는 아무 말도 하지 않았다. 어리석은 나였지만 남자의 마음은 어느 정도 읽을 수 있었다. 남자는 날카로운 창과 칼로 온몸을 찔린 상태였다. 제국의 공식 시인으로 등용되리라는 기대가 무산되자 곪아서 터진 아픔을 더는 견딜 수 없었고 그래서 처음 만난 나에게까지 독설을 퍼붓고 있는 것이다. 내침묵이 남자의 마음을 흔든 것 같았다. 남자가 아, 하고 비명에 가까운 소리를 토해 내더니 곧바로 고개를 숙였다. "죄송합니다. 처음 뵙는 분한테 심한 말을 했군요."

남자는 피곤한 듯 벽에 등을 기대고 눈을 감았다. 여인이 울먹였다. "다시 한번 사과드릴게요. 시인이 되면 호동 지구에서 벗어날 수 있겠다는 기대로 하루하루를 버텼었거든요. 그런데 이제는……."

잠자코 지켜보던 섭구 씨가 끼어들었다. "쓰레기인 건 맞아요."

남자가 눈을 번쩍 뜬 걸 보고 섭구 씨가 말을 이었다. "제국의 입장에선 쓰레기지요. 제국이 직면한 문제들을 무서울 정도로 솔직하게 기록했으니, 아주 위험한 쓰레기지요. 제국의 토대를 흔들 수 있는 전염성 강한 쓰레기지요. 하지만 저로서는 당신의 어설픈 기대를 먼저 지적하지 않을 수 없네요. 떠들썩한 말과는 달리 모든 이를 골고루 돌보는 데 실패한 제국을 비판하는 시를 보내고도 제국의 공식 시인이 되리라고 기대했단 말인가요?"

역시 섭구 씨라는 생각이 들었다. 섭구 씨의 언어는 매서우면서도 논리 정연했다. 듣다 보니 저절로 고개가 끄덕여졌다. 남자의 시는 제국의 권장 사항과는 사뭇 거리가 있었다. 제 아버지를 독살했다는 27대 황제가 등극한 십 년 전부터 엄정한 질서와 예절을 강압적으로 강조해 온 제국이 자신들의 목소리를 대변할 시인으로 남자를 선택할 것 같지는 않았다. 남자가 허탈한 목소리로 말했다. "그렇지요, 제가 바보였지요. 제국의 분위기가 심상치 않다는 건 알았지만 평생 써 온 시에 대한 미련을 도저히 버릴 수가 없어서……. 나도 할 말이 있습니다. 그렇게 잘 알면서 왜 제 책을 불속에서 꺼냈습니까? 제국이 이 모양 이 꼴이라 제 시들을 출판할 방법도 없는데 말입니다."

"제가 갖고 싶어서요."

"네?"

"저한테 넘기시라고요."

"그게 무슨?"

"혜택은 전혀 없답니다. 돈도 드릴 수 없고, 시인의 명예도 보장할 수 없어요. 어쩌면 앞으로 수백 년 동안 아무도 못 읽게 될지도 모르고요. 그래도 그냥 넘기세요."

"도무지 무슨 말씀을 하시는 건지……."

이번엔 내가 끼어들었다. "시들어 가는 제국을 구원할 강력한 도구가 될 거예요."

나는 남자를 설득하기 위해 '강력한'이라는 형용사를 내 마음대로 추가했다. 남자는 잠깐 고민한 후 여인을 보았다. 여인이 고개를 끄덕이자 남자도 따라서 고개를 끄덕이곤 이렇게 말했다. "갑작스러운 일들의 연속이라 뭐가 뭔지 제대로 이해는 잘 안 가지만 어느 정도 마음에 와닿는 부분은 있습니다. 정 그렇다면…… 드리겠습니다."

섭구 씨는 타다 만 책들을 집어 손목 위에 놓곤 후 하고 입김을 불었다. 책들은 한 마리 나비가 되어 섭구 씨 손목으로 들어갔다. 섭구 씨가 눈썹을 모으고 물었다. "책의 제목은 무엇으로 할까요?"

"'호동 시집'으로 해 주세요. 미우나 고우나 호동 지구에서 탄생한 시이니까요." 여인이 말했고 남자가 잠깐 생각한 끝에 고개를 끄덕였다.

한 권의 책을 더 썼으니 이제 떠날 시간이었다. 하나뿐인 좁은 방을 보고도 하룻밤 신세를 지겠다고 말하는 건 예의가 아니었다. 가야 할 곳이 있다는 말을 한 뒤 곧바로 일어선 우리를 보고 잠깐 머뭇거리던 남자가 물었다. "책을 씨라면 혹시 오주 선생님의 손자분 아니십니까?"

자기소개를 하면서 할아버지 이름은 쏙 빼 버렸던 나였다. 할아버지를 무시해서가 아니라 혹시라도 모를 위험을 피하기 위해서였다. 하지만 자신과 세상의 부족함을 솔직하고 냉정한 시선으로 바라보며 시를 쓰는 남자라면 믿어도 될 것 같았다. 나는 반색하며 물었다. "할아버지를 아십니까?"

"잘 아는 사이는 아니고요, 이름을 들은 적은 있습니다. 책을 씨와 섭구 씨를 만나고 보니 문득 생각이 나서요. 지금은 별고 없으시지요?"

섭구 씨가 지팡이로 바닥을 톡톡 두드리면서 대답했다. "잘 지내십니다. 어제도 그러셨고 오늘도 마찬가지이실 거예요. 물론 내일도 그러실 테고요."

"그렇다면 다행이로군요. 요즈음 골목 사이로 흘러 다니는 소문들이 하도 좋지 않아서……."

남자가 더 말을 이으려 했지만 섭구 씨가 내 등을 떠다밀다시피 방에서 내쫓는 바람에 뒤는 더 듣지 못했다. 남자와 여인은 문밖까지 나와 우리를 배웅했다. 막 걸음을 뗀 우리를 바라보던 남자가 걱정스러운 눈빛으로 물었다. "나가는 길은 아십니까? 처음 오는 분들은 많이 헤매거든요."

섭구 씨가 지팡이로 검은 물웅덩이를 살살 두드리며 자신 있게 대답했다. "길을 찾는 것은 제 전문 분야입니다. 그러니 걱정은 전혀 하지 않으셔도 된답니다."

떠나려는 우리를 남자가 다시 불렀다. 남자는 말을 하려다 말고 고개 숙여 바닥을 보면서 조심스럽게 입을 열었다. "느닷없는 질문입니다만 제 책이 혹시 도서관에 꽂히게 되는 겁니까?"

섭구 씨가 슬며시 고개를 든 남자를 똑바로 보며 말했다. "그럴 거예요."

"혹시 제가 쓴 책을 보려면……."

"떠나세요. 찾아 나서세요. 처음엔 쉽지 않을 거예요. 그러나 반드시 찾을 수 있을 거예요."

"그렇군요. 역시 그렇군요. 제가 들은 게 사실이었군요. 어디로 가야 할지 알려 주시지는 않겠지요?"

"떠나세요. 반드시 찾을 수 있을 거예요."

"그렇지요, 역시 그렇지요. 그래야 하겠지요."

남자와 섭구 씨가 나누는 말을 나는 하나도 이해하지 못했다. 무슨 암호문들을 주고받는 느낌이었다고나 할까? 섭구 씨는 머리를 갸웃한 채로 멈춰서 골똘히 생각에 잠긴 남자에게 고개를 살짝 숙인 후 내 어깨를 툭툭 치며 말했다. "책을 씨, 어서 가자."

《호동 시집》에 대해

이언진의 「호동거실」에서 아이디어를 얻었음이 분명하다. '호동'은 골목을 뜻한다. 이언진은 역관 시인으로 평생 시 창작에 몰두했다. 그러나 그의 시는 당대에 인정받지 못했고 결국 이언진은 죽기 직전 자신이 썼던 시를 모두 불태웠다. 원고 일부를 불 속에서 꺼낸 건 이언진의 아내였다. 이언진이 죽은 후 『송목관신여고(松穆館燼餘稿)』가 출판되었는데 송목관은 이언진의 호이며, 신여고는 타다가 남은 원고라는 뜻이다. (이상의 내용은 박희병 선생이 편역한 『골목길 나의 집』(돌베개)을 참고했다.) 바로 이 『송목관신여고』에 「호동거실」이 수록되어 있다.

불에 타 사라질 뻔한 또 다른 책으로는 『열하일기』가 있다. 박지원이 이덕무, 박제가, 남공철, 박남수 등이 모인 자리에서 『열하일기』 초고를 낭독하던 중에 일어난 일이었다. 박남수는 촛불을 들어 책을 태우려 했다. 『열하일기』가 옛글의 법도에 어긋난다고 판단했기 때문이다. 다행히 남공철이 박남수를 막아서 『열하일기』
는 사라지지 않았다. 이상은 당시 현장을 목격하고 직접 행동에 나
섰던 남공철의 『금릉집』에 나오는 내용이다.

　불에 타 버렸음에도 존재하는 기이한 책으로는 『난설헌집』이
있다. 27세라는 젊은 나이에 세상을 떠난 허난설헌은 자신의 작품
을 불에 태우라는 유언을 남겼고, 유언은 충실히 이행되었다. 그러
나 누나의 흔적이 사라지는 것을 안타까워한 허균은 자신이 보관
하고 있던 시문들과 외우고 있던 시들을 모아 『난설헌집』을 간행
했다. 허균이 아니고서는 불가능했을 이러한 편찬 방식 때문에 오
늘날까지도 『난설헌집』은 중국 시의 표절, 혹은 허균의 창작품이
라는 설이 계속해서 나오고 있다.

4장 / 세 번째 책

정숙한 여인이 지켜야 할
오백한 가지 기본예절

호동 지구를 잘 안다고 좁은 골목이 쩡쩡 울리도록 자신 있게 대담한 섭구 씨 덕분에 우리는 출구를 찾아 이 골목 저 골목을 마구 쑤시고 다녀야만 했다. 섭구 씨가 자부하던 날카로운 방향 감각은 미로 같은 골목에 발목이 잡혀 숨도 못 쉬고 허우적대느라 제 기능을 전혀 발휘하지 못했다. 우리는 족히 수백 개의 골목을 돌고 또 돌아 머리와 속이 동시에 뒤집힐 지경에 이르러서야 겨우 호동 지구를 빠져나왔다. 나오고 보니 우리가 들어갔던 입구와는 전혀 다른 곳이었다. 물론 그곳에도 음식을 파는 장사치 몇이 있어 웃는 눈빛으로 우리에게 접근했지만 나는 그들과 눈도 마주치지 않았다. 호동 지구에 비하면 바다처럼 넓은, 제국의 표준에 부합하는 길에서 시원한 공기를 실컷 들이키며 몇 걸음 걷다가 뒤를 돌아보았다. 우리가 빠져나온 출구는 집과 집 사이에 교묘하게 가려져 이미 제대로 보이지도 않았다. 나는 인정할 수밖에 없었다. 호동 지구의 기이한 위력은 정말 대단하다는 사실을!

희뿌옇게 밝아 오는 동쪽 하늘이 시간의 경과를 알려 주었다. 우린 적어도 서너 시간 이상을 호동 지구에서 헤맨 것이다. 하품을 참느라 눈물이 맺혔다. 되도록 입을 크게 벌리지 않으려 애를 쓰며 조심스럽게 하품을 한 후 섭구 씨에게 물었다. "섭구 씨는 피곤하지 않아?"

사실 물에 빠진 솜뭉치 신세인 건 나였다. 출구를 찾겠다는 절박한 목표를 갖고 정신없이 움직일 때는 몰랐는데 막상 넓은 길로 나오고 보니 쌓였던 피로가 한꺼번에 몰려왔다. 몇 발짝 앞에 주막집이 보였다. 아랫목이 검게 탄 허름한 방에 들어가 한두 시간이라도 쪽잠을 청한 뒤 국물에 기름이 둥둥 헤엄치는 소머리국밥 한 그릇 뚝딱 해치우면 세상에 그보다 더 상쾌한 일은 없을 것 같았다. 문제는 사족의 알량한 자존심이 아직도 내 가슴에 돌돌 말린 때처럼 떨어지지 않고 남아 있다는 사실이었다. 먼저 쉬자고 말하는 건 손이 발이 되기 전엔 도저히 내키지 않았기에 괜히 피곤 운운하며 섭구 씨의 의중을 떠본 것이다. 섭구 씨가 웃음기 없는 심각한 얼굴로 코를 쿵쿵거리는 걸 보고는 주막집 소원은 이미 두만강을 지나 중국까지 날아가 버렸음을 금세 깨달았다. 섭구 씨가 손등으로 코를 살살 문지르며 나를 보았다. "책을 씨에겐 미안한 말이지만 이번에는 정말 멀지 않은 곳에서 냄새가 나. 그것도 아주 비린, 살아 있는 사람에게서 막 뽑아 낸 피 냄새가."

단 이틀 여행했을 뿐이지만 열일곱 평생 체험한 것보다 더 많은 일을 겪었다고 생각했다. 하지만 할 말만 마치고 입을 꼭 다문 섭구 씨의 어둠 드리운 얼굴을 보니 지난 이틀은 아무것도 아니라는 예감이 호두 깨지는 소리보다 더 요란하게 내 앞에 떨어졌다. 그러면 그렇지, 주막집이 어서 오세요, 하고 배시시 웃으며 코앞에 나타났을 때부터 좀 이상하더라니 결국은 그림의 떡이었군. 허기와 피곤을 달래는 건 뒤로 미룰 수밖에 없었다. 섭구 씨가 그렇다면 그런 거니까. 몸이 부서지기 전까지 한 발짝이라도 더 움직이는 게 맞으리라. 나는 내 결심의 단단함을 드러내기 위해 일부러 목소리에 잔뜩 힘을 주어 대꾸했다. "냄새가 나면 가야지. 너무 늦거나 책이 불타서 사라지기 전에 서둘러 가야지. 우린 놀러 온 게 아니잖아. 그리고 섭구 씨도 그런 일로 나한테 미안해할 거 없어."

섭구 씨가 이번에는 빙긋 웃었다. 소리도 없이 입꼬리만 살짝 올린 그 웃음에 마음이 실바람 한줄기에 크게 흔들린 수양버들처럼 휘청거렸다. 섭구 씨는 웃는 모습이 참 예뻤다. 섭구 씨 본인은 과연 그 사실을 알고 있을까? 아, 이건 또 무슨 엉뚱한 소리? 제발 집중하자, 집중. 아무래도 연애 소설을 너무 많이 읽었나 보다. 나는 머리를 한번 긁은 후 연극배우라도 된 양 결연한 표정을 꾸며 짓고는 벌판 너머로 손가락을 힘주어 쭉 뻗었다. "섭구 씨, 저기 보이는 저 마을이야?"

"응, 냄새의 방향으로 볼 때 확실해. 이번엔 헤매고 말고 할 것도
없어."

섭구 씨가 벌판을 향해 발걸음을 옮겼다. 이번에는, 하고 섭구
씨와 거의 동시에 발을 움직였음에도 어찌된 까닭인지 또다시 등
을 바라보며 걷는 위치에 서고 말았다. 왠지 억울했지만 체념하고
고개를 끄덕였다. 세상엔 내키지 않아도 인정해야 하는 것들이 있
는 법이니까.

새로 만난 장소의 풍경은 황량했다. 집과 가게가 서로 경원하듯
띄엄띄엄 자리한 골목이 나타났는데, 건너편으로는 나무 한 그루
없이 그저 탁 트인 벌판이 펼쳐져 있을 뿐이었다. 자세히 보니 먼
지 이는 벌판 사이로 희미하게나마 길의 흔적이 있었고, 그 길 끝
에 자리 잡은 마을 하나가 신기루처럼 위와 아래가 흐릿하게 흔들
리며 애매한 존재감을 드러냈다. 가야 할 곳이 눈에 보인다고 멀
지 않은 건 아니었다. 막상 걷고 보니 거리가 상당했다. 먼지 이는
벌판과 마을 사이에 시야를 가로막는 건물과 높다란 나무들이 전
혀 없어서 실제보다 더 가깝게 보였을 뿐이었다. 벌판은 귀동냥으
로만 듣고 감탄했던 몽골의 고비 사막을 떠올리게 했다. 온통 갈색
으로만 이루어진 거대한 황폐! 생소한 풍경에 짧게 감탄하고 길게
절망했다. 부족한 것이 없다는 제국의 영역 안에 이런 황무지가 버
티고 있을 줄은 꿈에도 몰랐다.

내가 다녔던 서당 벽에는 제국의 교육 기관 어디서나 볼 수 있는 문장이 눈부신 금빛 액자에 걸려 있었다. '황제 폐하의 하늘 같은 은혜로 제국은 사시사철 푸르구나.' 두 눈으로 직접 목격한 풍경은 그 말이 사실과 다름을 알려 주고 있었다. 황성을 벗어나긴 했지만 그렇다고 국경 가까이 있다는 그 무시무시한 성벽 아랫마을까지 온 것도 아니었다. 우리가 있는 지역은 황성에서 파발마를 타면 짧게는 반나절, 아무리 길게 잡아도 하루 이틀 안에는 도착할 수 있는 지역일 것이다. 제국의 끝에 도달하려면 황성에서 적토마를 잡아타고 스무 날 낮과 밤을 쉬지 않고 달려야 한다고 배웠으니, 실제로 그런지는 가 보기 전에는 모르는 일이지만, 왠지 지금은 그것도 거짓처럼 느껴지지만 어쨌든 우리는 아직 제국의 중심에서 그리 멀지 않은 땅을 걷고 있는 것일 터.

그럼에도 풍경은 남루했고 무질서는 일상이었다. 호동 지구에서 먹었던 모래 만두와 빼앗긴 동전 생각이 났다. 황량한 벌판까지 걷고 보니 모든 게 풍족한 황성이 오히려 실제로는 존재하지 않는 비현실적인 장소처럼 느껴졌다. 할아버지의 입에서 나온 '시들어 가는 제국'이라는 표현은 비유가 아니라 제국 현실에 대한 정확한 묘사였는지도 모르겠다.

까무룩 잠에 빠졌던 바람이 우리가 움직이는 걸 보고 슬며시 기지개를 켰다. 처음엔 손발을 쭉쭉 뻗어 보는 수준으로 우리를 시험하던 바람은 일단 발동이 걸리자 점점 강도를 높여 우리의 눈과 귀와 코를 괴롭혔다. 장난기 많은 바람은 얼굴을 찌푸리는 우리를 보고 더 신이 나서 흙먼지를 쌍절곤처럼 휘둘렀다. 현란했다. 매서웠다. 두 걸음 거리를 유지하며 걷는 섭구 씨의 등이 제대로 보이지 않을 정도였으니까.

소맷자락으로 입을 막고 섭구 씨 뒤를 따랐다. 바람과 흙먼지가 손을 잡고 강강술래 노래를 부르며 우리 주위를 빙글빙글 돌았다. 사방이 온통 흙먼지였다. 6월에 내리는 괴팍한 소나기처럼 하도 요란하게 퍼부어서 귀가 다 멍멍했다. 눈은 따끔거리고 버석거리다 못해 아예 타는 듯했다. 앞은 보아야 했기에 눈을 가느다랗게 뜬 채 발만 부지런히 움직였다. 머리가 혼란을 호소했다. 내가 걷는 건지 바람이 나를 떠미는 건지, 앞으로 가는 건지 옆이나 뒤로 가는 건지, 혹은 빙글빙글 도는 건지 구분하기도 어려웠다. 벌판에 끝이 있는 건지도 의심스러웠다. 이대로 가다간 바람과 흙먼지의 먹이가 되고 말 것 같았다.

바람과 흙먼지가 합작해 만든 살아 있는 지옥 속에 있는데 그리운 할아버지가 내 귀에 대고 속삭였다. 힘을 내렴. 이제 거의 다 왔단다. 이 세상에 끝나지 않는 길이란 없거든. 그리 크지 않으면서도 명료한 목소리가 손에 잡힐 듯 생생했다. 할아버지가 나와 함께 걷고 있는 것 같았다. 아버지가 죽은 후 지금까지 늘 그랬던 것처럼. 할아버지의 입에서 풍기는 지독한 마늘 냄새가 방금 딴 꿀처럼 달콤하게 느껴졌다. 마음 한구석이 울컥해져서 불쑥 손을 내밀어 할아버지의 손을 꽉 잡았다. 주름 많고 여윈 손이 중국산 최고급 비단처럼 곱고 부드러웠다. 뭐지? 눈을 번쩍 떴다. 이런, 내가 잡은 건 섭구 씨의 손이었다. 차가우면서도 뜨거운 섭구 씨의 손. 어느새 내 곁에 온 섭구 씨가 내 눈을 보며 큰 소리로 외쳤다. "책을 씨, 나 몰래 꽃게탕이라도 먹었어? 자꾸 옆으로 가면 어떡해?"

섭구 씨의 힐난에 화들짝 놀라 손을 빼고 또다시 게걸음질을 치다가 비명을 질렀다. 내 바로 오른쪽으로는 폭 좁은 풀등이 있었고 그 옆으로는 황하처럼 누런 강물이 흐르고 있었다. 물살도 제법 빨라서 빠졌다간 적지 않은 곤란을 겪을 듯했다. 도무지 이해할 수 없는 지형이었다. 조금 전까지만 해도 온통 흙먼지뿐인 사막을 지나고 있었는데 갑자기 강물이 흐르는 곳에 서 있다니. 거세게 불던 흙먼지 바람도 어느새 잠잠해졌고, 흡사 봄날처럼 따뜻하고 부드러운 늦가을 햇살이 어린아이 달래듯 우리 등을 토닥이는 중이었다. 섭구 씨가 지팡이를 들어 앞을 가리켰다. "책을 씨, 정신 차려. 이제 거의 다 왔으니까. 책을 씨 눈에도 저기 저 사람들 보이지?"

섭구 씨의 말대로였다. 마을 입구에 세워진, 멋없이 대나무처럼 길쭉하기만 한 장승들 사이에 일렬로 도열한 사람들이 똑똑히 보였다. 사족의 의관을 제대로 갖춰 입은 그들은 우리를 향해 일제히 허리를 깊숙이 숙였다. 정중한 인사를 날름 받아먹고 모른 체하는 건 예의가 아닌 법. 나 또한 머리와 허리를 숙여 응대했다. 머리를 살짝 들었더니 그들은 아직도 허리를 숙이고 있었다. 인사 한번 제대로 하시네. 질 수 없지. 나는 머리와 허리를 조금 더 깊숙이 숙였고 허리가 아파 왔음에도 머리만 움직여 동태를 살폈다. 어느새 허리를 꼿꼿하게 세운 그들이 한목소리로 외쳤다. "역사와 전통을 자랑하는 여인 마을에 오신 것을 환영합니다!"

여인 마을이라니, 처음 듣는 이름이었다. 이름과는 달리 우리를 맞은 건 온통 남자들뿐이었다. 칠십 노인부터 내 또래까지 연령대가 다양한 열 명가량의 남자들에겐 한 가지 공통점이 있었다. 흰 두루마기가 그야말로 눈부시게 깨끗했다. 흙먼지가 미친 야생마처럼 제멋대로 질주해 대는 벌판을 앞에 두고 사는 이들의 복장이라고는 믿기지 않았다. 가슴엔 금빛 배꽃 문양이 자랑스럽게 달려 있었다. 척박한 지역에 자리한 마을임을 감안하면 이 또한 불가사의에 가까웠다. 턱을 살짝 내밀고 입술을 꽉 다문 위엄 넘치는 얼굴로 정중앙 자리를 지키고 서 있던, 위치로 보나 표정으로 보나 촌장이 분명한 칠십 노인이 주름진 입을 열었다. "중요한 손님이 방문하시는 걸 보고 다 함께 마중을 나왔습니다."

중요한 손님이라는 말에 하마터면 기침을 할 뻔했다. 어쩌면 지금쯤은 도망자로 분류되어 황궁 동쪽 벽 하단의 죄인 목록에 내 이름과 얼굴이 큼지막한 붉은 글씨와 그림으로 올라 있을지도 모르는데. 사정이 어찌 되었건 멀리서 오는 손님을 맞기 위해 마을 사족이 단체로 움직이다니 지난 세기 초에나 볼 수 있었던 비현실적으로 아름다운 풍속이었다. 허리 숙여 고맙다는 인사를 하려다가 이상한 점을 깨닫고 동작을 멈추었다. 촌장의 시선은 온통 섭구씨에게 가 있었다. 촌장이 얼굴의 모든 주름을 활용해 지을 수 있는 가장 커다란 웃음을 지으며 말했다. "우리 여인 마을은 여인들에겐 천국 같은 곳입니다. 환영합니다."

비로소 상황 파악이 완료되었다. 여인 마을의 사족들이 행사 때나 입는 복장을 갖춰 입고 집단으로 나선 건 섭구 씨를 맞이하기위함이었다. 그들에게 내 존재는 안중에도 없었다. 얼굴이 저절로붉어졌다. 그런 줄도 모르고 아름다운 풍속 운운한 것도 모자라 허리 숙여 인사하고 또 했으니 이보다 더 부끄러운 일이 도대체 어디 있을까? 홍시가 된 얼굴빛을 원상 복구할 시간을 벌기 위해서라도 제국의 상황을 잠깐 언급하고 넘어가는 게 좋겠다.

현명한 22대 황제가 여인의 권리를 옹호하는 법을 통과시킨 후제국 여인들의 입지는 전보다 많이 넓어졌다. 과거 급제자도 한두 명씩은 꼭 나왔으며, 일반 관청의 경우 관원 열에 한 명은 여인이었다. 돈 많은 사족들이 첩을 서넛씩 들이던 풍습도 크게 줄었다. 섭구 씨와 내가 사람들의 눈을 의식하지 않고 함께 여행을 다닐 수 있는 것도 따지고 보면 22대 황제의 법률이 있었기에 가능한 일이다. 그렇다고 제국이 여인의 천국으로 환골탈태했다고 성급하게 결론을 내려선 안 된다. 서른세 명의 과거 급제자 중 한둘이라는 건 그 어떤 계산법을 적용하더라도 많다고 할 수 없었고,

똑같은 일을 해도 여인들에게 지급되는 임금은 남자의 절반에도 못 미쳤다. 첩을 들이는 풍습도 줄어들었다 뿐이지 완전히 사라졌다 보기는 어려웠으며, 남녀가 함께 돌아다니는 것에 대한 못마땅한 시선과 손가락질은 식견과 문물 양면에서 첨단을 달린다는 황성에서도 심심치 않게 찾아볼 수 있었다. 그런데 황성에서 꽤 떨어진 마을에서 여인 천국을 실현하려 노력하고 있으며 이름마저도 여인 마을이라고 붙였다니. 22대 황제가 알았더라면 금빛 표창장을 서너 장 이어 붙인 뒤 감사의 마음이 비단 곳곳에 스며든 것을 확인한 후에야 수여했을 것이 분명하다.

섭구 씨의 반응이 궁금했다. 섭구 씨는 손으로 코를 쥐고 있었다. 역겨운 냄새 때문에 숨도 제대로 못 쉬겠다는 표정이었다. 설마 그럴 리가. 이곳은 여인 천국이라는데. 가슴을 부풀려 크게 숨을 들이켰다. 냄새가 났다. 섭구 씨가 말했던 비린 피 냄새가 진동했다. 금속성의 끈적거리는 그것은 살아 있는 사람의 피 냄새가 분명했다. 나 같은 초짜에게도 너무나 분명한 냄새라 다른 냄새와 혼동하기도 어려웠다. 섭구 씨가 고개를 살짝 끄덕였다. 겉보기와는 다르게 위험한 마을이라는 신호였다. 우리가 주고받은 신호를 알리 없는 촌장은 여전히 커다란 미소를 지으며 섭구 씨와 나란히 마을로 들어갔고 사족들이 뒤를 따랐다. 남자라는 이유로 졸지에 찬밥 신세가 된 나는 몇 걸음 앞에 보이는 섭구 씨의 등을 주시한 채 무거운 발걸음을 옮겼다.

촌장이 섭구 씨를 모시듯 데려간 곳은 마을 안 고샅길 끝에 자리한 제국 서당이었다. 겉모습은 일반 서당과 똑같았으나 내부 풍경은 그렇지 않았다. 서당 안엔 온통 여인들만 있었다. 어리게는 예닐곱 살, 많게는 섭구 씨 또래로 보이는 여인들이 책을 펼쳐 놓고 공부하는 중이었다. 촌장을 본 여인들은 서둘러 자리에서 일어나 큰절을 올렸다. 형식적인 의례가 펼쳐지는 동안 책을 흘낏 보았다. ≪정숙한 여인이 지켜야 할 오백한 가지 기본예절≫이었다. 고개가 절로 갸웃거려졌다. 제국에서 공인한 책이라 책방 한구석에 꽂혀 있기는 했으나 22대 황제 이후로는 거의 팔리지 않는 책이었다. 이유는 하나, 여인들을 남자들의 부속품이나 도우미 정도로 규정하는 제국 초기의 낡아 빠진 시각을 담고 있기 때문이었다. 그런데 그 시대착오적인 책이 자칭 여인 천국이라는 마을에서 아직도 교재로 사용되고 있었다. 촌장이 말하는 여인 천국이 무슨 뜻인지 궁금해졌다. 촌장이 자랑하듯 말했다. "우리 여인 마을의 여인들은 오전 내내 이곳에서 교육을 받는답니다. 교육비를 마을에서 부담하고 있으니 비용 걱정도 할 필요가 없지요."

섭구 씨가 눈을 반짝이며 물었다. "오후에는 뭘 하나요?"

별다른 질문도 아닌데 촌장은 너털웃음을 터뜨린 후 대답했다.

"그야 오후에는 여인들이 해야 할 일을 하지요."

"그게 뭔가요?"

"모릅니까?"

"모릅니다."

"오전에는 머리를 썼으니 오후에는 몸을 쓰는 일을 주로 한답니다. 심신의 균형이 중요하니까요."

"남자들 옷을 빨거나 밥을 짓거나 청소를 하는 일인가요?"

"그것들도 포함되기는 하지요."

"남자들은 왜 한 명도 없는 건가요?"

"남자들은 따로 교육을 받지요. 아무래도 배워야 할 내용이 다르다 보니까."

"남자들도 오전에만 교육을 받나요?"

"오후에도 교육을 받지요. 아무래도 배워야 할 게 많다 보니까."

"남자들은 심신의 균형이 중요하지 않나요?"

"남자들은 책 읽는 틈틈이 활을 쏘거나 말을 타면 되지요."

"황성의 서당에선 남녀가 함께, 똑같은 것을 배우던데요?"

"아무래도 여긴 황성과는 좀 다르니까요. 마을마다 처지가 다른 법이지요."

"그런데 빈자리가 하나 있네요."

여인들의 자리 앞에는 이름표가 있었다. 섭구 씨가 지적한 자리의 주인은 김귀애였는데 이름표만 있고 사람은 없었다.

"안타깝게도 며칠 전에 세상을 떠났답니다." 말과는 달리 촌장의 표정에선 안타까움이 전혀 드러나지 않았다. 촌장이 가식적으

로 수염을 쓰다듬은 후 말했다. "이왕 이렇게 되었으니 솔직히 말하는 게 좋겠군요. 안 그래도 그것 때문에 걱정하던 참입니다. 귀애가 갑작스럽게 죽는 바람에 보시다시피 빈자리가 생겼습니다. 황성에서 이름을 떨치는 선생님을 삼고초려의 정성을 다해 모셔왔는데 빈자리가 생기다니, 우리에겐 참을 수 없는 모욕입니다. 죄송한 말이지만 행색으로 보아 일정한 거처 없이 이곳저곳 떠돌아다니는 것 같은데 이 기회에 아예 우리 마을에 눌러앉는 게 어떻겠습니까? 집도 제공하겠습니다. 아, 물론 억지로 권하는 건 아니고 천천히 생각해 보라는 겁니다."

나도 모르게 주먹을 꽉 쥐었다. 촌장의 말을 정리해 보면 귀애 씨가 죽어서 마음이 아픈 게 아니라 자리가 비어서 걱정이라는 것이었다. 섭구 씨가 담담한 목소리로 물었다. "귀애 씨는 왜 죽었나요?"

"원래부터 몸이 좀 약했지요."

나는 섭구 씨를 향해 분노의 눈짓을 보냈다. 준비가 끝났다는 신호였다. 짧은 경험으로 볼 때 여인들이 '심신의 균형'을 갖추기 위해 공부한다는 저 시대착오적인 책들을 처리하고 그중 한 권을 섭구 씨에게 던져 주는 게 아마도 이곳에서 내가 해야 할 일일 터. 책의 권수가 꽤 많은 것, 촌장 일당의 (말을 들으면 들을수록 괘씸했다. 그런 촌장의 뒤를 아무 말 않고 졸래졸래 따라다니는 인간들이 일당이 아니고 뭐겠는가?) 수가 많다는 게 좀 부담되기는 했지만 뭐 그건 그때 가서 생각할 일이었다. 섭구 씨가 살짝 고개를 저었다. 아직은 아니라는 뜻이었다. 섭구 씨가 웃으며 촌장에게 말했다. "끌리는 제안이기는 하지만 몸이 무척 피곤한 터라 이 자리에서 바로 결정하기는 어렵습니다. 오라버니와 함께 조금 쉬면서 생각해 보아도 될까요?"

피가 들끓는 와중에도 귀가 번쩍 뜨였다. 단 이틀 만에 동생에서 오라버니가 된 것이다. 그러면 그렇지. 섭구 씨도 이제 뭘 좀 아는군. 촌장은 흔쾌히 고개를 끄덕였고 내 나이 또래의 일당 한 명이 서당 뒤편에 있는 객사로 우리를 안내했다. 방 안에 단둘이 남게 되자 섭구 씨에게 오라버니다운 책임감을 드러내는 문장을 보냈다. "섭구 씨, 당장 책부터 수거해야 하는 거 아니야? 상대가 좀 많긴 하지만 그건 걱정 마. 내가 어떻게든 해볼 테니까."

"책을 씨, 의욕은 높이 사지만 그건 나중 일이야. 우선은 사람 목숨부터 살려야 해."

"혹시 귀애 씨?"

"그래, 귀애 씨."

"귀애 씨는 죽었다며?"

"냄새로 보아 아직은 살아 있어. 오늘 밤이 지나면 정말 죽게 될 거야."

죽게 된다는 말에 머리카락 끝이 쭈뼛 섰다. 사람이 죽기까지 하다니, 책을 쓰는 건 생각보다 훨씬 무섭고 떨리는 일이었다. 거기까지는 미처 생각 못 했던 터라 섭구 씨에게 무슨 좋은 방법이 있느냐고 물으려는데 문이 활짝 열리더니 소반이 들어왔다. 고기가 든 미역국과 구운 조기가 식욕을 자극했다. 섭구 씨에게 물었다.

"섭구 씨, 역시 먹으면 안 되겠지?"

"먹어도 돼. 해거름 전엔 별로 할 일이 없을 테니까."

섭구 씨의 말이 끝나기도 전에 소반에 달려들었다. 섭구 씨가 호호 웃는 소리가 (어쩐지 이번에는 비웃음 같았지만) 들렸지만 못 들은 척했다.

밥을 먹고 짧은 잠을 청했다가 다시 눈을 떠 보니 어느덧 해가 떨어진 뒤였다. 문에 귀를 대고 바깥 동정을 엿보던 섭구 씨가 나를 향해 고개를 끄덕였다. 이제 움직이자는 신호였다. 마음을 단단히 먹기 위해 침부터 꿀꺽 삼키고 조심스럽게 문 앞으로 다가간 순간 여인의 작은 목소리가 들렸다. "잠깐 뵙고 싶습니다."

섭구 씨가 또 고개를 끄덕였다. 삐거덕 소리가 나지 않게 살짝 문을 열었다. 서당에서 보았던 젊은 여인이 초초한 표정으로 주위를 살피며 서 있었다. 여인은 우리를 보자마자 울먹였고 나는 손을 급히 흔들어 여인을 방 안으로 들어오게 했다. 여인 마을의 여인을 따로 만나는 건 왠지 위험하다는 생각이 본능적으로 들었기 때문이었다. 여인은 방에 들어오자마자 눈물을 뚝뚝 흘리며 말했다. "귀애를 살려 주세요."

섭구 씨의 코는 이번에도 정확했다. 역시 귀애 씨는 아직 살아 있었다. 귀애 씨와 어릴 적부터 친구였다는 여인은 어쩌다 귀애 씨가 죽을 위험에 처했는지를 눈물 콧물과 함께 들려주었다. 훌쩍이는 소리가 이해에 방해될 테니 눈물 콧물은 빼고 골자만 설명하는 게 좋겠다.

여인 마을에는 귀애 씨가 몰래 흠모하는 남자가 있었다. 버드나무 이파리 같은 여린 눈매와 지리산 약수처럼 맑은 피부를 지닌 남자였다. (여인의 표현을 그대로 옮긴 것이니 오해는 금물.) 그러나 귀애 씨가 옆집에 사는 버드나무를 흠모하는 건 잘생긴 외모 때문만은 아니었다. 버드나무의 글 읽는 소리가 귀애 씨의 마음을 흔들었다. 방 안에 앉아 문을 열어 놓은 채 버드나무가 낭랑한 목소리로 책 읽는 소리를 들으면 들을수록 그와 함께 있고 싶은 욕구를 누르기가 점점 더 힘들어졌다. 여인 마을에서 남녀가 사귀기 위해선 촌장의 허락을 받아야 했다. 그런데 그 허락이라는 것은 남자가 요청할 때에만 가능했다. 버드나무는 낮이나 밤이나 책에만 관심을 두고 있는, 눈치코치는 가출해 버리고 없는 전형적인 책상물림이었으니 귀애 씨가 쓸 수 있는 방법은 전혀 없는 셈이나 마찬가지였다.

그러던 차에 중매가 들어왔다. 상대는 촌장의 늦둥이 막내아들이었다. 기대도 안 했던 훌륭한 상대라며 부모님은 기뻐했지만 귀애 씨의 마음은 심란하기만 했다. 촌장의 막내아들이 싫어서가 아니라 버드나무에 대한 미련 때문이었다. 부모님에게 생각할 시간을 달라고 말한 귀애 씨는 미래를 결정하기 전에 마지막으로 용기를 내 보기로 했다. 버드나무를 찾아가 마음을 고백하기로 한 것. 버드나무도 좋다고 하면 모든 문제가 단번에 해결되는 것이고, 거절을 하면 마음을 접을 생각이었다.

결론부터 말하자면 버드나무는 귀애 씨가 머리에 그렸던 아름다운 남자가 아니었다. 귀애 씨의 고백을 들은 다음 날 버드나무는 고지식하게도 촌장을 찾아가 전날 밤의 일을 모조리 일러바쳤다. 융통성이라고는 전혀 없던 터라 서당에서 배운 대로 행동한 것이다. 귀애 씨를 며느릿감으로 찍어 두었던 촌장은 분노했다. 자존심에 상처를 입었다. 촌장은 마을 사람들을 모아 놓고 귀애 씨가 정혼 상대가 있음에도 다른 남자와 만나는 음란의 죄를 저질렀다고 공표했다. 말도 안 되는 혐의였다. 중매가 들어오긴 했으나 수락하지도 않은 상태였다. 미혼 남녀가 몰래 만난 것만으로 죄가 되던 시대는 이미 오래전에 강물 속으로 사라졌다. 그럼에도 촌장은 자신의 영향력을 이용해 귀애 씨를 죄인으로 만들어 버린 것이다.

누군가 오해일지 모른다고 말하고 나서지도 않았다. 마을에서 떠날 각오를 하지 않은 이상 촌장이 틀렸다고 감히 주장할 수 있는 사람은 아무도 없었다. 그건 귀애 씨의 부모도 마찬가지였다. 귀애 씨가 음란의 죄를 벗으려면 버드나무의 증언이 필요했다. 그러나 그건 하늘이 두 쪽 나기 전엔, 아니 하늘이 두 쪽 나도 기대할 수 없는 일이었다. 또 다른 방법이 있기는 했다. 스스로 목숨을 버리는 것! 자살한 여인은 결백을 증명한 것으로 간주되고 마을의 수호신으로 모셔지니까. 여인의 집 앞엔 정려문이 세워지고 부모에겐 세금 감면의 혜택이 주어지니까.

"그런데 그게 과연 해결책이기는 한가요?" 눈물 콧물 여인이 말했다. "귀애는 죽는 걸 원하지 않아요. 그럴 바에는 차라리 노비가 되어 죗값을 치르겠다고 했어요."

귀애 씨가 몰랐던 사실이 하나 더 있었다. 사실 귀애 씨에겐 선택권이 전혀 없었다. 눈물 콧물 여인이 발품을 팔아 수집한 정보에 따르면 오늘 밤 촌장은 자신의 곡식 창고에 가둬 두었던 귀애 씨를 언덕에 세운 뒤 밀어 버릴 계획이었다. 물론 귀애 씨는 결백을 증명하기 위해 자살했다고 발표될 것이고.

눈물 콧물 여인이 호소했다. "누군가는 막아야 해요. 귀애 이전에도 벌써 두 명이나 자살을 했거든요. 그들이 진짜 자살했다고 생각하는 사람은 아무도 없어요."

듣다 보니 이상했다. 명명백백한 살인이 자행되고 있는데 왜 나서는 사람이 없는 걸까? 눈물 콧물 여인이 답을 주었다. "어려서부터 그렇게 배웠기 때문이에요. 촌장의 명령은 황제의 명령과 똑같으니 군말 없이 따라야 한다고요. 촌장의 명령을 어기면 모반죄를 저지른 것이나 마찬가지라고요."

나는 섭구 씨에게 물었다. "사태가 이 정도에 이르렀으면 제국에서도 눈치 정도는 챘을 텐데 왜 전혀 손을 쓰지 않는 거지? 이건 분명 제국의 정책에 위배되는 행동이잖아?"

섭구 씨가 지팡이로 방바닥을 톡톡 두드리며 말했다. "내버려 두는 게 제국에 도움이 되니까."

"그게 무슨 소리야?"

"책을 씨는 잘 모르겠지만 지금 제국은 가운데부터 이파리가 말라 가는 지경이라 황성 밖에서 벌어지는 일까지 신경 쓸 여력이 없어. 그러니 촌장 같은 사람이 있으면 좋은 거지. 적어도 자기 마을은 알아서 잘 관리하니까."

섭구 씨의 말을 부정하고 싶었다. 그러나 부정할 수 없었다. 길에서 만난 제국은 내가 알던 제국과는 전혀 달랐다. 내가 푸르다고 믿었던, 영원하리라고 믿었던 제국은 실은 조금씩 붕괴되고 있는 중이었다. 22대 황제가 죽은 뒤부터 줄곧 이어진 황실 내부의 다툼은 수만 마리 개미로 변신해 제국의 토대를 허물고 있는 중이었다. 이런 상황에서 과연 내가 제국을 구원할 책을 쓸 수 있기는 할까? 책을 쓰면 이 죄 많은 제국이 정말로 구원을 받기는 할까? 섭구 씨가 자리에서 일어나며 말했다. "책을 씨, 너무 앞서가지는 말자. 우린 우리의 할 일부터 해야겠지."

섭구 씨의 말은 이번에도 옳았다. 제국의 불안한 미래를 걱정하기에 앞서 우선은 죽을 위험에 처한 귀애 씨부터 살리고 봐야 했다. 사람 목숨보다 더 중요한 게 없다는 건 변하지 않는 진리니까.

그런데 일의 규모로 볼 때 섭구 씨와 나 둘이서 감당하기는 쉽지 않을 게 분명했다. 마을의 상황, 촌장의 집념 내지 광기로 볼 때 책만 수거한다고 끝날 일도 아닌 것 같았다. 자칫하면 책만 수거하고 귀애 씨는 못 살리는 안타까운 일이 벌어질 수도 있다. 일이 잘못될 경우를 대비해 보완책을 마련해 놓아야 했다. 보완책이 제대로 시행되려면 누군가는 위험을 무릅쓰고 우리를 도와야 했다.

우리는 눈물 콧물 여인이 알려 준 마을 뒤편 언덕을 향해 부지런히 걸었다. 언덕을 찾기는 어렵지 않았다. 대부분 평지인 마을에서 가장 높은 곳인 데다가 이미 횃불이 환히 밝혀져 있었으니까. 대범하거나 교만한 촌장은 자신의 범죄를 숨길 생각조차 하지 않았다. 섭구 씨가 속도를 냈다. 나로서는 고통이었다. 경사진 언덕을 뛰다시피 오르며 섭구 씨를 따르기는 쉽지 않았다. 내 등엔 책으로 가득 찬 커다란 보따리까지 있었다. 서당에서 수거한 책들이었다. 우리 계획은 이번에도 간단했다. 언덕으로 올라가 책을 쌓아 놓고 불을 지르는 것이었다. 귀한 책들이 불에 타는 걸 보면 마을의 책임자이자 얄팍한 심리의 소유자인 촌장은 자신의 권위가 손상됐다 생각하고 가만히 있지 않을 것이다. 게다가 책은 제법 비싼 물건이라 다 타 버리면 꽤 큰 손실을 보게 된다. 촌장이 흥분한 틈을 타서…… 아, 물론 한 권은 빼놓아야 하겠지. 그건 불 속이 아닌 섭구 씨의 손목으로 들어가야 하니까. 낑낑거리며 빠르게 걷다가 섭구 씨에게 질문 하나를 휙 던졌다. "섭구 씨, 힘들지 않아?"

"응, 괜찮아."

"정말?"

"그래. 그리고 책을 씨, 아무리 힘들다고 울고불고 애원해도 내가 도와줄 수 없다는 건 알지?"

"울고불고한 적은 없는데."

"말이 그렇다는 거야."

"알았어. 오해할까 싶어 다시 말하지만 나는 섭구 씨가 걱정이 되어서 물어본 거야."

슬쩍 떠본 섭구 씨의 입장은 역시 확고했다. 책을 쓰는 것은 나이고, 보관하는 것은 섭구 씨다. 책을 쓰는 일이란 책에 관한 일체의 행위를 포괄하므로 책을 짊어지고 올라가는 것도 나의 일이다. 먼저 언덕에 오른 섭구 씨가 나를 보며 목소리를 높였다. "책을 씨, 빨리 책을, 책을!"

섭구 씨의 목소리가 급박했기에 온 힘을 짜내어 언덕에 폴짝 뛰어올랐다가 착지에 실패해 한 바퀴 굴렀다. 서둘러 일어나고 보니 아닌 게 아니라 상황은 미친바람 앞에 버티고 선 촛불이었다. 언덕 끝 벼랑엔 귀애 씨가 굵은 동아줄에 손발이 묶인 채 등을 보이고 서 있었고 형식적인 마지막 선고를 앞둔 촌장은 판결문을 정리하기 위해 뒷짐을 지고 이리저리 걷고 있었다. 일당 중 몇 명이 우리를 발견하고 다가왔다. 나는 재빨리 책을 쏟은 후 입구에 놓여 있던 횃불을 집어 들고 악을 썼다. "어서 귀애 씨를 풀어 줘. 안 그러면 책들을 다 태워 버릴 테니까."

촌장이 나를 보았다. 촌장은 당황한 티는 조금도 없는 거만한 목소리로 응수했다. "책을 태워 버린다? 책이 타기 전에 자네가 먼저타 버릴 텐데? 외지인을 죽이고 싶은 생각은 없네. 명색이 사족이니 내가 하는 행동을 이해하리라 믿네. 자, 살고 싶으면 조용히 물러나게나."

나는 촌장의 말을 하나도 못 들은 것처럼 횃불을 곧바로 책의 산 위에 던졌다. 아까운 책이 활활 타오르는 모습을 본 촌장의 얼굴이 변했다. 예상했던 대로 촌장은 자존심이 강한 인간이었다. 자신의 권위가 손상되는 것을 죽기보다 싫어하는 인간이었다. 촌장이 손가락을 흔들며 외쳤다. "망할 놈 같으니. 귀중한 책을 태우다니 저놈은 인간도 아니다. 어서 저놈을 잡아라. 저놈부터 벼랑에 세워야겠다."

나는 남겨 두었던 한 권을 섭구 씨에게 휙 던지곤 일당을 피해 달렸다. 도망가는 와중에도 고개를 돌려 섭구 씨의 행동을 주시했다. 섭구 씨가 능숙하게 손을 뻗어 책을 잡은 후 서둘러 손목에 넣었다. 효과는 탁월했다. 책이 손목에 들어간 바로 그 순간 일당은 거짓말처럼 추격을 멈췄다. 누가 뒤에서 머리라도 잡아당긴 듯 고개를 젖히고 어색하게 걸음을 멈춘 그들은 자신들이 뭘 하고 있었는지 전혀 모르겠다는 표정이었다. 정말 다행이었다. 커다란 바위가 내 앞을 막고 있었으니 조금이라도 늦었더라면 나는 바위에 머리를 부딪쳤거나 일당의 제삿밥이 되었을 것이다. 책을 쓰는 건 역시 대단한 일이었다. 책은 이번에도 제대로 효과를 발휘해 내 목숨, 그리고 귀애 씨의 목숨을 함께 살렸다. 그때 촌장이 목소리를 높였다. "뭣들 하느냐? 어서 저놈을 잡아라."

이런 젠장맞을, 불행히도 촌장은 내가 쓴 책에 굴복하지 않았다. 설마 하고 걱정했던 일이 실제로 일어난 것이다. 섭구 씨는 계획을 세우면서 왜곡된 신념으로 가득한 촌장의 마음을 한 권의 책으로 깨기는 어려울 수도 있다고 염려했다. 그러나 하늘이 무너져도 솟아날 구멍은 있는 법. 위기에 처한 우리에게 구원군이 나타났다. 촌장의 말에 어리둥절해하면서도 다시 움직이기 시작한 일당이 내 덜 여문 머리를 잡기 직전 눈물 콧물 여인의 목소리가 들렸다. "우리부터 먼저 죽이세요."

눈물 콧물 여인은 혼자가 아니었다. 낮에 서당에서 본 여인들이 한 명도 빠짐없이 언덕에 모여 있었다. 여인들은 벼랑 끝으로 가서 귀애 씨 손을 잡았다. 촌장은 당황한 듯 입을 크게 벌린 채 손만 휘저었다. 그럴 만도 했다. 여인들 중엔 촌장의 막내딸도 있었으니까. 막내딸이 울먹이며 말했다. "아버지, 이제 이런 잔인한 일은 그만두세요. 우리도 사람이에요. 여인이 아니라 사람이라고요."

"이리 오너라. 네가 낄 자리가 아니다."

"정 그렇다면 귀애 씨 대신 제가 뛰어내리겠어요."

소중한 막내딸까지 그러는 데에야 촌장도 어쩔 도리가 없었다. 아니 이미 촌장은 할 수 있는 일이 전혀 없었다. 지금껏 촌장의 말을 맹목적으로 따랐던 일당들이, 같은 마을 소속이며 그중 몇 명은 인척지간이기도 한 여인들이 위험을 무릅쓰고 나선 것을 본 후 곧바로 정신을 차렸기 때문이었다. 술렁이던 일당 중 한 명이 촌장 앞으로 다가갔다. 촌장은 이미 사태가 돌이킬 수 없게 되었음을 깨달은 듯 순순히 손을 내밀었다. 비굴하게 도망가는 건 촌장의 방식은 아니었던 것. 귀애 씨의 손발을 묶었던 동아줄은 이제 촌장의 손발을 묶는 도구가 되었다. 죽다 살아난 귀애 씨의 환한 표정을 보고서야 촌장을 묶은 남자가 누구인지 깨달았다. 그 남자는 바로 버드나무였다.

우리를 맞은 건 눈치만 보는 남자들이었지만 우리를 환송한 건 용기 넘치는 여인들이었다. 여인들 사이로 유독 부끄러워하는 남자가 한 명 끼어 있기는 했다. 새로 촌장이 된 버드나무였다. 마을을 떠나면서 섭구 씨에게 물었다. "섭구 씨, 버드나무가 촌장 역할을 잘할까? 아직 어린 데다 워낙 고지식한 사람이라 걱정이 좀 되는데."

섭구 씨가 호호 웃으며 대답했다. "그래서 더 잘할 거야. 고지식한 사람들은 일단 마음을 먹으면 다른 생각을 전혀 안 하거든. 꼭 책을 씨처럼."

"뭐라고?"

"게다가 귀애 씨가 있잖아."

은연중에 나를 물고 늘어진 건 조금 기분이 나빴지만 버드나무에 관한 섭구 씨의 말은 설득력이 넘쳤다. 어쩔 수 없이 고개를 끄덕이곤 뒤를 돌아보았다. 귀애 씨가 허리를 깊숙이 숙여 마지막 인사를 했다. 나 또한 정중한 인사로 화답했다. 나는 '고지식한' 버드나무와 밝은 표정의 귀애 씨를 바라보며 시들어 가는 제국에서 부디 두 사람이 푸른 잎을 새로 만들어 주기를 할아버지의 이름으로 기원하고 또 기원했다.

《정숙한 여인이 지켜야 할
오백한 가지 기본예절》에 대해

    특정한 책을 예로 들기보다 오백 년 조선의 역사는 여성 탄압, 혹은 여성 비하의 역사와 동일하다는 말로 대신하는 게 더 좋을 것 같다. 여성을 남성보다 열등한 존재로 여기는 사고는 조선 시대 책을 슬쩍 뒤적이기만 해도 수십, 수백의 사례를 쉽게 찾을 수 있다. 다음은 이덕무의 「사소절」에 등장하는 사례들이다.

    표독스러운 부인은 어떠한가? 한 가지의 조그마한 분한 일이 있으면 원한을 품는 것만으로는 부족해서 울어 대고, 울어 대는 것만으로도 부족해서 통곡하며, 심지어는 손바닥을 치고 가슴을 두드리면서 하늘에 호소하고 귀신의 이름으로 저주하는 등 못 할 짓이 없다. 나는 그런 것을 많이 보았다.

    부녀자가 의복과 음식이 남과 같지 못한 것을 견디지 못하면 이는 도둑질할 근본이다. 잡곡밥을 잘 먹지 않는 자가 있는데, 비록 식성의 편벽된 탓이나, 그 버릇을 고치지 않을 수 있겠는가? 이것이 바로 굶어 죽을 상이다.

약간 방향을 바꿔 『난설헌집』의 이야기를 조금 더 해 보는 것도 좋겠다. 『난설헌집』은 뜻밖에도 중국에서 인정을 받았다. 명나라 사신 주지번은 『난설헌집』에 대한 격찬을 아끼지 않음으로써 허난설헌의 이름을 중국에 알리는 공로를 세웠다. 『난설헌집』이 명의 뒤를 이어 등장한 청나라에서도 대중적인 인기를 얻었음은 다름 아닌 황제가 칙명으로 『난설헌집』을 구해 오라는 명령을 내렸다는 사실에서 절정을 이룬다. 이는 숙종 21년(1695)에 발간된 『통문관지』에 나오는 내용이다. (김성남 선생이 쓴 『허난설헌』(동문선)에서 참고했음을 밝힌다.)

그런데 『난설헌집』을 높게 평가하는 중국의 태도가 조선의 양반들에겐 몹시 불편했던 것 같다. 『열하일기』를 쓴 박지원은 중국인들이 난설헌에 대해 물어 오자 "재능이 풍부한 규중 여인들이 마땅한 경계해야 하는 거울"이라는 도무지 앞뒤가 이해되지 않는 매서운 비난을 퍼붓는다. 중국인 벗들과의 교우로 유명한 홍대용은 "부인의 시는 훌륭하나 덕행은 전혀 시에 미치지 못한다."라는 엄격하나 근거가 부족한 말로 난설헌을 평가 절하했고, 이덕무 또한 난설헌의 시는 모조리 중국 시를 베낀 것이라는 극단적인 말까지 서슴지 않았다. 열린 마음을 갖고 있다던 사람들의 평가가 이 정도였으니 일반적인 양반들의 생각이 어떠했는지는 더 밝힐 필요가 없겠다. 이런 식의 평가가 이뤄진 이유는 단 하나, 난설헌이 여성이기 때문이다.

5장 / 네 번째 책

소설 중독자의 일기

허리가 잔뜩 휜 소나무 서너 그루가 위로하듯 서로를 향해 기대어 선 높다란 고개 아래로 옥빛 강물이 보였다. 마을의 집들은 바짝 당겨진 활시위처럼 중심이 크게 휜 강물을 따라 드문드문 자리를 잡았다. 제일 처음 머리에 떠오른 건 평화라는 단어였다. 땅과 강의 모양에 순응해 자리한 크고 작은 집들. 황성에서는 불가능한 배치였다. 황성에서는 모든 것이 반듯했다. 사람이 닦고 세운 길과 집만 반듯한 게 아니었다. 강도 반듯했고 심지어 산도 반듯했다. 제국이 사랑하는 토목 공사의 힘은 자연의 풍경마저 질서 있게 바꾸어 놓았다. 한때 그런 모습을 아름답다고 느낀 적이 있었다. 불가능을 가능으로 바꾸는 제국의 힘에 입 벌리고 경탄한 적이 있었다. 지금은 아니었다. 눈앞에 보이는 산과 강과 나무의 자유롭게 솟아오르고 휘어지고 구부러진 풍경, 그리고 그 풍경을 거역하지 않으려 모양과 크기를 달리해 지어진 집들을 보니 인위가 얼마나 거북한 가치인지 새삼 깨닫게 되었다. 흰 선이 장난치듯 죽죽 그어진 진회색 바위에 앉아 마을을 보고 있는 섭구 씨에게 물었다. "섭구 씨, 이 마을이 맞기는 한 거지?"

섭구 씨를 의심해서가 아니었다. 아무 일도 일어나지 않을 것만 같은, 그랬으면 하고 간절히 바라게 되는 이 마을에서 또 다른 책을 써야 한다는 게 마음에 걸렸기 때문이었다. 섭구 씨가 시선을 강물에 둔 채 조용히 고개를 끄덕이는 것을 보고 재차 물었다. "섭구 씨, 이 마을에서는 어떤 냄새가 나?"

"언어로 표현하기 쉬운 냄새는 아니야. 마른 땅에 막 내리기 시작하는 안개비 같은 냄새라고 해야 할까, 이른 봄 피어난 동백이 깊은 밤의 어둠을 이기지 못하고 툭툭 떨어지는 냄새라고 해야 할까? 책을 씨, 미안해. 내 표현력으로는 제대로 설명을 못 하겠어."

안개비 냄새를 맡아 본 적도, 깊은 밤 동백이 떨어지는 장면을 목격한 적도 없었다. 솔직히 말하면 동백이 어떻게 생겼는지도 잘 몰랐다. 여행을 떠나기 전까지 나는 황성이 제국의 전부인 줄 알았으니까. 매서운 겨울을 자랑하는 황성에는 매화나 산수유는 몰라도 동백은 전혀 자라지 않았으니까. 섭구 씨의 표현이 내 마음에 엷은 그늘 하나를 만들었다.

섭구 씨의 말을 믿는다면 오늘 우리가 해야 할 일은 이미 치른 사건에 비하면 크게 어렵지는 않을 것 같았다. 하지만 마음으로 느껴야 할 아픔의 크기는 일의 쉽고 어렵고와는 전혀 다른 것이다. 물론 겪어 보지 않고 머릿속으로 멋대로 그림을 그리며 이렇다 저렇다 섣불리 말해서는 안 될 것이다. 지금까지의 길지 않은 여행을 돌아보건대 예상대로 풀린 일은 거의 없었으니까. 섭구 씨가 몸을 일으키는 것을 보고 급히 질문 하나를 추가했다. "섭구 씨, 아까 장터에서 만난 그 남자는 누구야?"

"모르지, 오늘 처음 봤으니까."

섭구 씨의 간단명료한 대답이 더 큰 궁금증을 일으켰다. 고개를 넘기 전 마지막으로 만난 장터에서 우리는 소머리국밥으로 요기를 했다. 소머리국밥을 택한 건 물론 나였고, 섭구 씨는 별 고민 없이 나와 같은 음식을 주문했다. 비록 고기는 적었고 국물에선 살짝 비린 물맛이 났지만 총평을 해 보자면 소머리국밥의 맛은 중상 이상은 되었다. 국물까지 홀홀 다 마신 후 부른 배를 손바닥으로 두드리며 밖으로 나오는데 계산을 마치고 먼저 일어나 기다리고 있던 섭구 씨가 보였다. 서둘러 다가가려다가 멈추었다. 섭구 씨는 혼자가 아니었다. 섭구 씨의 맞은편, 두세 걸음 앞엔 젊은 남자가 서 있었다. 남자에게 용모가 머리나 팔다리보다 딱히 더 중요하다고 믿지는 않지만 그래도 이번엔 용모에 대해 한마디 하지 않고 넘어갈 수는 없겠다. 남자는 제국 황실 역사상 가장 용모가 출중하다고 평가받는 20대 황제를 빼닮았다. (불행히도 통치력은 용모와 정비례하지 않았다.) 눈, 코, 입의 크기와 비율이 완벽했고 살짝 기른 콧수

엄은 그림으로 본 황제보다도 더 세련된 느낌을 주었다. 뾰족한 턱은 보통 사람에게는 흠이 되었겠지만 남자의 용모엔 도리어 잘 어울렸다. 남자에게 어색한 것은 딱 한 가지, 두 손을 모아 짚고 있는 낡은 지팡이였다. 흠터가 많은 그것에 비하면 섭구 씨가 가지고 다니는 할아버지의 오래된 참나무 지팡이는 새 물건처럼 보였다. 남자는 내가 다가가자 지팡이를 앞뒤로 크게 휘두르며 재빨리 걸음을 옮겼다. 섭구 씨 곁에 다가갔을 때 남자는 이미 그림자도 보이지 않았다.

섭구 씨가 그럼, 하고는 곧바로 출발하는 바람에 서둘러 쫓아가며 일단 마음에 저장해 놓았던 질문을 뒤늦게 꺼냈는데 모른다, 처음 봤다, 라는 의외의 대답이 나온 것이다. 다른 대답이라면 몰라도 그 말을 그대로 믿기는 어려웠다. 가던 길을 멈추고 마주 섰을 정도면 어떤 식으로든 아는 사이라는 뜻일 테니까. 그러나 관계의 일반 법칙을 들어 섭구 씨의 말을 무작정 거짓으로 몰아붙이기엔 나도 자신 없는 점이 있었다. 둘이 이야기를 주고받은 것은 아니다. 내가 본 건 그저 섭구 씨 맞은편, 정확히 말하면 두세 걸음 앞에서 그 남자가 지팡이 위에 손을 모으고 서 있는 것뿐이었다. 두 사람이 눈을 마주쳤는지의 여부도 내 위치에서는 확신할 수 없다.

설령 섭구 씨의 말이 온통 거짓이라 해도 더 따지고 드는 건 무의미했다. 나는 책을 쓰고 섭구 씨는 책을 보관한다, 이 간단명료한 문장이 우리 관계의 전부니까. 때론 오빠가 되었다가 동생으로 바뀌기도 했지만 그건 사람들의 불필요한 질문에 답해야 하는 번거로움을 피하기 위한 구실에 지나지 않으니까. 그러니까 나는 섭구 씨에 대해서는 여전히 아무것도 모르는 셈이나 마찬가지였다. 반박하기 어려운 짧은 대답을 듣고 보니 괜한 질문을 했다 싶었다. 쑥스러워진 마음을 감추기 위해 화제를 돌렸다. "섭구 씨, 할아버지는 잘 계시는 거지?"

섭구 씨가 지팡이를 하늘로 들어 올리더니 무지개를 그리듯 좌우로 크게 흔들며 말했다. "그럼, 잘 계시고말고. 책을 씨는 조금도 염려할 게 없다니까."

시내 마을의 (마을의 정식 명칭이다.) 자연스러운 길을 걸으며 든 생각도 고개 위에서 보았을 때와 똑같았다. 마을은 여전히 평화롭고 아름다웠다. 어린아이들은 까르르 웃으며 개들과 어울려 놀았다. 젊은 남녀는 둘만 아는 이야기를 속삭이며 강변을 걸었다. 대추나무 집 열린 문틈 사이로는 부부의 밝은 웃음소리가 새어 나왔다. 마을 사람들은 우리를 보곤 고개 숙여 가볍게 인사를 했다. 그들의 태도는 모자라지도 과하지도 않았다. 흙먼지가 섞이지 않은 서늘한 강바람 사이로 까치의 울음소리가 들렸다. 가끔씩 그악스럽게 울어서 귀를 막게 만들던 까치마저도 이 동네에선 평화, 평화 하고 우는 것 같았다. 도무지 흠잡을 곳이 없었다. 시내 마을은 제국이 건립 초기부터 줄곧 꿈꾸었던 이상적인 마을에 가까웠다.

도대체 이 아름다운 마을에 무슨 문제가 있는 걸까? 마을의 자연스러운 아름다움에 감탄할수록 불안한 마음도 커졌다. 제발, 하는 바람이 마음속에서 툭툭 튀어나와 걸음을 방해했지만 섭구 씨와 이 마을에 들어온 이상 아무런 일도 일어나지 않을 리는 없다는 사실 또한 잘 알았기에 나는 그저 고이는 침만 계속 삼켰다.

섭구 씨는 마을 끝까지 쉬지 않고 걸어간 후에야 멈춰 서서는 지팡이로 흙바닥을 툭툭 두드렸다. 섭구 씨의 시선이 닿은 곳, 마을에서 조금 벗어난 나직한 언덕에 집 한 채가 있었다. 우리가 지나온 다른 집들에 비하면 제법 규모가 컸지만 과하다고 말하기는 어려웠다. 언덕이 처음 생겼을 때부터 있었던 것처럼 건물과 지붕과 외벽과 문까지 모든 게 자연스러운 집이었다. 먼저 도착한 섭구 씨가 솟을대문 앞에 서서 씩씩하게 외쳤다. "계십니까?"

마음속으로 준비를 단단히 갖추고 속으로 열을 셌을 때 천천히 문이 열렸다. 빗자루를 손에 든 중년 남자가 나타났다. 청소 중이었던 모양이다. 인자하고 점잖은 용모에 직접 청소를 하는 바지런한 모습까지 보았기 때문일까, 나도 모르게 허리를 깊숙이 숙여 인사한 후 그 어느 때보다 장황하게 자기소개를 하고 말았다. 되도록 드러내지 않으려 했던 할아버지 이름도 무심결에 내뱉었다. 내내 진중하던 남자의 얼굴이 조금 밝아졌다. "책을 굽은 오주 선생의 손자로군요. 오주 선생이라면 저도 만난 적이 있습니다. 아드님이 그렇게 되기 전의 일이기는 하지만……."

남자는 말을 잇지 못하고 생각에 잠겼다. 아버지가 죽기 전까지 할아버지는 사회 활동을 제법 열심히 했던 것 같다. 할아버지의 이름을 들어 보거나 할아버지를 만난 사람이 벌써 둘이나 되었으니까. 물론 내 기억에는 없는 일이었다. 내게 할아버지는 은둔자, 세상에 등 돌리고 앉은 사람이었다. 나는 까마귀들이 할아버지를 잡아갔다는 말은 하지 않기로 했다. 남자는 선량해 보였고 언어에서도 기품이 느껴졌으나 조심하고 또 조심해서 손해 볼 일은 없는 법이니까. 빛이라곤 하나도 없이 온통 어둠뿐인 밤하늘에서 까마귀와 백로를 구별하기란 생각보다 훨씬 어려운 일이니까. 섭구 씨가 지팡이를 들어 문얼굴을 톡톡 두드리는 소리가 남자를 깊은 상념에서 꺼냈다. 남자가 고개를 숙여 미안함을 표한 후 말했다. "때가 조금 안 좋기는 해도 먼 길을 오셨을 테니 그냥 보내는 건 예의가 아니겠지요……. 일단 안으로 들어오시지요."

남자는 문 옆에 빗자루를 세워 놓고 우리를 사랑채로 안내했다. 걷는 도중에 이상한 소리가 들렸다. 책 읽는 소리, 혹은 불경 읊는 소리, 혹은 노래 부르는 소리, 혹은 의미 없이 중얼거리는 소리 같기도 했다. 정체불명의 소리에 우리가 멈춰 서는 걸 보고도 남자는 아무 말도 하지 않았다. 서둘러 우리를 사랑채로 들이려는 노력도 하지 않았고, 들리는 소리에 대한 설명도 하지 않았다. 그저 우리와 함께 멈춰 섰다가 우리가 움직이자 다시 걸음을 옮길 뿐이었다.

사랑채로 들어선 순간 나는 깜짝 놀랐다. 출입하는 문을 제외한 세 곳의 벽에 책장을 놓고 한가운데에 서안을 놓은 구조는 할아버지의 서재와 판박이였다. 무너지고 부서지고 깨져서 폐허가 되기 전의 온전한 서재가 남자의 사랑채에 그대로 재현되어 있었다. 물론 공간의 크기에서는 완연하게 차이가 났고 자세히 보니 그 밖에도 다른 점들이 하나둘 눈에 들어왔다. 남자의 사랑채에선 진한 침목 향이 났고 황성의 장인이 만든 게 틀림없는 정교한 금속 등불엔 아름다운 나비 문양이 새겨져 있었다. 곧바로 들어온 차에서도 남자의 취향이 드러났다. 쌉쌀하면서도 뒷맛이 구수한 우롱차는 할아버지의 투박한 서재에는 결코 존재하지 않았던 품격 넘치는 물건이었다. 우롱차를 한 모금 마시고는 진심에서 우러난 감탄을 확실한 언어로 전했다. "안목이 높으시군요."

"어쩌다 내가 이 궁벽한 마을에 살게 되었는지 궁금하지요?"

내 칭찬에 대한 답으로는 이상했지만 내 궁금증을 정확히 찌른 답으로는 완벽했다. 스스로 고백했듯 남자는 이 마을과는 어울리지 않았다. 시내 마을이 나쁜 곳이어서가 아니라 이 소박한 마을에서 대대로 살았다고 보기에는 남자의 취향이 지나치게 훌륭했다. 책이 빽빽하게 꽂힌 서재와 향, 정교한 등불, 그리고 중국산 우롱차는 남자가 황성에 오래 거주했던 인물임을 알려 주고 있었다. 남자는 주저하지 않고 자신의 과거를 털어놓았다. "아무런 연고도 없던 이곳 시내 마을에서 살기 시작한 지는 이제 오 년 조금 넘었습니다. 황성에서 벼슬살이를 하다가 다 정리하고 내려왔지요."

"어떤 벼슬을 하셨습니까?"

"여러 관청을 두루 거쳤습니다. 마지막으로 일한 곳은 예조였지요. 판서로 이 년 정도 재직하다가 그만두었습니다."

황성에서도 얼굴조차 본 적이 없는 전임 예조 판서를 이처럼 외진 마을에서 만날 줄은 몰랐다. 어쩌면 마을의 평화는 판서라는 구심점이 있기에 가능한 것일 터. 놀라움과 함께 궁금증도 둥실 떠올랐다. 판서의 말대로 연고도 전혀 없는 시내 마을엔 도대체 왜 내려온 걸까?

"제국의 혼란을 더는 두고 볼 수가 없었지요. 지금 황제 폐하의 독단적인 정국 운영 방식은, 세력 다툼 따위엔 무관심한 채 평생 관료로만 산 저조차도 동의하기가 어려웠습니다. 책을 씨의 아버지 일도 그렇고 더 버티다간 가느다란 목숨조차 부지하기 어렵겠다 싶어 관직에서 물러난 후 이곳으로 온 것입니다."

"무슨 말씀이신지?"

"네?"

내 질문에 판서는 고개를 갸웃했다. 잠자코 있던 섭구 씨가 끼어들었다. "계속 이야기하시지요. 지금은 이야기를 제대로 듣는 게 중요하니까요."

나는 섭구 씨의 말을 제대로 알아들었다. 우리에겐 할 일이 있다, 책을 쓰는 것과 무관한 일로 판서의 말을 중단시켜서는 안 된다는 뜻이었다. 판서는 의아한 눈길로 우리 둘을 번갈아 본 후 마음을 굳힌 듯 이야기를 계속했다. "젊은 시절 암행어사로 일할 때 하룻밤 묵은 적이 있었는데 마음속까지 편안했던 그때의 기억이 너무나도 좋아서 무작정 시내 마을로 내려왔습니다. 집을 짓고 살기 시작하자마자 깨달았습니다. 정말 좋은 마을을 제대로 골랐다는 것을요. 마을 사람들도 좋았고 풍경도 좋았고 공기도 좋았습니다. 높은 고갯길을 넘지 않고서는 이곳에 올 수 없다는 점도 좋았고요. 뭐랄까, 황성에서 얻은 나쁜 기운이 깨끗이 사라지는 기분이었지요."

판서는 하던 말을 멈추고 찻잔을 들었다. 섭구 씨의 얼굴을 흘끗 보았다. 들으면 들을수록 물음표만 잔뜩 생겼다. 아무리 가을 토끼처럼 귀를 쫑긋 세우고 들어도 판서의 말에는 문제가 될 건 전혀 없어 보였다. 그러나 내 속에는 풀리지 않는 깊은 의문이 새로 판 우물처럼 자리했다. 판서까지 지낸 사람이 열병으로 죽은 내 무명의 아버지를 제국의 혼란과 함께 언급한 이유는 뭘까?

그때 섭구 씨가 코를 킁킁거렸고 그와 거의 동시에 사랑채에 들어오기 전 바깥에서 들었던 정체불명의 소리가 났다. 소리는 아까보다 크고 선명하게 들렸다. 심약운수안인평관옥소선……. 내가 알아들을 수 있는 건 처음 열 자 정도였다. 그 뒤론 소리들이 겹치고 기침까지 더해져서 도무지 해독이 불가능했다. 알아들은 내용 또한 난해하긴 마찬가지였다. 심약운수안인평관옥소선이라니 도대체 무슨 뜻일까? 괴이한 주문일까, 아니면 스님들이 읊는 불경의 일부일까? 섭구 씨를 보며 눈만 멀뚱거리는데 좋구나, 문장이 참 좋구나, 하는 탄성이 이어지더니 곧바로 기침이 폭포수를 이루었다. 판서가 짧게 한숨을 쉬었다. "이제 스물한 살이 된 제 아들입니다. 의원은 해를 넘기긴 힘들 거라 하더군요. 이미 폐가 많이 상했답니다."

흥분하지도 않고 슬퍼하지도 않고 평온한 상태에서 나온 말이라 더 놀라웠다. 판서가 유난히 냉정한 성품의 소유자라 그런 건 아닐 것이다. 판서는 이미 아들을 보낼 각오를 마친 듯했다. 가슴이 저렸다. 그런 마음에 이르기까지 판서는 얼마나 많은 불면의 밤을 보냈을까? 판서의 언행은 오랜 고민과 불면의 밤을 보낸 사람이 비로소 도달한 담담한 경지에서 나온 것이 분명했다. 섭구 씨가 물었다. "이상한 문장을 읊는 증상은 폐병 때문은 아니겠지요?"

"물론 아닙니다. 그건……."

판서는 짧게 대답한 후 천장을 올려다보았다. 마치 말하다 만 나머지 문장이 천장에 붙어 있기라도 한 것처럼. 판서가 다시 우리를 보며 말했다. "죽고 사는 거야 하늘이 정한 일이니 사람으로서는 원망을 할 수도, 해서도 안 되는 것이지만 걸리지 않아도 되었던 기이한 병증까지 달고 세상을 마치게 만든 건 전적으로 나의 잘못입니다."

판서가 깊은 한숨을 토하며 털어놓은 이야기는 대략 이러했다. 판서는 시내 마을에서 살게 된 후에야 비로소 아들에게 관심을 갖게 되었다. 그런 판서를 욕할 수는 없다. 판서에게 황성 시절은 얼굴을 긁을 시간도 없을 정도로 바빴으니까. 하나뿐인 아들에게 눈길 한번 주지 못한 건 오히려 당연한 일이었다. 물론 판서가 아들의 존재를 잊은 건 아니었다. 황성 시절 아들은 최고의 교육을 받았다. 판서는 황성 제일의 교사를 사랑채에 들여 아들을 가르치도록 조처했다. 그런데 시내 마을에 정착한 후 아들의 교육 상태를 확인한 판서는 깜짝 놀랐다. 열여섯치고는 아는 게 너무 없었다. 『논어』나 『맹자』의 구절을 물어도 당황하며 더듬거리다가 고개만 푹 숙일 뿐이었고, 시를 지어 보라 했더니 제대로 된 시 한 줄조차 마무리 짓지 못했다. 뒤늦게 가정 교사를 욕했지만 무의미한 일이었다. 선생에게 모든 것을 맡긴 채 아들의 상태를 점검할 생각은 하지 못했던 판서의 과오도 적지 않았으니까.

판서는 아들을 직접 가르치기로 했다. 판서의 목표는 확실했다. 몸은 황성에서 멀리 떨어진 궁벽한 시내 마을에 있을지라도 머리에 든 지식은 황성 중심부에 사는 부유한 사족의 자제들을 능가하도록 만드는 것. 혹시라도 황제가 바뀌고 제국의 상황이 호전되면 과거 시험을 보게 해 자신과 같은 고위 관료로 만드는 것이 판서의 유일한 바람이었다. 하지만 교육을 시작한 지 얼마 되지 않아 판서는 목표를 이루기가 쉽지 않음을 깨달았다. 아들은 이해력이 부족했다. 집중력이 떨어졌다. 성취욕은 아예 없다시피 했다. 어르고 타이르는 걸로는 부족해 회초리까지 동원해 보았지만 진전은 거의 없었다.

그러던 어느 날 밤이었다. 아들의 방에서 책 읽는 소리가 들렸다. 책 읽는 목소리엔 즐거움이 가득했다. 반가운 마음에 버선발로 달려가 문을 열었다. 판서와 눈이 마주친 아들이 화들짝 놀랐다. 읽던 책을 급히 이불 밑에 감추는 모습이 보였다. 무슨 일인가 싶어 이불을 들추고 아들이 숨긴 책을 찾았다. 한숨이 나왔다. 『서상기』라는 연애 소설이었다. 화가 머리끝까지 났다. 읽으라는 경전은 안 읽고 소설 나부랭이나 읽고 있다니. 그 자리에서 『서상기』를 찢었다. 방 안을 뒤져 소설책이란 소설책은 다 찾아냈다. 스무 권 가까이 되는 책들을 모조리 찢어서 버리려다 마지막 순간에 생각을 바꾸었다. 소설책은 아들을 회유할 수 있는 더없이 좋은 도구가 될 수 있었다. 아들에게 말했다. 공부에 진전이 있으면 다시 돌려주겠다.

그 일 이후로 아들은 한동안 공부에 열심을 다했다. 낮이건 밤이건 경전을 손에서 놓지 않았다. 이제 정신을 차렸구나, 하고 생각하니 흐뭇했다. 물론 그렇다고 아들의 성취가 눈에 띄게 높아진 건 아니었다. 이해력과 집중력과 성취욕이 하루아침에 생기는 물건은 아니니까. 얼마 후 아들이 소설책을 돌려 달라고 요청했다. 약속한 대로 공부에 매진했으니 소설책 읽는 것을 허락해 달라는 것이었다. 일리 있는 요구였지만 판서는 고민하다가 허락하지 않기로 했다. 아들이 안타까운 목소리로 이유를 묻자 아직은 때가 아니라고 근엄한 목소리로 대답했다. 판서는 아들의 이해력과 집중력과 성취욕의 부족을 소설책 읽는 버릇에서 찾았다. 아들은 아버지의 말을 납득하지 못하고 며칠 후 재차 요청을 했고 판서는 아예 회초리를 들어 호소하는 입을 막아 버렸다. 그 이후 아들은 더 이상 소설책 이야기를 꺼내지 않았다.

하지만 아들의 얼굴은 눈에 띄게 어두워졌다. 판서도 인간인지라 아들이 안쓰럽기는 했다. 하지만 어차피 한 번은 넘어야 할 고비라 여기곤 더 거세게 밀어붙였다. 아들이 힘겨워하는 모습이 눈에 보였다. 천성이 착한 아들은 힘겨워하면서도 따라오기는 했다. 가문의 이름에 먹칠을 해서는 안 된다는 판서의 절박한 호소를 눈물로 받아들였기 때문이었다. 얇은 얼음을 밟는 듯한 위태로운 분위기가 이어졌지만 한동안 아무 문제도 일어나지 않았다. 깊은 밤 경전을 외우는 아들의 목소리를 들으며 판서는 이제 거의 다 되었구나 생각하고는 속으로 흐뭇하게 웃기까지 했다.

그러던 어느 날 아들이 특이한 증세를 보이기 시작했다. 수업 도중에 갑자기 이상한 문장을 외우는 것이었다. 도무지 문맥이 통하지 않는 문장이었다. 판서는 정신을 똑바로 차리라고 훈계하고는 회초리질을 했다. 아들은 곧 정상으로 돌아왔다. 며칠 후 또다시 똑같은 일이 일어났다. 판서는 이번에도 회초리로 다스렸다. 아들은 금세 정신을 차렸지만 문제가 완전히 해결된 건 아니었다. 이상한 문장을 외우는 아들의 증상은 더욱 빈번하게 나타났다. 횟수가 잦아지자 회초리로는 결코 다스릴 수 없는 병이란 사실을 판서도 인정하지 않을 수 없었다. 하지만 돌아가는 방법을 전혀 몰랐던 판서는 물러서지 않고 아들을 계속 다그쳤고, 제발 그만하라는 아내의 눈물을 접하고서야 회초리를 놓았다.

그 이후 다시 매질을 한 적은 없었지만 아들의 증상은 호전되지 않았다. 아들은 마치 다른 세계로 외출을 나가서는 아예 돌아오지 않는 것 같았다. 결국 판서는 마을 의원을 불러 아들을 보였다. 가문의 이름에 누가 될까 싶어 죽기보다 꺼린 일이지만 달리 방법이 없었다. 의원은 처음 보는 증세라며 고개만 갸웃거릴 뿐이었다. 며칠 후부터 아들의 증세는 크게 악화되었다. 아들은 아예 하루 종일 이상한 문장만 외우기 시작했다. 혼자 외우고 혼자 감탄하고 혼자 괴로워했다. 판서가 말을 걸면 매서운 눈초리로 응수해 왔다. 늘 온순했던 아들의 변해 버린 행동에 깜짝 놀란 판서는 황성의 연줄을 동원해 의원을 수소문했다. 명의라 자칭하는 이들이 여럿 다녀갔다. 외딴 곳이었기에 그들은 꽤 많은 돈을 챙겨 갔다. 그러나 누구도 아들의 병을 치료하지는 못했다. 고개만 젓고 돌아가서는 황성에 나쁜 소문만 퍼뜨렸을 뿐이었다. 그러는 도중 아들은 폐병마저 걸렸다. 그리고 이제 올해를 넘기기 힘든 지경에 이른 것이다.

판서가 들려준 이야기는 내 가슴을 쓰라리게 했다. 판서의 강압적인 교육, 황성을 떠나왔으면서도 황성에서 다시 한번 성공하기를 바라는 욕심이 아들을 망친 것 같아서였다. 나 또한 소설을 무척 좋아했기에 더더욱 그런 느낌이 들었다. 할아버지는 판서와 달랐다. 아, 그리운 할아버지, 고마운 할아버지. 할아버지는 소설을 좋아하는 나에게 특별히 뭐라 말한 적이 없었다. 그저 고조부의 책을 꼭 한번 읽어 보라고만 권했을 뿐. 못된 나는 그 어렵지도 않은 부탁을 끝내 따르지 않았다. 담담하게 듣고 있던 섭구 씨가 말했다. "괜찮으시다면 이제 아드님을 만나러 가도 되겠습니까?"

판서의 아들이 지내는 방은 사랑채 뒤편에 있었다. 방문을 열기 전 판서가 잠깐 머뭇거리더니 우리를 보며 당부했다. "너무 놀라지는 마십시오."

아버지의 기척을 느낀 듯 잠잠했던 아들이 다시 목소리를 높였다. "심생노소청유영관찰도령…… 아하 좋구나, 좋아, 자 빨리빨리, 인담자란알성……." 기침 소리가 낭송을 막았다. 피를 토하는 듯한 기침 소리에 판서의 얼굴이 검은색이 되었다. 섭구 씨가 곧바로 문을 열고 안으로 들어갔다. 기침하던 아들의 검붉은 얼굴이 잠깐 섭구 씨를 보았다가 다시 판서에게로 향했다. 아들의 눈빛이 매섭게 변했다. "심약운수……." 이번 낭송은 길게 이어지지도 못했다. 기침은 짧았던 낭송보다 몇 배는 긴 문장을 마음껏 써 나갔다. 환자와는 아무 관계도 없는 내 마음이 다 아파 왔다. 섭구 씨가 말했다. "책을 씨, 어서 책을 찾아봐. 분명 책에 답이 있을 테니까."

중병에 걸렸음에도 방엔 책이 꽤 많았다. 경전이 대부분이었으

나 소설책도 몇 권 있었다. 판서가 말했다. "공부를 강요한 까닭에 병이 생긴 것 같아서 경전들을 다 치우려고 했지요. 그런데 책을 치우려고 들었더니 아들이 난폭해지더군요. 무서운 얼굴을 하고는 팔을 크게 휘두르며 의미도 없는 말을 계속 내뱉더군요. 책을 다시 내려놓으니 잠잠해졌습니다. 경전을 멀리해선 안 된다는 생각이 아예 아들의 머릿속에 박혔나 봅니다. 하도 안타까워서 빼앗았던 소설책도 돌려주었습니다. 내용이 난잡한 건 다 버린 탓에 몇 권 남지는 않았지만 말입니다."

섭구 씨가 물었다. "책을 읽기는 하나요?"

"전혀 읽지 않습니다. 그저 곁에 두고만 있을 뿐입니다. 경전이건 소설책이건 손도 대지 않습니다."

섭구 씨 말대로 서둘러 책을 뒤적이기는 했으나 난감했다. 책 때문에 생긴 병인 건 분명했으나 도무지 단서가 잡히지 않았다. 그 사이 판서의 아들은 낭송과 기침을 반복했다. 몸을 가누지도 못하면서 아버지와 끊임없이 눈을 맞추려 애쓰는 모습이 보기에도 안타깝고 괴로웠다. 용기를 내어 아들의 눈을 자세히 보니 무서운 눈이라기보다 무엇인가를 호소하는 눈에 더 가까웠다. 달리 도울 방법이 없었기에 나는 책들을 바삐 뒤적거렸다. 두꺼운 『맹자』 책을 펼쳤다. 무작정 넘기는데 책장 사이에서 얇은 책 한 권이 툭 떨어졌다. 이게 뭘까? 서둘러 책장을 펼쳤다. 아들이 거친 필치로 써 내려간 일기였다. 몇몇 문장을 읽었다. 아버지가 원하는 사람이 되고 싫다……. 나는 왜 이렇게 머리가 나쁜 걸까? 나는 아버지를 전혀 닮지 않았다……. 소설책을 읽으면 마음이 편안해진다. 그러나 이내 괴로워진다. 아버지가 싫어하는 책을 몰래 읽고 있으니까…….

일기의 마지막 문장은 이랬다. 아, 나는 세상을 떠돌며 소설을 읽고 쓰는 사람이 되고 싶다. 그것이 내 유일한 소원이다.

나는 그 일기를 판서에게 보여 주었다. 일기를 읽던 판서가 갑자기 고개를 저었다. 입에서는 비명 비슷한 소리가 났고 눈에서는 천천히 눈물이 흘렀다. 그런 아버지를 본 아들의 목소리는 더 높아졌고 낭송하는 속도도 빨라졌다. 기침을 하면서도 아들은 낭송을 멈추지 않았다. 마른하늘에 벼락 치듯 푸른 하늘에 소나기 내리듯 맥락도 없는 요란한 낭송이어서 애꿎은 천장만 이리저리 흔들렸다. 아들은 마지막 기력을 모두 쏟아붓는 것 같았다. 이 기회를 놓치면 곧바로 지옥 불에라도 떨어지는 것처럼. 그러나 아들은 환자였고 이대로 가다가는 얼마 버티지 못할 것이 분명했다. 급박한 발소리가 들렸다. 여인이 뛰어 들어와 아들을 안았다. 아들은 여인을 거세게 뿌리치고 아버지를 똑바로 보며 아무도 이해 못 할 문장을 기침과 함께 외우고 또 외웠다. 섭구 씨가 외쳤다. "책을 씨, 아직 못 찾았어?"

허둥지둥 소설책을 꺼내 뒤적이는데 익숙한 단어가 나타났다. 옥소선, 그리고 심생. 소설책의 주인공들이었다. 『심생전』의 심생, 『옥소선전』의 옥소선. 심생과 옥소선의 이야기라면 나도 읽고 감탄한 적이 있는데. 내 마음에 더 들었던 건 옥소선 쪽이지만. 나도 모르게 소설 속 주인공들의 이름을 입에 담았다. 그러자 아들의 무섭고도 슬픈 눈이 나를 향했다. 아들은 내 눈을 똑바로 보며 조금 전의 문장을 다시 낭송했다. "심약운수안인평관옥소선, 심생노소청유영관찰도령……." 짧은 문장을 읊은 후 기침에 굴복했다. 그러나 끝없이 기침을 하면서도 아들은 내게서 시선을 떼지 않았다. 내게서 무언가를 느낀 게 틀림없었다. 마음이 급해졌다. 손가락 끝이 간지러워졌다. 뭔가 단서가 잡힐 것 같았다. 조금만 더 파고들면 답이 나올 것 같았다. 소설책들을 모두 꺼내 놓고 한꺼번에 뒤적였다. 앞으로 넘기고 뒤로 넘겼다. 한두 장씩 넘겼다가 서너 장씩 한꺼번에 넘겼다. 고개를 좌우로 빠르게 돌리는 순간, 그렇구나! 우박 같은 요란한 깨달음이 갑작스럽게 찾아왔다.

아들은 소설책 몇 권을 섞어서 외우는 것이었다. 여기서 한 단어, 저기서 한 단어를 꺼내서 채를 치듯 마구 뒤섞어 외우는 것이었다. 섭구 씨를 불러 설명했다. "섭구 씨, 여기 『심생전』의 시작을 봐. 심생은 약관이었고…… 운종가를 거닐었다. 심생, 약관, 운종가의 첫 글자만 모은 게 바로 심약운이야."

아들의 목소리가 화답하듯 들렸다. "심약운수안인평관옥소선, 좋구나, 좋아."

아들의 눈초리엔 미약하나마 기쁨이 섞여 있었고 목소리는 전보다 차분해졌다. 나는 재빨리 소설책들을 뒤져 또 다른 암호를 해독했다. "이번엔 『운영전』이야. 수성궁은 안평대군의 옛집인데…… 인왕산에 있었다. 수성궁, 안평대군, 인왕산이 바로 수안인이네. 그리고 여기 있네, 이번엔 『옥소선전』. 평안도 관찰사로 부임했는데…… 그때 옥소선이 있었다, 평관옥소선. 그래서 심약운수안인평관옥소선!"

아들이 힘겹게 몸을 일으키더니 내 손을 잡으며 보통 사람의 두 배가 넘는 빠른 속도로 말했다. "소설을 읽는 사람이 여기 또 있었군요. 반갑소, 정말 반가워요. 그런데 조심해야 해요. 집안 망신이라 들키면 안 되거든. 들키면 혼이 나거든. 매질을 당하거든. 운이 없으면 까마귀에게 잡혀갈지도 모르거든. 소설은 위험하고 나쁜 물건이거든."

아들은 몸을 돌려 아버지를 보며 또 다른 문장을 외웠다. "심생노소청유영관찰도령." 다시 기침이 찾아왔고 여인은 아들의 어깨를 눌러 강제로 자리에 눕혔다. 자리에 누우면서도 아들의 눈은 여전히 판서를 향했다. 아들의 눈빛이 전하는 의미는 분명했다. 아들은 아버지가 자신의 암호를 해독해 주길 바라는 것이었다. 몰래 읽느라 여러 소설책을 한꺼번에 읽을 수밖에 없었던 사정, 언제 문이 열릴지 몰라 불안해하며 허겁지겁 소설을 머리에 외워 넣었던 일들을 아버지가 기억해 주기를 바라는 것이었다. 그리고 이제 아버지와 함께 그 소설을 다시 읽기를 원하는 것이었다. 아버지가 자리에 앉아 소설책을 뒤적였다. "심생은 『심생전』의 심생이겠고……

노소는 뭘까? 아이고, 난 잘 모르겠다. 소설은 읽어 본 적이 없으니. 이 뜻을 알려면 소설책을 다 읽어야겠구나."

아들이 좋구나, 좋아를 외쳤다. 판서의 얼굴과 여인의 얼굴이 동시에 밝아져서 방 안이 다 환해졌다. 이제 우리가 할 일은 없었다. 아들의 생이 얼마나 남았는지는 조물주만이 알겠지만 남은 생만큼은 자신이 좋아하는 소설과 함께하게 되리라. 그것도 아버지, 어머니와 함께 소설을 읽고 해독하는 즐거움을 맛보면서. 내가 열한 살 되던 해에 세상을 떠난 아버지 생각이 슬며시 났다. 열한 살이면 적은 나이도 아닌데 어쩐 일인지 아버지와 함께 책을 읽은 기억이 내겐 전혀 남아 있지 않았다. 마치 싸리비로 기억을 쓸어 버린 것 같았다. 전에는 아쉬운 생각이 전혀 없었는데 판서와 아들을 보니 문득 허전하고 그리워졌다. 나는 눈가에 살짝 맺힌 눈물을 슬며시 닦은 후 자리에서 일어나면서 아들이 쓴 일기책을 집어 들었다. 아무래도 이 일기책을 섭구 씨에게 주어야 할 것 같았다. 아들과 눈이 마주쳤다. 아들이 살짝 고개를 끄덕이며 소리 없이 무언가를 말했다. 아들의 입 모양을 읽었다. 그 말은 이랬다. "섭구 씨가 정말 있었군요."

아들에게 섭구 씨를 소개한 적은 없었다. 그런데 아들은 이미 섭구 씨의 존재를 알고 있었다. 도대체 어떻게 된 일일까? 하지만 아들이 한 말은 그게 전부였다. 아들은 더 이상 나를 보지 않았다. 아들의 시선은 부모에게 향해 있었다. 그렇다고 판서에게 물어볼 수도 없는 일이었다. 판서와 여인은 평생 읽어 본 적 없는 소설책을 뒤적이며 암호 해독에 몰두하느라 몹시도 바빴으니까. 그들의 얼굴은 내가 본 그 어떤 얼굴보다 행복이라는 단어를 아름답게 표현하고 있었으니까. 나는 모르는 건 모르는 대로 그냥 두기로 했다. 어떤 의문은 마음속에만 간직하는 게 더 좋은 법이니까. 나는 섭구 씨에게 책을 건넸고 섭구 씨는 생각에 잠긴 표정을 지은 채 그 책을 천천히 손목에 넣었다.

밖으로 나왔더니 차가운 안개비가 우리를 맞았다. 나는 섭구 씨처럼 코를 쿵쿵거리며 냄새를 맡았다. 이제 나는 비로소 마른 땅에 막 내리기 시작하는 안개비의 냄새를 알게 되었다. 아쉽지만 내 부족한 문장으로 그 은은하면서도 강렬한 냄새를 말로 설명할 도리는 없다. 아, 한 가지 더. 안개비를 맞았을 뿐인데 깊은 밤 어둠을 이기지 못하고 뚝뚝 떨어지는 동백꽃 냄새도 왠지 알 것 같은 기분이 들었음을 고백해야겠다. 비록 동백꽃은 단 한 번도 본 적이 없지만.

《소설 중독자의 일기》에 대해

『흠영』이라는 일기를 남긴 유만주의 사례에서 아이디어를 얻었음이 분명하다. 유만주는 말 그대로 소설 중독자였다. 과거 시험이 코앞에 닥쳤는데도 소설책을 손에서 놓지 못했고,

초시를 앞두고는 『농정쾌사』를 읽더니 회시를 앞두고는 『용만야사』를 보고 있다. (1783년 3월 25일 일기)

소설 속에서 일어나는 사건들이 자신에게도 일어나기를 바랐다.

사람에게는 일생 동안 소설가가 쓴 것 같은 신기하고 드물고 이상한 일이 없을 수도 있다. (……) 그런 일이 있었으면 하고 바라는 자에게는 오지 않는 것이다. (1784년 4월 13일 일기, 이 일기들은 김하라 선생이 편역한 『일기를 쓰다』(돌베개)에서 인용했다.)

유만주의 일기에서 죄책감을 눈치 챘다면 올바로 읽은 것이다. 선비인 유만주가 소설에 탐닉하는 행위는 남들에게 자랑스럽게 내세울 만한 떳떳한 행동은 아니었음을 알 수 있다. 그럼에도 유만주는 소설을 진정으로 사랑했다.

소설에 대한 혐오를 가장 극명하게 드러낸 이는 뜻밖에도 이덕무다. 이덕무는 박제가가 앓아누운 이유를 소설에서 찾는다. 『서상기』라는 나쁜 소설을 읽었기 때문이라는 것이다. 이덕무가 내린 처방은 이렇다.

그 책을 불살라 버린 다음에, 다시 나와 같은 사람을 초청해서 매일같이 『논어』를 강독하여야 병이 나을 것이오. (「아정유고」, 『청장관전서』)

이덕무의 소설 혐오는 「사소절」에도 등장한다.

소설은 음란한 말을 기록한 것이니 보아서는 안 된다. 자제들이 보지 못하게 금해야 한다. 남을 대할 때마다 소설 내용을 끈질기게 이야기하거나 남에게 읽기를 권하는 사람이 있으니, 애석하도다! 사람의 무식이 어찌 그 지경일까?

개혁 군주로 평가받는 정조 또한 소설을 혐오했다. 정조는 총애하던 젊은 신하들인 이상황과 김조순이 소설을 즐겨 읽는다는 사실을 알아내곤 곧바로 반성문을 쓰도록 조처했으며, 성균관 유생 이옥이 소설적 표현을 즐겨 쓰자 수차례의 경고 끝에 군대에 보내 버리기도 했다. 정조의 소설 혐오증은 결국 사상과 문체에 대한 대규모 통제책인 '문체 반정'으로 연결되었다.

6장 / 다섯 번째 책

농담

弄談

섭구 씨에게 묻고 싶은 질문의 수가 한여름 햇빛을 견디며 알알이 여문 포도송이보다 훨씬 더 많았다. 섭구 씨의 등을 보며 섭구씨, 하고 조심스럽게 불렀다. 섭구 씨는 걸음을 멈추지 않은 채 지팡이를 하늘 높이 들어 보이더니 책을 씨, 할아버지는 잘 계시니까 염려하지 마, 하고 말했다. 섭구 씨, 그게 아니고, 하며 말머리를 휘어잡으려 하자 섭구 씨는 치켜들었던 지팡이를 쭉 뻗어 낮은 고개 너머를 가리키며 책을 씨, 저곳에서 지독한 냄새가 나, 황소 뿔처럼 크고 우람한 망치로 이틀 밤낮을 벼리고 벼린 매서운 칼 냄새가 코를 찌른다니까, 그 칼엔 피도 살짝 묻어 있고, 하고 말머리를 금세 바꾸었다. 황소의 거센 콧김이 어깨에 확 닿은 기분이 들어 등골이 오싹했다. 나는 손으로 어깨에 묻은 불길한 기운을 턴 후 마지막으로 한 번 더 하는 마음으로 섭구 씨, 하고 목소리를 높여 불렀다. 드디어 섭구 씨가 멈춰 섰다. 상체를 내 쪽을 향해 돌리고 물었다. "책을 씨, 도대체 왜 그러는데?"

"궁금한 게 있어."

"좋은 일이야. 책을 씨도 느꼈겠지만 사는 것 자체가 실은 질문의 연속이니까."

"살고 죽는 거창한 문제는 아니고, 그냥 섭구 씨한테 물어보고 싶은 사소한 질문거리가 몇 가지 있어."

"내가 지금 꼭 대답해야 하는 건 아니지?"

"물어봐도 돼?"

"지금 꼭 대답할 이유는 없다고 믿지만 책을 씨의 얼굴이 절박해 보이니 딱 한 가지 질문만 받겠어. 그 대신 이거 하나는 알아줘. 냄새가 점점 심해지고 있거든. 우리가 해야 할 일을 잊은 건 아니지?"

딱 한 가지 질문만 받겠다니 자기가 뭐 황제도 아니고, 너무 거만한 거 아냐? 불만 토로는 나중 일이고 우선은 잡은 기회부터 살리고 볼 일이었다. 머릿속을 분주히 굴린 후 내내 가슴을 답답하게 만들었던 것부터 묻기로 했다. "섭구 씨는 우리 아버지에 대해서 알아?"

섭구 씨는 지팡이 손잡이를 느리게 쓰다듬으며 대답했다. "알지, 아주 잘 알고말고. 이제 질문은 끝."

"섭구 씨, 그렇다면……."

"책을 씨, 냄새의 농도로 볼 때 이번에도 시간이 그리 많지는 않아. 자꾸 힘들게 해서 미안한데 역시 서둘러야겠어."

빠르게 멀어져 가는 섭구 씨의 등을 보며 내 어리석었던 질문에 대해 곧바로 후회했다. 어렵게 잡은 기회인 만큼 더 깊이 고민한 후 섭구 씨가 절대 빠져나갈 수 없는 완벽한 질문을 던졌어야 옳았다. 아, 나는 섭구 씨에게 맞서기엔 지나치게 요령이 없었다. 그런데 정말 그런 걸까? 꼭 그렇지는 않을 수도 있다는 생각이 슬며시 턱을 치고 올라왔다. 나는 발걸음을 재게 놀리며 마음을 바꿔 먹었다. 섭구 씨는 죽은 내 아버지를 안다고 했다. 그냥 아는 게 아니라 아주 잘 안다고 했다. 문을 여는 것치고는 꽤 좋은 질문이었던 셈이다. 지금이야 급한 일이 있어 섭구 씨가 단답형에 가깝게 대답하고 입을 꼭 다물었지만 일을 제대로 처리하고 한 권의 책을 섭구 씨의 손목에 더 넣고 나면 사정이 달라질지도 모른다. 시작이 반이라는 말이 괜히 있는 게 아니니까. 문이 조금 열렸으니 이제 다음 할 일은 정해진 거나 마찬가지다. 어떻게든 몸을 구겨서 문 안으로 비집고 들어가는 것!

바닥 구조가 훤히 보이는 잡초투성이 저수지를 지나 마을로 가까이 갈수록 심상치 않은 분위기가 공기로 느껴졌다. 섭구 씨가 말했던 잘 벼린 칼의 매서운 냄새는 내 부족한 재주로는 전혀 맡을 수 없었다. 그러나 마을을 빠져나오는 몇몇 사람들의 얼굴이 하나

같이 겁에 질려 푸른곰팡이 색으로 변해 있는 걸 보면 모종의 일이 생긴 건 분명했다. 그들 중 한 명을 붙잡고 물었다. "왜 이리 서둘러 떠나는 겁니까?"

마음이 몹시 바빴던 남자는 나를 뿌리치고 걸음을 재촉하면서 공중에 대답을 날렸다. "황성에서 날아온 까마귀들이 널렸소."

더 묻고 싶은 게 많았지만 남자는 뒤도 돌아보지 않았다. 어안이 벙벙해진 내 모습이 안쓰러웠던 모양이다. 보따리 하나를 들고 빠르게 내 곁을 스쳐 지나간 여인이 큰 결심을 한 듯 멈춰 서선 다시 돌아와 경고를 해 주었다. "혹시 책을 갖고 있으면 절대로 마을에 들어가지 말아요. 잘못하다간 그대로 황천길로 갈 수도 있으니까. 까마귀들이 발톱을 세우고 날뛰는 꼴이 아주 꼴불견이랍니다, 꼴불견."

무너지고 부서지고 깨져 버린 할아버지의 서재가 다시 떠올랐다. 수십 년 동안 조금씩 채워 마침내 조그마한 빈틈조차 남기지 않았던 공든 책장이 무너지는 데는 몇 분이면 충분했다. 그와 비슷한 우울하고 마음 아픈 일이 이 마을에서도 일어나고 있는 게 분명했다. 까마귀들은 마을을 뒤집기로 작정을 하고 왔나 보다. 입안이 오이 꼭지를 물은 것처럼 씁쓸했다.

까마귀들은 제국의 일부였다. 그들은 제국이 건립되던 때부터 존재했다. 그러나 내내 그림자처럼 은밀하게 움직이던 포도청 까마귀들이 요즈음처럼 대놓고 기승을 부린 적은 내가 알기론 없었다. 섭구 씨가 들려준 말을 생각했다. 27대 황제는 자기 아버지를 독살하고 황위에 올랐다는 그 말, 자신의 약점을 감추기 위해 딱딱하고 형식적인 윤리와 도덕을 지나치게 강조한다던 그 말. 책에 대한 단속이 부쩍 심해진 것도 황제의 불편한 심기와 분명 관계있을 것이다. 구린 구석이 차고 넘치는 황제가 책을 엄격히 통제하는 게 특별한 일은 아니니까. 황제는 자신의 정책을 특별하다 여기겠지만 그건 역사서를 조금만 살펴보면 어렵지 않게 발견할 수 있는 지극히 흔하고 평범한 사례에 지나지 않는다. 내 마음을 눈치 챈 섭구 씨가 뒤돌아보며 말했다. "책을 씨, 너무 걱정하지는 마."

까마귀들이 단지 책만 문제 삼고 있다면 섭구 씨의 말이 맞았다. 그 점에 있어서 우리는 걱정할 게 전혀 없다. 나는 집필자이고 섭구 씨는 보관자이긴 하지만 그건 섭구 씨와 나, 둘만 아는 비밀이다. 내 책은 붓이 아닌 몸으로 쓰는 책이고, 섭구 씨는 내 책을 보따리가 아닌 손목에, 그것도 책의 이름으로만 보관하고 있으니까. 그 책을 꺼내 읽을 수 있는 건 오직 섭구 씨뿐이니까.

그렇기는 해도 마음이 살짝 떨렸다. 사람들은 분명 까마귀들이 황성에서 왔다고 했다. 혹시라도 까마귀들이 나를 알아본다면 어떻게 할까? 날카로운 눈썰미로 밥을 먹고 사는 그들이 내 행동에서 까치 똥만 한 의혹이라도 찾아낸다면 어떻게 할까? 일단 목표를 정하고 나면 끝까지 물고 늘어지는 까마귀들의 집요한 성격을 감안할 때 꼼짝없이 잡히는 것 말고 다른 경우의 수는 없을 것이다. 아니, 어쩌면 나는 이미 황궁 동쪽 벽의 수배자 목록에 이름과 얼굴을 자랑스럽게 올리고 있는 건 아닐까? 수배자의 용모파기를 늘 지참하고 다니는 까마귀들은 나를 보자마자 얼씨구, 벽에서 봤던 그놈이구나, 하고 신이 나서 체포하겠지.

머릿속으로 펼쳐지는 온갖 불길한 상상을 아는지 모르는지 섭구 씨는 여유 만만하기만 했다. 섭구 씨가 화제를 돌렸다. "책을 씨, 우리가 향하는 마을의 이름이 뭔지 알아?"

"글쎄, 나야 잘 모르지. 황성 밖에 대해선 젬병이니까."

"바로 샌님 마을이야. 무척 흥미로운 마을이지."

아하, 샌님 마을. 들어 본 적 있는 이름이라 무심결에 고개를 끄덕였으나 여전히 궁금증은 남았다. 샌님 마을이 무척 흥미롭다는 건 무슨 뜻일까? 내가 귀동냥한 바에 따르면 샌님 마을은 한때 잘 나갔던 사족들이 모여 사는 마을이다. 한때라는 말은 너무 모호하니 옛날 옛적에로 바꾸는 게 더 좋겠다. 옛이야기의 서두에 단골로 등장하는 바로 그 옛날 옛적에. 내 말은 과장이 아니다. 샌님 마을의 역사는 제국이 처음 세워지던 때로 거슬러 올라간다. 제국 사람이면 누구나 아는 역사 상식을 동원하자면 그 당시 제국은 이 땅에 존재했던 수많은 나라 중 하나에 불과했다. 지금의 황성보다 훨씬 남쪽인 궁성을 근거지로 삼은 제국은 주위의 작은 나라들과 전쟁을 벌여 차례차례 승리를 거두었고 마침내 최종 승리자가 되었다. 제국의 승리에 기여한 이들은 공신으로 임명되었고 부상으로 땅을 선물받았는데 그중 한 곳이 바로 지금의 샌님 마을이다. 제국의 영토가 되기 전에는 사람이 거의 살지 않았던 곳이지만 샌님 마을은 공신들에게 큰 인기를 얻었다. 무엇보다 새로 제국의 수도가 된 황성으로부터 거리가 적당했다. 늙은 말을 타고 주위 경관을 감상하며 여유롭게 달려도 이삼일이면 도착할 수 있다. 산과 강이 절묘하게 어우러진 경치 또한 제법 그윽한 맛이 있어서 강 따라 계곡 따라 사족들의 별장이 하나둘 들어서기 시작했다.

해가 지듯 꽃이 지듯, 그들의 영화는 오래가지 못했다. 해가 지나면서 초기 공신들은 이러저러한 일로 낙마를 했다. 이에 대해서는 사실 그들의 권력이 밀집되는 것을 두려워한 초대 황제가 뒤에서 일을 꾸며 내쫓았다는 것이 정설이다. 거듭된 시도에도 불구하고 (당연히) 재기에 실패한 그들은 황성을 떠나 샌님 마을을 거주지로 삼았다. 황제는 그들이 샌님 마을에 계속 머무른다면 여생을 보내기에 결코 부족하지 않은 연금을 대대손손 잊지 않고 지급하겠다는 제안을 했고 달리 선택지가 없었던 그들은 그 기름진 제안을 덥석 받아들였다. 이는 샌님 마을이 황성 밖에서 사족이 가장 많이 사는 동네가 된 이유이기도 하다. 그렇게 해서 샌님 마을만의 독특한 문화가 형성되었다.

그 문화란 이렇다. 샌님 마을 사족들의 생활 수준은 대개 비슷했다. 특별히 잘사는 사람도 없었고 못사는 사람도 없었다. 그들은 현실 정치에 대해 어떤 목소리도 내지 않았다. 자칫하다 황실에 밉

보여 연금을 몰수당하면 그야말로 큰일이니까. 거창하게 말하면 샌님 마을은 제국에 존재하는 일종의 중립 지역, 혹은 안전지대인 셈이었다. 요약하자면 권력을 잡은 사족들이 흔히 갖기 마련인 일체의 야심이 전혀 존재하지 않는 곳, 현실에 대한 불만이 어떤 방식으로도 드러나지 않는 곳이 바로 샌님 마을이었던 것. 그런데 바로 그 샌님 마을에 황성에서 온 까마귀들이 쫙 깔렸다는 것이다. 샌님 마을이 수백 년 동안 존재해 온 방식과는 전혀 어울리지 않는 심각한 일이 일어나고 있는 것이 분명했다. 섭구 씨에게 물었다. "섭구 씨, 그런데 왜 이 마을이 흥미롭다는 거야?"

섭구 씨의 눈이 커졌다. 섭구 씨가 눈썹을 모으고 물었다. "책을 씨, 샌님 마을에 대해 전혀 들어 본 적 없어?"

"들어는 봤지. 그런데 뭐가 흥미롭다는 건지는 모르겠어. 갑자기 까마귀들이 왜 이 마을에서 날뛰는 건지도."

"순진한 건지 무지한 건지 분간이 안 되네."

"그게 무슨 소리야? 지금 날 비웃는 거야?"

"후후, 그런 건 아니야. 할아버지께서 책을 씨에게 뒤를 맡긴 이유를 알 것도 같네."

"내가 순진하고 무지해서?"

"아니, 깨끗해서."

말만 다르지 내용은 똑같은 거 아닌가 하고 고민하는데 섭구 씨가 손바닥으로 내 어깨를 툭 쳤다. "책을 씨, 궁금증을 풀기 위해서라도 우선은 마을에 들어가야겠지?"

섭구 씨의 손길은 여전히 매웠고 섭구 씨의 말은 이번에도 옳았다. 내 좁고 답답한 머리를 아무리 짜내 봐야 지혜의 물은 단 한 방울도 나오지 않는다. 궁금증으로 목이 바짝 마르면 몸으로 직접 부딪쳐 볼 수밖에.

샌님 마을이 슬슬 보이기 시작하는 완만한 내리막길에서 남자 하나가 초조한 듯 이리저리 서성였다. 어딘지 모르게 옹색하고 지쳐 보이는 중년의 남자는 전형적인 샌님처럼 생겼다. 적당히 허름한 갓에, 적당히 허름한 두루마기를 걸쳤고, 적당히 허름한 수염을 길렀으며, 적당히 빛나는 금빛 배꽃 문양을 달았다. 그러면서도 끝이 살짝 위로 휜 눈매는 자못 거만해 보여서 세상을 내려다보는 느낌을 주었다. 섭구 씨가 걸음을 멈추더니 남자에게 다가가 말을 걸었다. "우리와 함께 마을로 들어가실래요?"

남자의 표정이 짧은 시간에 여러 번 바뀌었다. 처음에는 입을 조금 벌리고 당황했다가 그다음엔 눈을 빛내며 설렜다가 마지막에는 급격히 어두워진 얼굴로 고개를 저으며 처진 목소리로 대답했다. "말씀만으로도 고맙습니다. 하지만 저와 같이 다니시면 위험합니다. 까마귀들이 저를 노리고 있거든요."

"무슨 대단한 죄라도 지으셨나요?"

"내 평생 제국에 해를 끼칠 행동은 조금도 하지 않았다고 굳게 믿고 있지만 까마귀들은 다르게 생각하겠지요."

"그래서 우리와 함께 마을로 들어가실 건가요, 아니면 여기서 새벽별과 아침 해를 볼 때까지 계속 서성이실 건가요?"

섭구 씨의 계속되는 권유에 남자는 난감한 표정을 지었다. "들어가고는 싶지요. 하지만 조금 전에도 말했듯 무척 위험한 일입니다. 저 때문에 다른 사람을 위험에 빠뜨리고 싶지는 않습니다."

섭구 씨는 말귀를 못 알아들은 사람이 되어 지팡이로 흙바닥을 툭툭 두드리며 자기 할 말을 계속 이어 나갔다. "공짜는 아니에요."

"그럼?"

"우리에게 책을 넘기세요."

"책을, 책을 넘기라고요?"

"네, 책을 넘기시라고요."

"무슨 말씀이신지. 지금 저에겐 책이 없습니다."

"그렇다면 책이 생기면 넘기겠노라고 약속을 하세요."

남자가 적당히 허름한 수염을 쓰다듬으며 고민했다. "설령 책을 얻는다 해도 그건 제 책은 아닐 테니 뭐라 확답을 하기가……."

"목숨을 구해 드리는데 책 한 권 못 주시나요?"

"그렇게 말씀하시면……."

"이러다 해가 지겠어요. 밤새 여기 계속 머무시다가 새로 도착하는 까마귀 등짝이나 감상하시던지."

"그러면 우선은 그리하도록 하지요."

"약속한 거지요?"

"예, 약속하겠습니다. 하지만……."

섭구 씨가 손을 내저어 남자의 말을 막으며 짧게 물었다.

"약속?"

"네."

섭구 씨답지 않은 이상한 행동의 연속이었다. 대충 이야기만 들어 봐도 남자는 책과 관련된 문제로 까마귀들의 추적을 받는 인물이 틀림없었다. 우리도 결코 안전하다고 확신할 수 없는 판에 위험한 남자까지 대놓고 끌어들이다니 무슨 속셈인지 도무지 짐작도 안 되었다. 더더욱 알 수 없는 것은 그 대가로 책을 달라는 섭구 씨의 요구였다. 우리는 지금껏 이인조의 역할을 잘 수행해 오지 않았던가? 내가 책을 수거하고(쓰고), 섭구 씨가 손목에 넣는(보관하는) 식으로 일을 분담해서. 그런데도 자꾸 남자에게 책을 달라고 말한 까닭은 도대체 무엇일까? 물론 나는 머릿속에서 안개처럼 피어오르는 의문들을 입 밖으로 내뱉지 않을 정도의 눈치는 있었다. 다른 이도 아닌 섭구 씨가 그렇게 행동하고 말하는 데에는 그만한 이유가 있을 게 분명했다.

책과 목숨을 맞바꾸는 일종의 거래가 성립되자 남자는 어이쿠 내 정신 좀 보게, 하고 말하면서 머리를 툭 치곤 자신에 대해 간단히 소개를 했다. 남자의 이름은 김철수였고 직업은 황성 병 지구의 서당 선생이었다. 김철수라는 너무 평범한 이름, 그리고 그가 소속

되어 있다고 언급한 황성 병 지구는 나로 하여금 남자의 말을 거짓으로 확신하게 만들었다. 황성에만도 김철수는 수십 명에 이를 것이며, 병 지구 소속 서당의 개수는 갑, 을 지구 소속 서당의 열 배도 넘었으니까. 거기에 더해 김철수의 (사실 여부를 떠나 어쨌든 본인이 밝힌 이름이니 이제부터는 이 이름으로 부르는 게 좋겠다.) 표정엔 불안한 기색이 역력했다. 옹색해 보이는 첫인상, 불안을 감추지 못하는 표정으로 볼 때 거짓말을 거의 해 본 적이 없는 적당히 고루하고 적당히 한심한 사람임이 분명했다. 의심스러운 자기소개를 마친 김철수가 고개를 갸웃하며 물었다. "그런데 까마귀의 손아귀에서 벗어날 무슨 좋은 방법이라도 있는 겁니까?"

"샌님 마을에서 사셨지요?"

"몇 해 전 서당 선생의 자격을 얻어 황성으로 옮기기 전까지는 쭉 살았지요."

"샌님 마을에서 가장 힘이 센 사족이 누구인가요?"

"그야 김주호지요. 그래 봤자 샌님 마을이라 다른 지역 사족에 비하면 아무것도 아니지만 말입니다."

"그래도 샌님 마을에서 사족 하면 김주호 이 사람이다, 이거죠?"

"그렇습니다."

섭구 씨가 김철수의 얼굴 앞에서 지팡이를 이리저리 어지럽게 흔들며 말했다. "내 말 똑똑히 들으세요. 까마귀를 마주치면 이렇게 말하는 거예요, 우리는 김주호 영감을 만나러 왔습니다. 알겠어요?"

김철수는 지팡이 때문에 눈이 따가운 듯 눈을 빠르게 깜빡이며 물었다. "정말 그렇게만 말하면 됩니까?"

"그러면 충분해요."

"정말 그렇습니까?"

"네."

섭구 씨의 곁에 서서 둘의 문답을 지켜보던 나는 하마터면 돌 맞은 오리처럼 꽥 소리를 지를 뻔했다. 섭구 씨가 지팡이를 흔들 때마다 김철수의 얼굴이 조금씩 바뀌었다. 위로 휜 눈매는 아래로 축 처졌고, 제법 날카롭던 콧대는 꺼진 구들장처럼 보기 흉하게 내려앉았고, 매끄러우나 창백하던 혈색은 엉터리 독주에 중독된 듯 거칠게 붉어졌다. 일을 마친 섭구 씨의 시선이 내 쪽을 향했다. 나도 모르게 손바닥으로 얼굴을 가리고 뒷걸음질을 쳤다. 섭구 씨는 호호 소리 내어 웃더니 앞장서서 걸음을 옮겼다.

마을을 지키는 돌 장승 무리 앞에는 까마귀 네 마리가 지붕까지 갖춘 초소를 차린 채 오가는 이들을 감시하는 중이었다. 의자에 앉아 대충대충 감시하면서 저희들끼리 낄낄대던 까마귀들은 우리를 보자마자 맛난 먹이라도 발견한 맹조처럼 요란하게 날개를 폈다. 순식간에 까마귀들이 우리의 앞과 뒤, 양옆을 검은 몽둥이를 들고 막아섰다. 상대가 누구이건 일단 무시하고 보는 예의 없는 행동에 내 마음이 다 어두워졌다. 정면을 담당한 까마귀가 거만하게 물었다. "어디 가시오?"

섭구 씨와 미리 약속한 대로 김철수가 나섰다. "김주호 영감을 만나러 왔소."

시선은 좌우로 심하게 흔들렸지만 다행히 말을 더듬거나 목소리를 떨지는 않았다. 까마귀는 우리가 처음 봤던 김철수와 쌍둥이처럼 닮은 얼굴이 담긴 용모파기를 손에 들고 우리를 위아래로 훑어보며 말했다. "김주호 영감과는 무슨 사이요?"

"먼 친척이라오."

"혹시 책 가진 것 없소?"

"없소."

보따리라도 있었다면 뒤졌을 것이다. 그러나 우리에겐 짐이 전혀 없으니 뒤지고 말고 할 것도 없었다. 잠깐 고민하던 까마귀는 침을 퉤 뱉은 후 선심 쓰듯 말했다. "들어가시오."

김철수의 얼굴이 단번에 밝아졌다. 평소의 예리한 까마귀들이라면 갑작스러운 표정 변화를 눈여겨보곤 대번에 김철수를 의심했을 것이다. 하지만 우리 앞을 막았던 까마귀는 일에 열의가 없는 자, 혹은 지친 자였는지 김철수에 대한 흥미를 금세 잃었다. 그러나 안심은 일렀다. 우리가 발걸음을 옮긴 지 몇 초도 지나지 않아 까마귀가 외쳤다. "잠깐만."

돌아선 우리에게 까마귀는 용모파기를 흔들어 보이며 물었다.

"혹시 말이오, 김철수라는 이를 만난 적은 없소? 눈꼬리가 위로 확 올라갔고 콧대가 무척 거만한 놈인데."

손바닥으로 눈과 코를 가리려는 김철수의 앞을 막으며 내가 답을 했다. "전혀 없소. 그런데 김철수는 어떤 죄를 지었소?"

"그런 건 알 거 없고. 가던 길이나 마저 가시오."

걷고 또 걸어 모퉁이를 돌아 까마귀들이 보이지 않는 골목에 이르자 김철수는 걸음을 멈추고 우리를 보았다. 바보처럼 입을 살짝 벌린 모습이 도무지 뭐가 뭔지 아무것도 모르겠다는 표정이었다. 용모파기의 인물은 분명 자신이었는데 까마귀는 눈뜬장님처럼 못 알아보았으니까. 아마 김철수는 앞으로도 어안이 벙벙한 표정을 서너 번은 더 짓게 될 터. 하긴 남 말 할 때는 아니었다. 그 정도쯤 이야 하는 건방진 자세를 취하고 있긴 했지만 사실 나도 섭구 씨에 대해 잘은 모르니까. 섭구 씨가 어떤 존재인지, 어떤 능력을 지녔는지 등등 따지고 보면 전혀, 라고 해도 좋을 정도로 아는 게 없으니까. 섭구 씨가 멀리 보이는 주막집을 가리키며 말했다. "급한 불은 껐으니 이제 빈속을 채우며 동생을 구할 계획이나 짜 봅시다."

"아니, 동생 일이란 건 어떻게 알았습니까?"

김철수의 입은 조금 전보다 더 크게 벌어졌다. 대답 대신 빙긋 웃은 섭구 씨는 지팡이를 높이 올려서 재주 부리듯 몇 바퀴 돌려 보이곤 주막집으로 들어갔다. 나는 김철수의 옆으로 가서 반은 위로하고 반은 놀리며 이렇게 말했다. "다리가 후들거리고 머리가 어질어질하시지요? 그럴 땐 배부터 채우고 볼 일입니다."

김철수는 시장했는지 국수 한 그릇을 비우고 국물까지 훌훌 마신 후 속이 꽉 차서 견딜 수 없는 사람처럼 서둘러 속내를 털어놓았다. "동생의 이름은 김철현입니다. 소설책을 써서 먹고살았지요."

입에 다 들어갔던 국수를 하마터면 토해 낼 뻔했다. 김철현이라니! 김철현이라면 내가 제일 좋아하는 소설가다. 쓸데없는 고집으로 고조부의 책을 끝내 읽지 않았던 내가 김철현의 소설은 몇 권이나 구해서 읽었으며 서당 급우들 중엔 그의 책을 한 권도 빼놓지 않고 다 구해 읽은 아이도 있었으니 제국에서 그의 유명세가 어느 정도인지는 어렵지 않게 짐작할 수 있다. 김철현은 역사 소설의 대가였다. 제국이 건립되던 시기의 피비린내 나는 전쟁을 다룬 《용과 곰의 싸움》, 14대 황제 시절에 벌어진 왜국과의 전쟁을 그린 《적들을 바다에 묻어라》는 그의 작품들 중에서도 백미로 손꼽혔다.

소재에서도 드러나듯 그는 분류하자면 친제국적인 사람이었다. 그의 소설 속에서 초대 황제와 14대 황제는 제국을 구한 영웅으로 묘사되었다. 나 같은 소년들이 즐겼다는 사실로 알 수 있듯 그는 소설을 쉽고 재미있게 쓰는 사람이었다. 황제와 제국의 편을 드는데다가 제국의 미래라 할 젊은이들의 인기까지 한 몸에 얻고 있으니 제국의 책방에서 그의 책이 가장 좋은 자리를 차지하고 있음은 두말할 필요가 없다. 단명했던 전임 황제들이 그의 책을 조례에서 수차례 언급하고 그에게 잘 보이기 위해 선물이며 훈장을 수시로 보낸 것도 당연했다. 그는 제국의 안정을 위해 꼭 필요한 소설가였으니까. 그는 다작으로도 유명했다. 일 년에 한두 권씩, 쉬지도 않고 책을 출간해서 본의 아니게 다른 소설가들의 생계를 위협했다. 그런 그가 이삼 년 전부터는 일절 작품을 발표하지 않아 많은 이가 궁금하게 여기던 참이었다.

섭구 씨가 이미 한 말을 조립하듯 연결하니 놀라움은 더 커졌다. 섭구 씨는 분명 '동생을 구할 계획'을 짜 보자고 했다. 그건 김철현이 까마귀들에게 잡혀 있다는 의미일 터. 여러 가지 궁금증이 꼬리를 물고 이어졌다. 김철현은 왜 최근 이삼 년 동안엔 소설을 발표하지 않았을까? 황제들의 칭찬과 선물 세례를 줄기차게 받은 김철현이 도대체 무슨 죄를 지었기에 까마귀들에게 잡히는 신세가 되었을까?

김철수가 말했다. "동생은 정치에 깊은 관심을 둔 사람은 아닙니다. 그랬기에 황실을 옹호하는 정치적인 작품을 그토록 쉽게 써낼 수 있었던 겁니다. 일종의 역설이지요. 그런 동생조차도 27대 황제가 아버지를 독살하고 황위를 차지했다는 소문이 사실임을 알게 된 후로는 분노를 참지 못했습니다. 그랬기에 병에 걸렸다는 핑계를 대고 삼 년 육 개월 전부터 작품을 발표하지 않았던 겁니다. 물론 그동안 아예 소설을 쓰지 않았다는 뜻은 아닙니다. 동생은 하루라도 글을 쓰지 않고는 못 배기는 그런 유의 사람이거든요. 그러니까 소설을 쓰기는 했지만 발표를 하지 않았다는 뜻입니다. 그런데…… 얼마 전에…… 아, 모든 건 다 내 잘못입니다. 아, 도대체 왜 그랬는지…… 형이 되어 가지고……."

김철수는 자책하느라 이야기를 제대로 잇지 못했다. 분위기가 갑자기 심각해진 탓에 나는 남아 있는 국수를 먹을 생각은 엄두도 못 냈다. 불어 가는 국수를 안타까이 바라만 보며 어렵게 들은 이야기는 다음과 같다.

얼마 전 김철수가 동생인 김철현을 만나기 위해 오래간만에 샌님 마을에 들렀을 때의 일이다. 김철수는 알아먹지도 못하고 관심도 없는 아이들에게 똑같은 내용을 수백 번 가르쳐야 하는 서당 선생 일이 끔찍하게 지루하다고 하소연을 했다. 김철현은 빙긋 웃은 후 필사본 한 권을 내밀며 한번 읽어 보라고 했다. 무슨 책이냐고 물었더니 심심풀이 삼아 끄적거려 본 글이라는 무심한 대답이 돌아왔다. 제목부터 살폈다. '농담'이었다. 제목은 내용을 정확히 반영했다. 초대부터 26대 황제 시절까지 황실에서 일어났던 흥미로운 일화만을 모아 놓은 작품이었다. 눈을 가늘게 뜨고 목을 길게 늘여 주위를 살핀 후에 읽어야 할 심각한 내용은 전혀 없었다. 초대 황제의 비범한 활 솜씨, 2대 황제가 축국을 즐긴 이유, 7대 황제가 고기를 먹은 기상천외한 방법, 12대 황제가 아들만 연속으로 여섯을 얻은 비결 등 항간에 익히 알려진 일화들을 김철현 특유의 편안한 문체로 옮겨 놓았다. 심심풀이 삼아 끄적거렸다는 김철현의 말은 결코 빈말이 아니었다.

짐작은 했지만 짐짓 모르는 척 왜 책으로 내지 않느냐고 물었더니 김철현은 지금 황제가 황위를 지키고 있는 이상은 내고 싶지 않다고 했다. 김철수는 그 심정을 이해할 수 있었다. 황성에 머물면서 듣는 이야기의 절반은 27대 황제의 공포 정치, 그리고 그의 무소뿔처럼 단단한 어리석음에 대한 것들이었으니까. 황성에 가져가서 읽어도 되겠느냐고 묻자 김철현은 흔쾌히 허락했다. 단 다른 사람에게는 절대 보이지 말라는 단서를 달았다. 공식적으로는 아프다는 핑계를 대고 절필 중인데 실제로는 여전히 글을 쓰고 있다더라 하는 소문이 퍼지면 곤란해진다는 것이었다.

황성으로 돌아온 김철수는 그 책을 읽으면서 동생의 글재주에 새삼 감탄했다. 이미 다 아는 내용인데도 김철현의 글로 읽으니 새롭고 흥미진진했다. 혼자 읽기는 아깝다는 생각이 들었지만 동생의 요청을 무시할 수도 없어 고민하다가 샌님 마을에서부터 알고 지낸 동료 선생에게 슬며시 보여 주었다. 다른 사람에게는 절대 보이지 말라는 단서를 단단히 달아서. 그런데 김철수가 그에 관해 몰랐던 사실이 하나 있었다. 도박을 좋아했던 동료 선생은 빚에 시달리던 상태였다. 그런 마당에 김철현의 미출간 원고를 얻게 되었으니 그로선 하늘이 도운 셈이었다.

동료 선생은 평소 알고 지내던 출판업자에게 거액을 받고 원고를 넘겼다. 김철수는 출판계에 소문이 쫙 퍼진 뒤에야 비로소 그 사실을 알았다. 동료 선생이 며칠 연속으로 결근을 하자 왠지 찜찜해 집으로 찾아가지 않았더라면 끝내 몰랐을 터였다. 동료 선생은 미안하게 됐다는 짧은 편지만을 책상 위에 남긴 채 이미 집을 비우고 잠적한 후였다. 몇 군데 출판사에 급히 연락을 넣었다. 천만다행으로 원고를 받은 출판사를 알아내긴 했지만 이미 일은 되돌릴 수 없는 상태였다. 출판사에서는 인쇄를 완료해 각 지역 책쾌들에게 넘긴 뒤였다. 당사자도 아닌 김철수가 취할 수 있는 조처는 별로 없었다. 앞으로 찍는 책들의 수익을 김철현에게 배분하라는 내용이 담긴 계약서를 새로 쓰는 것이 김철수가 택한 최선의 길이었다. 동생에게는 미안하게 되었지만 그럭저럭 일이 잘 마무리되어 다행이라고 여겼다.

그런데 문제는 뜻밖의 곳에서 터졌다. 김철현이 초대 황제를 다루면서 쓴 글 중에 '초대 황제는 이민족의 후손이었다.'라는 문장이 있었던 것. 전체 맥락에서 보면 전혀 문제가 되지 않았다. 제국과 전쟁을 벌인 나라 중 그런 말도 안 되는 중상모략을 써 가며 황제의 마음을 괴롭힌 사례가 있었다고 쓴 것이었으니까. 부모에 대한 모독에 격분한 황제가 그 나라를 정복한 후 부모의 무덤을 찾아가 진한 눈물을 흘렸다는 게 글의 내용이었으니까.

하지만 즉위 후 내내 아버지 독살설에 시달린 27대 황제는 김철현의 글에 고의성이 있다고 느꼈다. 자신과 황실을 모욕하기 위해 필요하지도 않은 내용을 일부러 집어넣었다고 판단했다. 황제는 까마귀들을 동원해 김철현의 책을 만들어 판 출판사 관계자와 책쾌들을 전부 잡아들였다. 그리고 마지막으로 샌님 마을에 까마귀들을 보내 김철현까지 체포한 것이었다. 그 와중에 아무것도 모르고 ≪농담≫을 구입했던 이들도 피해를 봤다. 그들은 처벌을 면하기 위해 책을 반납하는 것은 물론 책값의 스무 배가 넘는 막대한 벌금까지 추가로 물어야 했다. 까마귀들은 김철현을 체포하는 과정에서 샌님 마을을 이 잡듯 뒤졌다. 제국에서 허가하지 않은 책을 갖고 있는 이들은 모조리 체포했다. 체포된 이들은 꽤 많았다. 김철현이 소설을 써서 이름을 날리자 연금 말고는 별다른 생계 수단이 없었던 샌님 마을 사람 상당수가 출판업에 뛰어들었던 것. 샌님 마을은 새로 떠오르는 지역 출판 중심지였던 것. (이것이 바로 섭구 씨가 흥미롭다는 표현을 쓴 이유였다!) 결국 김철현에 대한 황제의 맹목적인 분노가 마을 전체를 곤란에 빠뜨린 셈이다.

김철수의 말이 이어졌다. "책쾌를 잡아들이라는 황제의 명령이 떨어졌다는 소식을 소문으로 들은 후 곧바로 황성을 출발했습니다. 이미 늦었더군요. 제 동생이 체포된 건 물론이고 마을 사람들까지 고초를 당했다는 소식을, 어렵사리 마을을 빠져나온 사람들에게서 들었습니다. 그들이 말하길 까마귀들이 저를 잡으려고 혈안이 되어 있다더군요. 그래서 이러지도 저러지도 못하고 있던 차에 저에게 구원의 손길을 뻗어 주신 겁니다."

섭구 씨에게 물었다. "섭구 씨, 할아버지가 체포된 것도 이 사건과 관련이 있는 건가?"

"어느 정도는 관련이 있지. 하지만 꼭 이 일 때문만은 아냐."

섭구 씨 특유의 모호한 답변이었다. 갈수록 미궁이었다. 할아버지는 좁은 서재에서 도대체 뭘 하고 있었던 걸까? 내가 모르는 비밀 음모라도 꾸몄던 걸까? 다른 사람도 아니 내 할아버지가? 섭구 씨를 쳐다봤지만 이미 섭구 씨의 입은 굳게 닫혔다. 섭구 씨가 전하고자 하는 바는 명확했다. 문제를 모두 파악했으니 이제 우리는 우리의 할 일을 할 것. 그건 바로 김철수의 동생 김철현을 구해 내고 책을 수거하는 일이었다.

까마귀들이 점령한 관아는 온통 검었다. 어둑한 하늘 밑이라 지붕도 기둥도 담도 문도 모두 까맣게 보였다. 까마귀들은 수를 정확히 셀 수 없을 정도로 바글바글했다. 김철현을 체포하기 위해 황성 포도청 소속 까마귀란 까마귀는 모두 투입된 것 같았다. 황제의 분노가 실로 대단했음을 짐작할 수 있었다. 관아 주위를 검게 물들인 숫자의 위력에 비해 경계가 삼엄하다고 보기는 어려웠다. 골목에 숨어 관찰한 결과 까마귀들의 태도는 한쪽 경첩이 떨어져 나간 문짝처럼 허술했다. 관아 밖을 지키는 까마귀들은 두셋씩 모여 이야기를 나누거나 담에 기대어 꾸벅꾸벅 졸고 있었다. 이미 목표로 삼

왔던 김철현을 잡아들인 뒤였다. 혹시 모를 화근을 제거하기 위해 조금의 혐의라도 발견된 이들 또한 모조리 잡아들인 뒤였다. 날이 밝기를 기다렸다가 그들을 끌고 황성으로 이동하면 임무는 종료이니 까마귀들의 행동이 여유로운 건 당연했다. 섭구 씨가 지팡이를 들어 김철수의 얼굴을 되돌려 놓은 후 속삭였다. "시간이 됐습니다. 어서 가시지요."

김철수의 몸짓에서 머뭇거림이 느껴졌다. 김철수는 샌님 마을에서 나고 자란 온건한 성향의 사족이었다. 책상물림인 그가 평생 생각도 못 한 과감한 행동을 하려는 판이니 주저하는 것도 당연했다. 나는 주먹을 불끈 쥐어 보이며 김철수를 격려했다. "우리를 믿고 가세요."

말을 해 놓고도 속으로는 민망했다. 나 또한 떨리기는 마찬가지였다. 불끈 쥔 주먹은 그저 위장이었을 뿐. 섭구 씨가 함께 있지 않았더라면 이미 십 리 밖으로 도망쳤을 것이다. 김철수가 누런 이를 드러내고 입술을 세게 깨물었다. 그럼, 하고 우리를 향해 고개를 숙여 보인 뒤 관아 쪽으로 빠르게 걸어갔다. 그의 걸음에서 어서 일을 마무리 짓고 싶은 조급함이 느껴졌다. 느닷없는 인기척에 까마귀 두셋이 고개를 번쩍 들었다. 김철수가 목을 쭉 내밀고 악을 쓰듯 외쳤다. "내가 바로 김철수요."

여유롭고 느긋하던 관아가 한순간에 시끌벅적해졌다. 지루하게 시간을 보내던 까마귀들이 순식간에 야생의 날카로움을 되찾곤 김철수를 향해 일제히 달려들었다. 그 와중에도 김철수는 약속한 대로 외치는 것을 잊지 않았다. "내 목엔 현상금이 걸려 있다!"

섭구 씨와 나는 놈들의 시선이 김철수에게 집중된 틈을 노려 관아의 담을 넘었다. 뜻하지 않은 위기의 순간도 있었다. 섭구 씨는 제비처럼 날렵했으나 나는 의욕만 넘치는 살찐 오리였다. 뒤뚱거리며 담장을 넘다 삐끗한 나를 섭구 씨가 손을 뻗어 잡아 주었다. 기왓장 두 장이 함께 떨어지는 바람에 그대로 담장에 달라붙어 가슴을 졸였다. 다행히 우리의 침입을 눈치 챈 까마귀는 없었다. 까마귀들의 신경은 온통 제 발로 걸어 들어온 '복덩이' 김철수에게로 향해 있었으니까. 우리는 조심스레 동헌으로 향했다. 김철현은 까마귀들이 거둔 최고의 수확물이었다. 그런 김철현을 다른 이들과 함께 옥에 가둬 놓을 리는 없다는 것이 섭구 씨의 생각이었다.

섭구 씨는 역시 정확했다. 횃불을 밝힌 동헌 마당은 대낮처럼 밝았다. 고개를 살짝 내밀어 살피니 김철현이 형틀에 묶여 있는 것이 보였다. 김철현 바로 앞엔 수백 권의 책이 쌓여 있었다. 김철현을 위협하기 위한, 혹은 놀려 먹기 위한 수단으로 지금껏 수거한 ≪농담≫을 모아 놓은 것일 테다. 그 주위엔 열 명이 넘는 까마귀들이 서 있었으며 동헌 마루엔 까마귀 부대의 수장인 오 부장과 마을의 수령이 나란히 앉아 피식피식 웃었다가 버럭 화를 냈다 하며 김철현을 괴롭히는 중이었다. 섭구 씨가 속삭였다. "책을 씨, 이제부터 어떻게 해야 하는지 알지?"

내가 고개를 끄덕이기도 전에 섭구 씨는 동헌 마당으로 들어가 외쳤다. "이 조그맣고 더러운 까마귀들아, 내가 김철현을 구하러 왔다!"

겁도 없는 과감한 등장에 잠깐 어리벙벙하던 까마귀들이 이내 섭구 씨를 향해 달려들었다. 섭구 씨는 한 마리 미꾸라지가 되어 그들의 포위망을 피하며 외쳤다. "책을 씨, 어서 책을, 책을!"

나는 횃불을 뽑아 든 채 책 더미를 향해 달렸다. 까마귀의 검은 손목 하나가 내 목덜미를 잡았지만 거세게 뿌리치곤 온 힘을 다해 달렸다. 책 한 권을 집어 챙긴 후 곧바로 책 더미에 횃불을 던졌다. 단번에 커진 불길이 안 그래도 밝던 동헌 마당을 아예 잔칫날처럼 환하게 밝혔다. 까마귀들에게 잡히기 직전인 섭구 씨가 손을 높이 들었다. 나 역시 까마귀들의 그악스러운 손길을 간신히 피해 섭구 씨에게 책을 던졌다. 아차, 서두르는 바람에 잘못 던지고 말았다. 섭구 씨의 손이 닿기엔 지나치게 높이 던져 버렸다. 절망한 그 순간 섭구 씨가 손을 쭉 뻗었다. 아니, 정확히 말하자면 섭구 씨의 팔이 대나무처럼 길어졌다. 나는 섭구 씨가 책을 잡는 모습을 직접 보지는 못했다. 까마귀 떼가 까아악, 하고 더러운 성질을 모두 모아 외치며 나를 향해 달려들었으니까. 나는 까마귀들이 휘두르는 몽둥이를 피하려고 머리를 가렸다. 별로 소용없을 거라는 생각도 함께 들었다. 까마귀들의 몽둥이는 매섭기 그지없어서 호두처럼 단단한 견과류조차 아예 가루로 만들어 버린다고 했다. 이제 곧 나는 내 뼈가 가루로 변하는 광경을 보게 될 터였다. 몽둥이 하나가 머리에 닿았다. 눈을 감고 할아버지를 외쳤다.

할아버지가 도운 덕일까, 이상하게도 전혀 아프지 않았다. 아니다. 내 할아버지에게 그런 신묘한 재주는 없다. 고개를 살짝 돌려 상황을 확인했다. 몽둥이를 휘두른 까마귀의 시선이 허공을 헤맸다. 지금 자신이 어디에 있는지 무엇을 하는지 전혀 모르는 눈빛이었다. 나는 까마귀들을 밀어내고 몸을 일으켰다. 섭구 씨가 손목을 가리키며 빙긋 웃었다. 아, 섭구 씨가 성공한 것이다. 내가 잘못 던진 책을 섭구 씨가 받아서 손목에 넣은 것이다. 놀랍고 기쁜 마음에 그렇지, 하고 주먹을 쥐고 감탄사를 내뱉다가 김철현과 눈이 마주쳤다. 형틀에 앉은 김철현은 이내 고개를 뒤로 돌려 섭구 씨를 보았다. 섭구 씨가 고개를 끄덕이자 김철현은 다시 정면을 응시하며 연극 대사 읊듯 과장된 목소리를 냈다. "도대체 무슨 짓들인가? 내가 누군 줄 알고 여기에 묶어 두고 있나? 나는 제국 최고의 소설가 김철현이다. 여러 황제들께 훈장을 받은 김철현이란 말이다."

김철현의 목소리가 동헌에 혼란과 활기를 동시에 불어넣었다. 벌어지는 일의 속도를 따라가지 못해 눈만 껌뻑거리던 오 부장과 수령이 동시에 일어나 서로 마주 보았다. 정신을 먼저 찾은 오 부장이 까마귀들에게 명령을 내렸다. "저분의 몸에 묶은 오랏줄을 어서 풀어라. 도대체 어떤 놈이 제국 영웅의 몸에 오랏줄을 갖다 댔느냐? 아이고, 책은 또 누가 태웠느냐? 이게 다 무슨 일이냐?"

김철현의 오랏줄을 푼 후 저희들끼리 멀뚱멀뚱 바라보던 까마귀들은 이내 눈짓과 몸짓으로 두 명의 까마귀를 범인으로 정해 버렸다. 까마귀들은 몽둥이를 휘둘러 저항하는 예전 동료들을 제압하곤 오랏줄로 꽁꽁 묶어 버렸다. 하도 여러 겹으로 묶여 누에고치가 된 그들은 제대로 설 수조차 없어 이리저리 비틀거리다 고꾸라졌다. 오 부장이 빠른 걸음으로 동헌을 내려와 여전히 형틀에 앉아 손목을 주무르는 김철현 앞에 무릎을 꿇었다. 어어 하다 선수를 빼앗긴 수령도 곧바로 오 부장의 예를 따랐다. "죽을죄를 지었습니다. 무지한 부하 놈 둘이 자기들 멋대로 저지른 일입니다. 부디 용서해 주옵소서."

오 부장과 수령의 머리가 차가운 바닥에 닿았다. 김철현은 그들의 각진 머리를 잠깐 바라보더니 다시 고개를 돌려 섭구 씨를 보며 말했다. "섭구 씨, 또 한번 신세를 지게 되었군요."

다음 날 아침 우리는 샌님 마을을 떠났다. 오 부장과 수령이 마을 어귀까지 나와 우리를 전송했다. 그들이 보인 지나친 공손은 우리 일행인 김철현을 의식했기 때문일 것이다. 우리는 천천히 걸음을 옮겼다. 샌님 마을에 올 때 지났던 잡초투성이 마른 저수지에 이르기까지 입을 여는 이는 아무도 없었다. 궁금증이 목젖까지 차오른 터였지만 나는 작심하고 입을 꼭 다물었다. 걱정했던 일도 무사히 끝난 터라 지난밤 섭구 씨를 붙잡고 궁금한 것들을 묻고 또 물었지만 섭구 씨는 귀가 먹은 것처럼, 혹은 내 존재가 중요하지 않다는 듯 질문을 씹어 먹고 나를 무시했다. 그래서 나는 부아가 난 채로 내 방에 돌아가 바람벽만 바라보고 끙끙대며 밤을 하얗게 새웠다.

저수지를 지나자 갈림길이 나타났다. 드디어 김철현이 입을 열었다. "이제 헤어져야겠군요."

섭구 씨가 물었다. "길은 아시지요?"

"그럼요. 지난달에도 다녀왔는걸요. 물론 이제는 홍 선생과 함께 꽤 긴 시간을 보내야만 하겠지요."

"아마도 그렇겠지요. 황제는 여전히 원한에 가득 차 있을 테니까요."

"얼마 안 있으면 또 다른 까마귀들이 쫓아오겠군요. 까마귀라면 이제 지겹습니다."

"작가의 숙명이지요."

"홍 선생 뵈러 오실 거지요?"

"예, 일이 끝나면 저도 가야지요."

김철현과 김철수는 우리를 향해 허리를 깊숙이 숙여 인사를 했다. 섭구 씨와 나 또한 같은 인사로 답례를 했다. 형제의 뒷모습이 보이지 않을 무렵 밑져야 본전이라는 심정으로 질문 하나를 공중에 휙 던졌다. "섭구 씨, 김철현은 언제 만났었어?"

웬일로 섭구 씨가 선뜻 대답했다. "처음 만나는 거야."

이런 거짓말쟁이 같으니라고. 둘이 눈짓하고 고갯짓하는 것을 내 눈으로 똑똑히 봤는데. 속내를 숨긴 채 섭구 씨에게 다시 물었다. 내 논리적인 질문에 섭구 씨는 꿀 먹은 벙어리가 될 것이다.

"처음 만난 사이인데 김철현은 섭구 씨를 어떻게 알아?"

섭구 씨는 눈 한번 깜빡하지 않고 나를 뚫어져라 쳐다보며 이렇게 말했을 뿐이다.

"김철현이 만난 건 또 다른 섭구 씨거든."

《농담》에 대해

연암 박지원의 친구인 이희천이 『명기집략』을 갖고 있다는 이유로 효수를 당한 사건에서 아이디어를 얻은 것으로 보인다. 당시 임금 영조는 『명기집략』에 조선 왕실을 모욕하는 문구가 있다는 이유로 이 책을 갖고 있는 이들과 책쾌들을 사형에 처했다. 『조선왕조실록』(영조 47년 5월 26일)에 따르면 이희천은 이 책을 갖고 있기는 했으나 읽은 적도 없었으며 문제의 소지가 있다는 사실을 인지한 후에는 곧바로 책을 불태워 버렸다. 하지만 영조는 이희천을 용서하지 않고 사형에 처했던 것이다. 박희병 선생은 『연암을 읽는다』(돌베개)에서 영조에 대해 비판적이었던 노론 청류 세력에게 경고하는 의미가 담긴 조치였다고 썼다.

훗날 박지원은 박제가의 처남인 이한주를 추모하는 글(「이몽직애사」, 『연암집』)의 말미에 이희천의 죽음에 대한 자신의 생각을 밝힌 바 있다.

내 친구 이희천이 죽은 뒤로는 사람들과 다시는 사귀고 싶지 않아 경조사를 모두 폐했다. 평생의 절친한 친구였던 유언호나 황승원 같은 이들이 유배의 명령을 받아 섬에서 죽게 될 지경에 이르렀어도 편지 한 통 보낸 적이 없었다.

드러내 놓고 말은 하지 않았지만 박지원이 분노하는 대상은 다른 사람이 아닌 영조였음을 쉽게 알 수 있다.

7장 / 여섯 번째 책

빛과 어둠의 제국

얇은 구름이 하늘을 얼음장처럼 위태롭게 덮었다. 조각하늘이 얼음을 깨 나가며 구름 사이로 언뜻언뜻 모습을 드러냈다. 보는 이들을 가슴 시리게, 혹은 차분하게 만드는 초겨울 풍경이었지만 내 마음은 그렇지 않았다. 나는 가족과 집을 잃고 떠도는 사람이었다. 다듬어지지 않은 온갖 질문들이 방향을 잃은 난파선이 되어 머릿속을 마구 떠다녔다. 그중에서도 가장 큰 질문은 바로 이것이다. 또 다른 섭구 씨라니 도대체 무슨 뜻일까? 가장 쉬운 답은 아마도 섭구라는 이름을 가진 또 다른 존재가 있다는 것일 터. 그런데 이런 무난한 결론을 내리기엔 김철현의 말 한마디가 거스러미처럼 신경을 긁었다. 김철현은 섭구 씨, 또 한번 신세를 지게 되었군요, 하고 도저히 오해가 불가능한 말을 굵은 저음으로 또박또박 말했다. 이 말의 의미는 명명백백해서 해석하고 말 것도 없다. 내가 모르는 섭구 씨, 즉 완전히 다른 섭구 씨가 아닌 내가 아는 섭구 씨에게 전에도 비슷한 도움을 받은 적이 있다는 뜻이다. 이로써 공은 다시 섭구 씨에게로 넘어온 셈이지만 섭구 씨는 그 공을 쳐다볼 필요도 느끼지 않는 모양이었다. 이미 섭구 씨다운 간결한 말투로 공이 채 넘어오기도 전에 반대편 저 멀리로 넘겨 버렸으니까. 김철현은 처음 만나는 거야.

섭구 씨가 거짓말을 할 리는 없었다. 지난 여행을 돌이켜 보면 그건 하늘이 땅 위에 있고, 가을 다음에 겨울과 봄이 오는 것처럼 우주의 섭리에 가까운 진실이었다. 섭구 씨는 필요에 따라 입을 다물면 다물었지 없는 말을 꾸며서 한 적은 없었다. 나는 손바닥으로 벌겋게 튼 입가를 세게 문지르며 생각했다. 그렇다면 김철현이 착각을 한 걸까? 형틀에 묶인 채 살천스러운 바람을 온몸으로 맞으며 버티느라 정신이 오락가락했던 걸까? 아니다. 그렇지는 않았다. 섭구 씨의 반응이 그 증거였다. 김철현의 감사 인사를 받은 섭구 씨는 분명 고개를 살짝 끄덕여 보였으니까. 그렇다면, 그렇다면…… 모르겠다. 도무지 모르겠다. 생각하면 할수록 머리만 뱅글뱅글 돌았고 끝내는 헛구역질까지 났다. 소득 없는 고민 끝에 다시 원점으로 돌아온 내가 호흡을 가다듬은 후 꺼낸 말은 결국 평범한 것이었다. "섭구 씨, 할아버지는 정말 잘 계시지?"

섭구 씨가 지팡이를 하늘 높이 들고 여느 때와 다름없는 밝고 침착한 목소리로 대응했다. "책을 씨, 할아버지는 그 어느 때보다도 잘 계시니까 조금도 염려하지 마."

　동쪽으로 살짝 방향을 틀어 소나무와 전나무가 우거진 고개를
두어 개 넘고 허리가 두툼한 강을 한 번 건넌 후 이틀을 더 걸은 우
리 앞에 마을 하나가 새로 나타났다. 마을 이름은 소산 마을이었
다. 처음 보는 마을의 이름을 단번에 알 수 있었던 건 장승 무리 앞
에 마을 이름이 적힌, 허리까지 오는 꽤 높다란 푯말이 세워져 있
었기 때문이었다. 푯말은 소박함의 미덕과는 거리가 멀었다. 새까
맣게 칠한 목판에 빛나는 황금색 글씨로 소산 마을이라고 적혀 있
었다. 한 줄 아래엔 굵고 각진 글씨로 小山洞(소산동)이라는 한자까
지 쓰여 있었다. 황성의 대가가 공들여 쓴 티가 역력한 매끄러운
글씨가 유리구슬처럼 반짝반짝 빛나는 것으로 보아 푯말은 최근
에 세워진 게 분명했다. 먼지 하나 없는 푯말은 참기름이라도 부은
듯 윤기가 자르르 흘렀다. 눈부시고 화려했다. 어떤 이는 아름답다
고 느낄 수도 있겠으나 미추를 제대로 구분하지 못하는 내 눈에도
결코 고상해 보이지는 않았다. 섭구 씨 표현 그대로 적자면 어딘
가 모르게 졸부의 냄새가 솔솔 풍긴다고나 할까? 사족들이 좋아하
는 소박하면서도 우아한 분위기와는 정반대였다. 모든 요소가 하
나같이 넘쳐 나서 오히려 부족해 보였다. 게다가 위험하기도 했다.
황금색은 황제를 상징하는 색이라 웬만해서는 사용하지 않는 법.
그런데도 황금색을 아낌없이 썼다. 용기, 확신, 혹은 될 대로 돼라

하는 무모함이 아니고서야 감행하기 어려운 행동이었다. 나는 푯말에서 눈을 뗄 수가 없었다. 마을 이름 때문이었다. 소산이라…… 친숙한 이름이었다. 마을은 낯설었지만 이 이름은 분명히 어디선가 들어 본 적이 있었다.

작을소에 뫼산이니 작은 산이라는 뜻이다. 험준한 바위산들이 마을 뒤편에 수호하듯 위협하듯 우뚝 버티고 서 있었으니 지형에서 곧장 따온 이름은 아니었다. 그렇다면 왜 험한 동네에 어울리지도 않는 이상한 이름이 붙었을까? 소산 마을이라, 소산…… 아하, 갑작스러운 깨달음에 두 손가락을 세게 튕겼다. 소산은 지금의 27대 황제가 총애하는 권신으로 몇 달 전까지만 해도 우의정과 이조판서를 겸임하며 무소불위의 권력을 휘둘렀던 김주호의 호였다. 일단 물꼬를 트자 소산이라는 이름의 유래도 함께 떠올랐다. 소산은 황제가 직접 하사한 이름이었다. 복잡한 것을 싫어하는 황제의 작명법은 단순 명확했다. 황제의 호가 대산이니 김주호는 소산인 것이다. 황제는 큰 산, 김주호는 작은 산. 언젠가 할아버지가 밥상머리에서 할아버지답지 않은 비웃음을 노골적으로 얼굴에 담아 슬며시 내뱉은 말도 기억을 헤집어 건져 올렸다. 소산과 대산이라니 잘 어울리는 한 쌍의 바퀴벌레 같구나.

나는 코를 킁킁거리며 냄새를 맡고 있는 섭구 씨에게 내가 아는 지식을 떠벌렸다. "섭구 씨, 이 마을 이름이 왜 소산 마을인지 알아? 소산 대감의 별장이 있기 때문이야. 소산 대감은 얼마 전까지 높은 관직에 있던 분이지. 지금은 허리인지 옆구리인지가 안 좋아서 쉬고 있는 중이고. 황성을 떠나 한적한 곳에서 요양하는 게 보통이니 우와, 어쩌면 별장에 머물고 있을지도 모르겠네."

흥분한 나와는 달리 잔뜩 얼굴을 찌푸린 섭구 씨가 입을 열었다. "그럼 제국 최고라는 김주호의 서재 소산재가 그 별장 안 비밀스러운 장소에 존재한다는 사실도 알고 있겠네?"

"알고말고. 소산재에는 없는 책이 없다는 것 정도는 나도 안다고, 섭구 씨."

거짓말이었다. 사실 나는 권신 김주호의 이름, 그리고 소산 마을에 그의 별장이 있다는 사실만 귀동냥으로 들어 알고 있을 뿐이었다. 하지만 섭구 씨의 질문이 어딘가 모르게 나의 무식함을 비꼬는 투여서 자존심이 조금 상한 나머지 허세를 부린 것이다. 섭구 씨가 손으로 코를 막았다 떼며 후후 가쁘게 숨을 내뿜었다. "이럴 땐 차라리 코가 없었으면 좋겠어. 돼지고기 썩는 것 같은 냄새가 너무 심해서 도저히 견딜 수 없을 지경이야. 아니지. 그렇게 말하면 착하고 귀여운 돼지들에게 실례가 되겠지. 책을 씨, 불쌍한 돼지를 모욕하느니 차라리 이렇게 말할래. 이 마을에선 제국이라는 이름의 거대한 시체를 짚 속에 묻고 푹푹 삭힌 냄새가 나. 책을 씨는 괜찮아? 잘못 삭힌 홍어 같은 불쾌한 냄새를 맡고도 아무렇지도 않아?"

섭구 씨는 화가 잔뜩 난 사람처럼 보였다. 흥분과는 거리가 먼 섭구 씨에게선 보기 힘든 모습이었다. 설마 내 거짓말 때문에 그런 걸까? 섭구 씨와는 달리 홍어는커녕 파리 똥 냄새도 못 맡은 나는 섭구 씨의 눈치를 살살 보며 조심스럽게 입을 열었다. "섭구 씨, 설마 소산 대감이 우리의 목표인 건 아니겠지?"

"왜? 그러면 안 되는 이유라도 있어?"

"섭구 씨, 나보다 열 배는 잘 알고 있겠지만 그래도 혹시나 해서 하는 말인데 소산 대감은 27대 황제가 총애하는 권신이라고. 지금 은 허리인지 옆구리인지 엉덩이인지가 아파서 쉬고 있는 중이지 만 힘이 없어서 쫓겨난 이들과는 경우가 많이 달라."

"그래서?"

"그러니까 내 말은 조심하자는 거지. 확실한 혐의도 없는데 무 서운 사람을 대뜸 건드려서 좋을 건 없지."

"나쁠 건 또 뭔데?"

"섭구 씨, 내가 방금 이야기했잖아. 황제가 총애하는 권신이라 고. 난 물론 섭구 씨를 믿어. 섭구 씨 힘이 대단하다는 것도 잘 알 고. 우리 둘이 힘을 합하면 못 할 일이 없다는 것도 알고. 하지만 만에 하나, 백만에 하나, 일이 잘못되기라도 하면 우린 그걸로 끝 장이야, 끝장. 까마귀나 수령을 건드리는 것과는 차원이 달라."

섭구 씨가 팔짱을 끼고 나를 노려보았다. 섭구 씨의 매서운 기세 에 눌린 나는 한 발짝 뒤로 물러섰다. 그러자 섭구 씨는 두 발짝 반 앞으로 다가와 진한 감귤 향을 팍팍 풍기더니 지팡이로 내 이마를 툭툭 두드리며 물었다. "책을 씨도 보면 볼수록 참 재미있는 사람이야. 책을 씨가 더 잃을 게 뭐가 있는데? 도대체 뭐가 두려운데?"

도무지 입도 뻥긋할 수 없었다. 매번 느끼는 것이지만 섭구 씨의 말은 구구절절 옳았다. 일찌감치 부모를 여의고 할아버지와 단둘이 살아온 나였다. 그 할아버지마저도 얼마 전에 까마귀들에게 잡혀가 섭구 씨가 전하는 지팡이 통신에만 소식을 의존하는 형편이었다. 가슴에 단 금빛 배꽃 문양이 그나마 내세울 수 있는 유일한 자존심이었지만 제국이 우리 가문처럼 빠르게 시들어 가고 있는 이즈음 그건 그저 허울일 뿐 실제로는 튼튼한 짚신만도 못 하다는 것쯤은 내 머리로도 이미 확실히 파악하고 있었다. 그렇다고 하긴, 하고 물러날 수도 없는 일이어서 섭구 씨에게 물었다.

"섭구 씨, 그래서 어떻게 할 생각인데? 소산 대감이 똥오줌보다 더러운 냄새를 팍팍 풍기고 있다고 치자. 구린 구석이 넘쳐 나는 책들을 잔뜩 갖고 있다고 치자. 소산 대감의 별장에 무턱대고 쳐들어갈 거야? 난 그건 아니라고 봐. 지위가 지위니만큼 소산 대감을 노리는 이들은 여름날 말벌 떼처럼 많고도 많을 테지. 귀찮은 말벌에게 쏘이기 싫을 테니 대감은 당연히 사설 까마귀들을 잔뜩 고용해서 별장 주변에 세워 놓았겠지. 사설 까마귀들의 무시무시한 악명은 섭구 씨도 한 번쯤 들어 봤으리라 믿어. 포도청 소속 까마귀들보다 더 험한 짓도 마다하지 않는 놈들이 밤낮으로 별장을 지키고 있을 텐데, 사전에 약속이 되어 있지 않은 이들은 아예 접근도 못 하게 할 텐데, 일도 없이 괜히 얼쩡거렸다간 이거 재미있는 놈이 걸렸구나 하고 제대로 쓴맛을 보여 줄 텐데, 섭구 씨는 그 강력한 방어막을 뚫을 무슨 대단한 수라도 있는 거야?"

섭구 씨가 갑자기 지팡이를 빙글 돌리는 바람에 위협을 느낀 나는 머리를 뒤로 젖혔다. 섭구 씨는 지팡이를 다시 잡은 후 바닥을 세게 툭 치며 말했다. "책을 씨, 그 점에 대해선 걱정하지 마. 나한테 깜짝 놀랄 만큼 좋은 방법이 있으니까."

"무슨 방법?"

"소산 대감의 말벌 떼 같은 적들이 단 한 번도 쓰지 않은 기발한 방법."

"그게 뭔데?"

"당당하게 걸어가서 문지기 까마귀한테 말하는 거야. 소산 대감을 만나러 왔습니다 하고. 오해 없이 잘 알아듣도록 또박또박 큰 소리로 말하는 거야."

소산 마을에서 김주호의 별장을 찾기는 식은 죽 먹기였다. 알고 보니 소산 마을 자체가 김주호의 별장을 위해 새로 만들어진 마을이었다. 마을의 세 갈래 길은 산기슭에서 하나로 합쳐졌는데 그 길 끝엔 황성 어디서나 볼 수 있는, 특별한 것 없는 솟을대문 집이 있었다. 다른 집들과 구분되는 건 세 길이 하나로 합쳐진 지점에 검문소가 자리 잡고 있으며, 검문소부터 솟을대문 집까지 각종 무기를 들거나 찬 사설 까마귀들이 네다섯 걸음 간격으로 배치되어 있다는 것뿐이었다. 고민도 없이 곧바로 가운뎃길을 고른 섭구 씨의 뒤를 따라가며 느낀 바를 말했다. "명성에 비하면 평범한 별장이네. 크기도, 모양도. 까마귀들이 무지하게 많다는 사실만 제외하곤."

"책을 씨, 보이는 게 전부는 아냐."

"자신 있게 말하는 걸 보니 섭구 씨는 와 본 적이 있나 보네."

"이런 질 나쁜 곳에 두 번 오고 싶은 마음은 없어. 더럽고 지저분한 냄새의 규모로 추정해 볼 때 그렇다는 거야."

섭구 씨처럼 코를 킁킁거려 보았다. 까마귀들의 검고 비릿한 냄새만 잔뜩 맡았다. 썩 유쾌한 냄새는 아니었기에 엄지와 검지로 코를 쥐고 흔들어 냄새를 뽑아 낸 뒤 섭구 씨가 한 말의 뜻을 생각했다. 보이는 게 전부는 아니다. 그렇다면 보이지 않는 뭔가가 더 있다는 걸까? 그런데 보이지 않는 건 어떻게 보나? 눈을 감으면 보이나? 섭구 씨의 말이 오늘따라 더 알쏭달쏭했다. 그 오묘한 말들을 곱씹는 사이 어느새 검문소가 가까워졌다. 우리를 발견한 까마귀들이 부산해졌다. 사설 까마귀의 상징인 검은 부리 모자를 고쳐 쓰거나 제자리에서 손발을 움직이며 검문 준비를 시작했다. 벌써 몇 번이나 마주쳤지만 까마귀들은 여전히 무서웠다. 법이란 단어를 아예 지우고 사는 사설 까마귀들은 더 두려웠다. 어떤 대답이 나올지 뻔히 알면서도 불안한 마음을 다스리려 괜히 한 번 더 섭구 씨에게 물었다. "섭구 씨, 오해하지 말고 듣기를 바라. 그저 확인하는 의미에서 묻는 거니까. 섭구 씨의 전략이 마음에 들기는 하지만 정말 걱정 안 해도 되는 거지?"

섭구 씨는 말없이 지팡이만 번쩍 들어 보였다. 섭구 씨의 팔목은 여전히 아름다웠으나 동작 자체는 내게 별다른 위안을 주지 못했다. 우리는 마침내 무기 하나 없이 검문소에 도착했다. 까마귀 둘이 들고 있던 검은 미늘창을 교차해 우리를 막았다. 까마귀들은 입도 열지 않았다. 긴장한 기색도 없었다. 눈을 내리깔고 턱을 살짝 들어 보일 뿐이었다. 그 단순한 동작만으로도 나는 겁을 한 움큼 집어먹고 섭구 씨 등 뒤로 살짝 물러났다. 지금 이 순간만큼은 체면보다 실리였다. 섭구 씨는 까마귀와는 눈도 마주치지 않은 채 지팡이 머리를 쓰다듬으며 말했다. "소산 대감을 만나러 왔다."

"뉘신지 모르나 약속은 하셨소?"

"꼭 약속을 해야 만날 수 있나?"

까마귀들의 얼굴에 비로소 표정이 나타났다. 시든 나뭇잎처럼 따분하던 얼굴에 검푸른 활기가 빠르게 돌았다. "하하, 재미있는 자로군. 소산 대감 같은 분을 만나려면 당연히 약속을 해야지. 도대체 누구시기에 겁도 없이 여기서 까부시나? 어디, 오래된 벽돌무덤 속에서 겨울잠이라도 자다가 튀어나왔나? 소산 대감이 어떤 분인지 전혀 모르나 보지?"

"내가 누군지는 알 것 없고 벽돌무덤은 무슨 개소리인지 전혀 모르겠으니 대감에게 가서 전해라. 대감이 갖고 싶어 이십이 년 삼 개월 십칠 일 네 시간 삼 분 동안 안달복달하던 책을 내가 구해 왔다고."

"이십이 년 삼 개월 뭐?"

"이십이 년 삼 개월 십칠 일 네 시간 삼 분. 아니 이제 사 분."

까마귀 둘은 이마를 맞대고 잠깐 이야기를 주고받았다. 잠시 후 까마귀 하나가 섭구 씨를 위아래로 훑으며 물었다. "책의 이름이 뭐냐?"

"내가 말하면 몸과 머리 모두 시꺼멓게 무식한 너희들이 과연 알까?"

"아하 참, 아까부터 말이 심하게 짧은데 도대체 뭘 믿고 그러시나?"

"나야 책을 믿지."

"그러니까 그 믿고 의지하는 책 이름이 뭐냐니까? 그래야 전할 게 아니냐?"

섭구 씨가 짧게 휘파람을 불곤 뒤돌아섰다. 그러고는 내게 지팡이를 흔들며 말했다. "책을 씨, 그냥 돌아가자. 소산 대감이 책을 좋아한다고 해서 산 넘고 강 건너 어렵게 찾아왔더니 대우가 영 아니네. ≪빛과 어둠의 제국≫의 주인은 아무래도 소산 대감이 아닌 것 같아."

까마귀들이 슬쩍 끼어들었다. "≪빛과 어둠의 제국≫이라고?

뭐 그런 요상한 책 이름이 다 있어?"

섭구 씨가 까마귀들을 보며 눈살을 찌푸렸다. "너희들 귀엔 요상하게 들린다 이거지? 알았다. 더 있다간 까마귀 털 범벅이 되겠다. 잘들 있어라, 우린 그냥 돌아간다. 나중에 소산 대감한테 제발 목숨만 살려 달라고 애걸복걸이나 잘해 봐."

섭구 씨의 당당한 기세에 당황한 까마귀들이 재빨리 발을 놀려 미늘창으로 우리 앞을 막고 나섰다. "성급하게 왜 이러시나? 그쪽이 보통 사람이 아닌 건 충분히 알았으니 소산 대감에게 확인해 볼 시간을 좀 주시게."

까마귀 하나가 솟을대문 집으로 쪼르르 달려가더니 문지기 까마귀에게 귓속말을 하는 게 보였다. 문지기 까마귀는 무표정한 얼굴로 우리를 흘낏 본 후 느릿느릿 안으로 들어갔다. 잠시 후 쫓기듯 튀어나온 문지기 까마귀는 얼굴이 붉어진 채, 문 앞에서 기다리고 있던 까마귀의 귀에 뭔가를 속삭였다. 재빠른 걸음으로 검문소로 돌아온 까마귀는 까치인 양 어색한 미소를 짓더니 나비처럼 나긋나긋한 목소리로 말했다. "안으로 어서 드시랍니다."

소산 대감은 우리가 자리에 앉기 무섭게 대뜸 질문부터 던졌다. "≪빛과 어둠의 제국≫을 가져왔다는 게 사실이냐? 사실이면 지체하지 말고 어서 꺼내 보거라."

이건 또 뭔가 싶었다. 소산 대감은 처음 만나는 사람끼리는 이름부터 소개하는 게 예의라는 것도 모르는 걸까? 황제가 총애하는 사람이라면 생김새나 행동거지나 보통 사람과는 뭐가 달라도 다르겠지, 하고 우리가 처한 상황에 어울리지도 않는 기대를 살짝 품었던 차였다. 하긴 다르긴 했다. 광대뼈가 툭 튀어나온 얼굴에 혈색은 검붉었고, 왼쪽 볼에는 손톱만 한 기역 자 흉터가 푸르죽죽하게 변한 채 얼굴을 긁으며 붙어 있었으며 매부리를 닮은 코는 끝이 유난히 뾰족해 누가 봐도 매섭고 날카로운 인상을 풍기는 소산 대감은 자신의 건너편에 앉은 이들이 누구인지에 대해서는 개미 눈곱만큼의 관심도 보이지 않았으니까. 속으로 혀를 끌끌 찼다. 벼는 익을수록 고개를 숙이는 법이라고 했다. 황제의 오른팔이자 국정을 좌지우지하는 숨은 실세인 소산 대감은 허리인지 옆구리인지를 치료하기에 앞서 가을 논에 발 벗고 들어가 벼가 겸손하게 익는 모습부터 오래오래 관찰해야 할 사람이었다.

섭구 씨는 시종 의연했다. 위협에 가까운 으름장에도 아무런 반응을 보이지 않았다. 무표정한 섭구 씨 때문에 소산 대감은 더 화가 난 듯 서안을 손바닥으로 세게 치며 (그 바람에 누런 족제비 털붓 두 자루가 바닥으로 대굴대굴 굴렀고) 목소리를 더욱 높였다. "어허, 귀가 먹었느냐? 어서 꺼내 보라니까."

"꺼내기 전에 묻고 싶은 게 있습니다."

"이것 보게나. 정신이 가출하셨나? 감히 나한테 질문을 하겠다?"

"다른 사람이 아닌 소산 대감이시니까 묻겠다는 겁니다."

섭구 씨는 소산 대감이 던지는 가시투성이 밤송이를 찔리지도 않고 넙죽넙죽 잘도 받았다. 소산 대감이 감자처럼 울퉁불퉁한 주먹을 우락부락한 입술에 대곤 섭구 씨를 노려보았다. 까마귀들도 벌벌 떨며 고개를 날개 아래 묻고는 숨소리도 내지 않으려 애쓸 만큼 지독히 검은 눈빛이었다. 잔뜩 긴장한 나는 소산 대감의 손가락을 주시했다. 손가락을 까닥하는 순간 병풍 뒤에서 칼과 창을 들고 대기하던 까마귀들이 튀어나와 우리를 포박해도 전혀 이상할 것 없는 살얼음 같은 분위기였으니까.

소산 대감의 너털웃음이 어둠과 얼음을 단번에 지웠다. "여인의 기세가 실로 대단하군. 하하, 마음에 들었어, 아주 쏙. 그렇지, 약속도 없이 나를 만나러 왔으면 이 정도 기개는 있어야지. 그래, 너의 요청을 받아들이마. 내게 묻고 싶은 게 무엇이냐?"

"책에는 주인이 있는 법이라고 믿습니다. ≪빛과 어둠의 제국≫에 대해 얼마나 알고 계신지 궁금합니다."

"내가 책의 주인 될 자격이 있는지 알고 싶다?"

"그렇습니다."

"정말 맹랑한 여인이군, 참으로 맹랑해."

"시간을 벌려고 하시는 말씀은 아니지요?"

소산 대감이 흐흐 웃더니 매서운 눈길로 섭구 씨를 노려보았다. 섭구 씨는 뜨거운 불과 같은 그 시선을 외면하지 않고 정면으로 받았다. 눈싸움을 하다 슬며시 시선을 돌린 소산 대감은 흰 터럭이 섞여 있는 턱수염을 손톱으로 북북 긁더니 그 손톱을 눈으로 살펴본 후 입을 열었다.

"≪빛과 어둠의 제국≫을 말하려면 제국 242년 9월 7일 자정, 황궁의 북문이 개방된 사실부터 언급해야겠지. 화마를 막으려면 꼭꼭 잠가 두어야 한다는 초대 황제의 주술에 가까운 유언을 지키느라 개국 이래 단 한 번도 열린 적이 없던 북문이 이백여 년 만에 활짝 열린 사건이 일어난 것이지. 문을 연 건 반정군이었어. 금기시되었던 북문을 노린 반정군의 계획은 적중했어. 북문 쪽엔 병사들도 없었기에 반정군이 황궁에 진입하는 것은 식은 죽 먹기였다네. 그 뒤에 일어난 일에 대해서는 자네들도 다 알고 있을 테니 짧게 말하겠네. 다음 날 정오, 16대 황제가 새로 황위에 올랐네. 제국 역사상 최초로 일어난 반정의 결과였지. 사족들 대부분은 15대 황제가 자신들을 무시한다고 생각해 왔던 터라 명백한 반란인 반정을 두 손 들어 반겼지. 그러나 그렇게 생각하지 않는 사람들도 얼마간 있었지. 그들 중 한 명이 바로 이성보였다네.

이성보는 새 황제가 즉위한 날부터 세상과의 접촉을 끊고 좁은 서재에 틀어박혀 책을 쓰기 시작했어. 정확히 한 달 후인 10월 7일 새벽, 황궁 주변 곳곳에 책이 뿌려졌다네. 그 책을 집어서 살펴본 이들은 경악했지. 16대 황제를 제국의 새 지도자로 인정할 수 없는 이유들이 줄줄이 적혀 있었거든. 내용이 내용인지라 무심결에 책을 집었던 이들은 혹시라도 화를 당할까 싶어 부리나케 책을 던지고 도망을 쳤다네. 결국 책은 황궁을 지키던 까마귀들에 의해 수거되었지. 점심이 되기도 전에 책을 다 읽은 황제는 당장 그 책의 저자를 잡아들이라는 명령을 내렸지. 황제의 한마디에 황궁 전체가 들썩였지만 실은 그럴 필요도 없었어. 저자인 이성보는 정오를 알리는 북소리가 울려 퍼지기 무섭게 제 발로 황궁 앞에 나타났으니까.

분노한 황제는 법률에 명시된 여러 절차를 무시한 채 황궁의 뜰에다 형틀을 설치한 후 곧바로 이성보를 심문했어. 심문은 싱거웠다네. 이성보는 그 누구의 도움도 받지 않고 혼자서 쓴 책임을, 자신이 쓴 내용의 대부분은 여러 경전에서 가져왔음을 순순히 자백했어. 수거한 책들은 모두 필사본이었고 책의 마지막 장엔 책의 번호와 함께 이성보의 수결, 그리고 손도장까지 찍혀 있었으니 거짓이 아닌 건 분명했지. 수거한 책은 모두 스무 권이었어. 무려 백 쪽이 넘었으니 아마도 이성보는 한 달 내내 책 쓰는 것 말고 다른 일은 하나도 못 했을 거야. 자수한 이성보의 얼굴이 하도 초췌해서 꼭 죽기 직전의 병자 같았다는 기록도 그래서 나온 걸 테고.

이성보가 자백함으로써 심문은 허무할 정도로 빠르게 끝났지만 전 과정을 처음부터 끝까지 지휘한 황제가 도무지 이해할 수 없는 게 하나 있었지. 15대 황제 시절 이성보는 대사간을 지냈어. 충직한 성품의 이성보는 황제의 잘못을 지적하는 문서를 하루가 멀다 하고 올렸고, 잔소리를 극도로 싫어한 15대 황제는 매일같이 문서를 찢어발기는 일에도 질려 마침내 이성보를 내쫓았지. 그것도 직접 회초리를 들어 온몸을 마구 때린 후 발길질을 해서 내쫓았지. 제국 역사상 그런 식으로 내쫓긴 대사간은 이성보 말고는 없을 거야. 그러니까 이성보는 15대 황제를 증오해야 마땅한 사람이었지. 그런데 그 15대 황제를 몰아내고 황위에 오른 자신을 비난하는 책을 썼으니 황제가 의아할 수밖에. 도대체 왜 그랬느냐는 황제의 질문에 이성보는 이제는 너무나도 유명해진 말을 남겼지. 빛이 있는 곳엔 어둠이 있는 법입니다. 당신은 스스로를 빛이라 여기겠지만 실은 당신 또한 어둠입니다. 어둠을 몰아내는 유일한 수단은 태양입니다. 태양은 황궁이 아닌, 황제가 아닌, 제국 백성들의 가슴에만 존재합니다.

비유를 몹시 싫어했던 황제는 직접 칼을 들어 이성보의 목을 베어 버림으로써 더 이상 엉뚱한 소리를 못하도록 만들었지. 황제는 어쩌면 커질 수도 있었던 일이 비교적 조용하고 깔끔하고 신속하게 마무리되었다고 생각했지만 그렇지는 않았어. 무려 이십 년 후 ≪빛과 어둠의 책≫이 세상에 다시 나타났거든. 그것도 다른 곳이 아닌 황제에게 가장 의미 깊은 장소인 북문 바로 안쪽에 나타난 거야. 어느덧 육십 노인이 된 황제는 부쩍 어두워진 눈으로 그 책을 살펴봤지. 믿을 수 없게도 그 책은 자신의 앞에서 불에 타 사라졌던 바로 그 책이었어. 마지막 장에 적힌 책의 번호는 이십이었고 이성보의 수결도, 손도장도, 세월은 흘렀지만 여전히 선명하게 남아 있었지. 더 믿기 어려웠던 건 황제가 휘두른 칼이 만들었던 이성보의 핏자국이 책 여기저기에 묻어 있다는 점이었지. 정교하게 만든 위조본이 아닐까 의심했지만 그건 불가능했어. 그날 수거된 책들엔 한 가지 표식이 있었거든. 분노한 황제가 스무 권의 책 여기저기를 살피면서 죽을 사(死) 자를 특유의 악필로 마구 갈겨썼거든.

황제는 조심스럽게 책장을 넘겼어. 자신을 닮은 죽을 사 자가 곳곳에 나타났어. 죽을 사 자들이 저승사자가 되어 입을 벌리고 으르렁거리고 있었어. 세월이 흘렀어도 화의 기운이 사라지지 않고 그대로 남아 있었어. 황제는 이성적인 사람이었지. 불에 탔던 책이 다시 나타날 수는 없는 법. 누군가 장난을 친 게 분명하다고 생각했어. 아쉽게도 이번에는 목격자가 전혀 없었을 뿐 아니라 자신이 했노라고 나서는 이도 없었기에 이십 년 간 차곡차곡 쌓아 온 황제의 권위로도 그 누군가의 정체를 밝히기는 불가능했지. 황제는 그 책을 들고 뜰에 나가 직접 불을 붙였어. 그러고는 타고 남은 재를 물에 타서 마셔 버렸지. 아마도 다시는 세상에 나타나지 말라는 주술적인 의미가 담긴 행동이었던 것 같아. 몇 년 뒤 황제는 세상을 떠났어. 황제가 죽기 전에 성보, 성보 하며 허공에 손을 내저었다는데 직접 목격하지 않은 이상 그 이야기의 사실 여부를 확인하기는 어려운 일이지.

그런데 황제는 죽었지만 책은 아직 죽지 않았다네. 첫 번째 책이

다시 나타난 지 정확히 이십 년 후에 또다시 그 책이 북문 앞에 나
타난 거야. 17대 황제는 아버지의 본을 따라 다시 그 책을 불태웠
지. 재를 마시는 기행까지 따르지는 않았어. 워낙 깔끔한 걸 좋아
하는 위인이었으니까. 사람을 죽일 때도 질질 끄는 사약보다는 참
형을 애호하는 위인이었으니까. 그리고 이십 년 후 18대 황제 시
절에 또다시 책이 나타났어. 그 책은 또다시 불속으로 들어가 재
가 되었는데 책이 나타난 건 그게 마지막이었어. 그러니까 지금 자
네가 갖고 있다고 주장하는 ≪빛과 어둠의 제국≫은 제국 302년
10월 7일 이후론 나타난 적이 없다는 거지. 정리하자면 지금으로
부터 무려 백사오십 년 전에 마지막으로 나타났다는 뜻이야. 어떤
가? 이만하면 책의 주인이 되기엔 충분한가?"

"역시 소산재의 주인다우시네요. 이 별장 어딘가에 꼭꼭 숨겨져
있는 소산재에는 책이 삼만 권 넘게 소장되어 있다지요?"

"정보 자랑 좀 하고 싶은 모양인데 어디서 그릇된 걸 들었군. 정
확히 알려 주지. 아마 오만 권 가까이 될 거야. 그거 아나? 요즈음
엔 다들 책을 멀리해서 어떤 이들은 내다 버리기까지 하더군. 책을
버리다니, 개돼지만도 못한 역겨운 행동이지. 제국이 흔들리는 건
바로 그런 놈들 때문이야. 안타까운 마음에 부하들을 시켜, 책을
버리는 놈들은 발견하는 즉시 옥에 가두고 그 책들은 한 권도 빠
짐없이 수거했지. 이미 갖고 있던 책은 부하들에게 선물하고 나머
지는 내 책장에다 꽂아 놓았더니 책의 권수가 갑자기 늘어나 버렸

어. 자, 쓸데없이 말머리 돌리지 말고 내 질문에 답부터 해야지. 어떤가, 내가 ≪빛과 어둠의 제국≫의 새 주인이 되기에 충분한가?"

"생각할 시간이 필요하네요."

"정말 맹랑하군. 맹랑해도 너무 맹랑해서 내 인내도 슬슬 바닥이 나고 있어. 내가 고민을 줄여 주지. 사실 난 자네가 책을 갖고 있다고 믿지 않아. 나 역시 외모와는 달리 무척 이성적인 사람이거든. 없어진 책이 갑자기 나타나는 이변 따위는 믿지 않아. 하지만 말이지, 만에 하나라도 그 책을 자네가 진짜 갖고 있다면 그 주인은 바로 나야. 그 책에 대해 나보다 잘 아는 사람은 없으니까. 그점만큼은 확실하니까. 이제 묻지. 책을 내놓을 건가, 목숨을 내놓을 건가?"

"둘 다 싫은데요."

"도무지 말귀를 못 알아듣네. 정 그렇다면……."

소산 대감이 바깥을 향해 손짓을 하려는 순간 (내 의심과는 달리 병풍 뒤엔 아무도 없었나 보다.) 섭구 씨가 손목을 번쩍 들어 보였다. 섭구 씨가 손목 가까이에 후 하고 숨을 불어 넣자 진한 감귤향과 함께 책 한 권이 조용히 나타났다. 섭구 씨가 책을 흔들어 보이며 말했다. "이 책이 바로 ≪빛과 어둠의 제국≫이에요."

아하, 섭구 씨에겐 또 다른 책이 한 권 있었구나. 섭구 씨는 내가 쓴 책만 보관하는 줄로 알았기에 이 심각한 와중에도 조금 실망스러웠다. 하지만 실망보다 큰 건 역시 궁금증이었다. 이미 사라진 책, 불에 타서 재로 변한 책을 어떻게 섭구 씨가 갖고 있을까? 아하, 곧바로 또 다른 깨달음이 왔다. 할아버지가 했던 그 말, 잘 보관된 책은 결코 불타지 않는다, 는 말이 이 경우의 정답이었다. 나는 이 책이 이십 년 주기로 나타났다 사라진 까닭을 대략이나마 짐작할 수 있었다. 아마도 그건 섭구 씨가 벌인 일일 것이다. 섭구 씨의 손목에 잘 보관된 책이었기에 불에 타고서도 다시 나타날 수 있었던 것. 물론 그 섭구 씨는 내가 아는 섭구 씨가 아닌 또 다른 섭구 씨겠고!

소산 대감이 침을 요란하게 삼키는 소리가 들렸다. 소산 대감은 흐흐 웃더니 곧바로 언성을 높였다. "그럴 듯한 수작이로군. 남사당패를 따라다니며 검은 마술깨나 배웠나 보지? 재미있군, 재미있어. 마술을 부리고 사기를 치는 것도 좋은데 자네는 이것부터 알아야 해. 사실 내가 일부러 말하지 않은 게 하나 있거든. 조금 전 내가 들려준 이야기는 책에 미친 인간들이 연줄을 동원해 조금만 깊게 파고들면 어렵지 않게 알아낼 수 있는 정보야. 하지만 지금 손에 든 그 책이 진본이라면 또 다른 결정적인……."

"이걸 말씀하시는 건가요?"

섭구 씨는 책의 마지막 장을 펼쳐 보였다. 조금 전에 소산 대감에게서 들은 표식들이 보였다. 이십, 그리고 수결과 손도장과 핏자국. 하지만 그게 전부가 아니었다. 붉은 손도장 안엔 파리 머리만한 글씨로 이렇게 적혀 있었다. 제국을 어둠에서 구하는 건 결코 사라지지 않는 한 권의 책이다.

소산 대감이 눈을 가늘게 뜨곤 고개를 빠르게 흔들었다. "나이를 먹다 보니 눈이 나빠 잘 보이지 않는군. 이리 줘 보게."

섭구 씨는 호호 시원한 웃음소리를 터뜨린 후 책을 다시 손목에 넣었다. "제가 아는 진리 하나 알려 드릴까요? 제 목숨을 빼앗더라도 이 책을 그냥은 못 가질 거예요. 남사당패에서 배운 검은 마술이 아니거든요. 물론 사기도 아니고요."

소산 대감이 엷은 한숨을 쉬더니 검지와 중지로 서안을 톡톡 두드렸다. "끝까지 맹랑하군. 알겠다. 이번 한 번은 모르는 척 슬쩍 넘어가 주지. 자네의 실력을 인정해 주지. 이제 말해 보거라. 도대체 대가로 원하는 게 뭐냐?"

"간단해요. 소산재를 보고 싶어요."

"그것뿐이냐?"

"네, 그것뿐이에요."

"흠, 보고 나면 책은 확실히 넘기는 거지?"

"그때도 원하신다면……."

"무슨 소리냐? 내가 제국에서 책을 가장 사랑하는 사람이라는 건 자네도 이미 알 터, 그 책이 진본이라면 나 같은 책벌레는 당연히 원하지 않겠느냐? 자, 그럼 시간이 아까우니 어서 가자. 아까부터 말하는 꼴을 보니 씨알도 안 먹힐 것 같다만 아무튼 영광인 줄은 알아라. 제국 최고의 권력자인 황제도 못 본 곳이 바로 소산재니까."

섭구 씨는 지팡이 머리를 만지작거리며 빙긋 웃었다. "아이고, 영광, 또 영광입니다!"

소산 대감은 사랑채 뒤편으로 난 아름드리 소나무 숲길을 성큼 성큼 걸어 집채만 한 바위 앞에 섰다. 조심스럽게 뒤를 따라오던 까마귀들에게 엄한 목소리로 돌아가라고 명령한 후 고개를 바쁘게 돌려 주위를 살핀 소산 대감은 우리에게 따라오라는 손짓을 하더니 갑자기 바위 옆으로 사라졌다. 이미 발걸음을 옮긴 섭구 씨의 뒤를 바삐 따라갔더니 놀랍게도 꽉 막힌 것처럼 보이는 바위 옆엔 좁은 길이 있었다. 교묘한 길이었다. 불과 몇 걸음 앞에서도 알아볼 수 없었던 길이 바위 옆으로 나 있었다. 실골목보다도 좁은 길을 어렵게 통과했더니 풍경이 바뀌었다. 스산한 느낌을 주는 은사시나무 숲이 곧바로 나타났고 그 숲 깊숙이 정자가 하나 숨겨져 있었다. 소산 대감이 뒤를 돌아보며 엄포를 놓았다. "행여 소산재를 봤다고 떠들고 다닐 생각은 하지도 마라. 그랬다간 못생긴 입을 여는 즉시 너희 뒤를 밤낮으로 미행하는 까마귀들이 머리를 베어 버릴 것이니."

섭구 씨가 실망한 목소리로 대꾸했다. "소문을 흘리고 다니는 일엔 젬병이니 그런 건 걱정 안 하셔도 된답니다. 그런데 생각보다 작은 곳이네요. 저 좁은 공간에 오만 권의 책이 보관되어 있다니 아무래도 거짓말 같아요."

소산 대감이 끙 소리를 내더니 곧바로 응수했다. "보이는 게 전부는 아냐." 온몸에 소름이 돋았다. 소산 대감은 말해 놓고 살짝 후회하는 표정을 지었으나 내 관심은 이미 그에게 있지 않았다. 보이는 게 전부는 아니다. 그건 섭구 씨가 했던 말이었다. 정작 섭구 씨는 은사시나무의 껍질을 살짝 벗겨서 냄새를 맡아 보는 천연덕스러운 행동을 하며 일부러 내 시선을 피했다.

소산재 입구에 도착한 소산 대감은 또다시 고개를 돌려 주위를 살폈다. 가까이 가니 입지가 자세히 보였다. 소산재 뒤편은 절벽이어서 독수리라도 성격이 괴팍한 놈이 아니고서는 접근이 힘들어 보였다. 앞쪽에는 집채만 한 바위가, 뒤쪽에는 가파른 절벽이 자리 잡고 있으니 소산재는 천연의 요새나 다름없었다. 그럼에도 소산 대감은 경계, 또 경계를 늦추지 않았다. 움직이는 건 구름과 바람과 은사시나무 이파리밖에 없는 것을 확인한 소산 대감은 품 안에서 묵직한 열쇠 꾸러미를 꺼냈다. 찰칵, 찰칵, 찰칵, 세 개의 자물쇠가 차례로 열리는 소리와 함께 드디어 소산재가 모습을 드러냈다. 내부는 장관이었다. 정자 가득 줄줄이 늘어선 책장에서 풍기는 책 냄새가 머리를 어지럽혔다. 소산 대감은 섭구 씨와 나를 먼저 들여보낸 뒤 감시하듯 뒤를 따랐다. 소산 대감이 자부심 가득한 말투로 말했다. "마음껏 봐라. 평생 다시 볼 수 없을 테니."

섭구 씨가 뾰로통한 표정으로 대꾸했다. "책이 참 많기는 하네요." 섭구 씨의 표정을 제대로 읽지 못한 소산 대감은 신이 나서 떠들어 댔다. "많다마다. 지난 수백 년간 제국 책방에서 발행된 책은 한 권도 빠짐없이 다 있다. 왜놈들이 전쟁 통에 훔쳐갔던 책들도 손을 써서 구해 놓았다. 황제 전용 도서관인 규장각에도 없는 책들이 여기에는 있다는 뜻이지. 참으로 굉장하지 않으냐?"

"책은 많은데 평범하네요."

"뭐라고?"

"평범하다고요. 여기 오면 중국에서 수입한 책들이며 서양 오랑캐의 책들이며 사족들이 개인적으로 찍은 문집들, 아니면 ≪빛과 어둠의 제국≫ 같은 진귀한 책들을 잔뜩 볼 수 있을 줄 알았는데 그런 건 하나도 없네요. 제국에서 공인한 책들만 가득하네요."

섭구 씨의 말은 사실이었다. 책은 많고도 많아 인력으로는 도저히 셀 수 없을 정도였으나 눈에 띄는 책의 상당수는 나 또한 제국 책방에서 본 것들이었다. 이런 책들을 보관하기 위해 바위 옆에 길을 만들고 그 길을 통과해야만 도달할 수 있는 특별한 서재를 만들 이유는 없어 보였다. 소산 대감이 잠깐 고민하는 모습을 보이더니 흐흠 기침을 하곤 심드렁하게 받아쳤다. "미안하네. 자네의 기대가 지나치게 컸나 보군."

"과연 그럴까요?"

"자네 마음이야 내가 모르지. 다만 실망했다니까 하는 말일세. 앞으로는 질적 수준도 높이기 위해 노력하겠네."

"보이는 건 다 봤으니 이제 보이지 않는 것을 보여 주세요."

소산 대감의 눈빛이 매서워졌다. 하지만 소산 대감은 섭구 씨의 요구를 능숙한 솜씨로 거절했다. "무슨 말을 하는지 모르겠군. 아 쉽겠지만 여기 있는 게 전부야. 보이는 게 전부가 아니라 말한 건 일종의 비유일세, 비유. 책은 한 손으로도 펼칠 수 있는 작은 물건 이지. 그러나 그 안에 든 건 어떤 의미에선 제국보다도, 세계보다 도 더 크니까 말이야. 책을 진정으로 사랑하는 사람이면 누구나 알 수 있는 기초적인 사실이지."

"비유는 집어치우고 보이지 않는 것을 보여 주기나 하세요."

"어허, 귀가 막히기라도 했나? 평생 학문에만 매진해 온 내가 무 슨 재주로 보이지 않는 것을 보여 주나? 그런 건 없다니까."

"그렇다면 이만 가 봐야겠네요. 아무래도 ≪빛과 어둠의 제국≫ 을 영원히 소유하고 싶은 마음이 없으신가 보네요."

소산 대감은 두툼한 손바닥으로 눈을 비볐다. 책장 안에 꽂힌 책 을 의미도 없이 넣었다 빼기를 반복했다. 소산 대감이 마침내 결심 한 듯 손바닥을 탁탁 쳤다. "맹랑하군, 맹랑해. 알겠네, 알겠어. 그 런데 그 전에 당부 하나 하마. 지금부터 보는 것은 절대로 세상에 알려서는 안 되느니라. 그랬다간…… 자, 내 말 알아듣겠지?"

섭구 씨는 지팡이로 책장 아래를 톡톡 치는 것으로 대답을 대신 했다. 나를 노려보는 소산 대감의 눈씨가 피부를 뚫을 것 같았기에 나는 곧바로 고개를 끄덕였다.

소산 대감은 절벽에 면한 벽 쪽 책장으로 가더니 아직 결정을 내리지 못한 듯 이리저리 서성였다. 그러다가 갑자기 손을 쭉 뻗어 천장을 밀었다. 끼이익 소리와 함께 책장이 열렸다. 차가운 겨울바람이 얼굴을 세게 때렸다. 온도로 보아 바깥에서 직접 불어오는 바람이 분명했다. 소산 대감이 우리를 힐끗 보곤 갈라진 책장 안으로 들어갔고 섭구 씨와 내가 곧바로 뒤를 따랐다. 책장 안쪽에는 짧은 굴이 보였고 그 굴엔 사람 한 명이 간신히 오를 수 있는 좁은 계단이 설치되어 있었다. 계단은 바깥으로, 그리고 절벽 뒤편으로 이어져 있었다. 다른 건 몰라도 소산 대감의 정성만큼은 높이 사야 했다. 책을 보관하기 위해 이 정도 수고를 감수할 사람은 제국 내에 그리 많지 않을 것이다.

좁고 경사진 계단을 오르니 마침내 길 끝에 암자 하나가 보였다. 절벽 정상에 조금 못 미친 곳이어서 산 아래에선 전혀 보이지 않았다. 소산 대감이 암자의 문을 열기 전 눈을 치켜뜨곤 다시 한번 주의를 주었다. "절대로 책을 만져서는 안 되네. 귀한 책들이니 눈으로만 보도록 해."

솔직히 고백해야겠다. 나도 모르게 부푼 가슴을 안고 암자로 들어가기는 했으나 무지한 내게는 소산재의 책들과 별로 다르게 보이지 않았다. 조금 더 낡았고 조금 더 냄새가 진했을 뿐이었다. 섭구 씨의 반응은 확연히 달랐다. 암자에 들어서자마자 섭구 씨의 눈이 반짝였다. 책들에게 말을 걸고 싶어 하는 그 표정은 옛 친구들을 오래간만에 만났을 때와 하나도 다르지 않았다. 소산 대감이 한숨을 쉬며 말했다. "자, 요구는 다 들어줬다. 이제 그만 책을 내놓으시지."

섭구 씨가 손목에서 선선히 책을 꺼내 소산 대감에게 건넸다. 깨지는 물건인 양 두 손으로 떠받들 듯 책을 받아 든 소산 대감의 표정이 선물 상자를 본 아이처럼 밝아졌다. 소산 대감은 암자 구석에 놓인 진갈색 나무 의자에 다가가 앉더니 천천히 책장을 넘겼다. 하하, 이럴 수가, 진짜네, 진짜야. 어이쿠, 아직도 탄내가 나네. 이 글씨는……. 소산 대감은 혼자 웃고 혼자 감탄하고 혼자 탄식했다. 우리의 존재는 아예 잊은 것처럼 보였다. 섭구 씨가 조용히 속삭였다. "책을 씨, 어서 책들을 꺼내."

나는 소산 대감이 눈치 채지 않도록 책장에서 조심스럽게 책을 한 권 꺼냈다. 아뿔싸, 너무 긴장한 탓일까, 책을 꺼내자마자 놓쳐 버렸다. 그런데 바닥에 떨어질 것 같던 책은 곧바로 방향을 바꿔 암자를 빠져나갔다. 꼭 책등에 날개라도 달린 것처럼. 뜻밖의 상황에 당황한 나는 섭구 씨를 쳐다보았다. 섭구 씨가 고개를 끄덕거렸다. 나는 그 의미를 곧바로 이해했다. 내 잘못이 아니라는 뜻이었다. 책은 원래부터 날아가게 되어 있다는 뜻이었다. 계속 책을 꺼내면 된다는 뜻이었다. 나는 소산 대감이 여전히 책에 푹 빠져 있는 것을 확인한 후 작업을 이어 갔다. 책들은 오랜 잠에서 깨어나 기지개를 켜듯 몸을 살짝살짝 흔들고는 밖으로 날아갔다. 소산 대

감이 으흠, 하는 소리를 냈기에 놀라서 쳐다보았다. 소산 대감은 ≪빛과 어둠의 제국≫의 포로였다. 새로 손에 넣은 책에 코와 입과 귀까지 박고 있느라 자신의 책들이 서재를 떠나는 것도 까맣게 몰랐다.

암자의 책을 모두 내보낸 우리는 밖으로 나왔다. 소산 대감을 암자에 둔 채 계단을 내려와 다시 소산재로 돌아왔고 소산재의 책들도 모조리 꺼내 하늘을 날게 했다. 책이 워낙 많아서 해가 살짝 기운 후에야 소산재의 책장이 비로소 텅 비었다. 나는 묘한 마음으로 텅 빈 책장을 잠깐 바라보다가 밖으로 나왔다. 섭구 씨가 지팡이를 들어 하늘을 가리켰다. 책들은 아직도 하늘을 날고 있었다. 엷은 구름이 낀 주황색 하늘을 책들이 날아다니는 장면은 내 열일곱 생애에서 본 가장 아름다운 광경이었다.

강을 건너고 고개 하나를 넘어 소산 마을이 더 이상 보이지 않게 되었을 무렵 섭구 씨의 곧은 등을 향해 슬며시 말을 걸었다. "섭구 씨, 소산 대감이 좀 불쌍하기는 해. 평생 모은 책이 다 사라진 걸 알면 얼마나 놀랄까?"

"책을 씨, 조금도 불쌍하게 여길 필요가 없어. 제 욕심을 채우기 위해 모은 책들이니까. 태반은 여기저기서 빼앗고 훔친 책들이니까. 소산 대감은 책벌레일 뿐이야. 책을 진정으로 좋아하는 게 아니라 책을 소유할 때의 짜릿한 기쁨만 사랑한다는 말초적인 의미에서."

섭구 씨의 독설에 고개가 절로 끄덕여졌다. 꼭꼭 감춰진 소산재에 들어갈 수 있는 사람은 소산 대감밖에 없었다. 독자가 단 한 명뿐인 셈이니 책의 입장에서는 꽤 서운한 일이다. 섭구 씨가 아직할 말이 더 남았는지 갑자기 목소리를 높였다. "놀라운 비밀을 하나 더 알려 줄까? 사실 소산 대감은 책을 별로 읽지 않았어. 그저 책장에 꽂아 두곤 그 광경을 보며 흐뭇해할 뿐이었지. 그러니까 소산 대감은 책들을 자신의 포로로 삼은 거나 마찬가지야. 그러다가 거꾸로 ≪빛과 어둠의 제국≫의 포로가 된 거지."

고개를 연신 끄덕거리다 보니 또 다른 궁금증이 생겼다. 혹시라도 섭구 씨가 잊고 있었을까 봐 일부러 어깨를 으쓱하고 손바닥을 뒤집어 보이며 호들갑스럽게 물었다. "그런데 섭구 씨, ≪빛과 어둠의 제국≫은 어떻게 할 거야? 귀한 책 같던데. 그 책은 소산재의 책을 몽땅 빼앗은 대가로 그냥 소산 대감에게 넘기는 건가?"

"책을 씨도 참, 그럴 리가 있겠어?"

섭구 씨가 하늘을 향해 손목을 쭉 뻗었다. 어디선가 책이 펄럭이는 소리가 들렸다. 잠시 후 책 한 권이 제비처럼 날렵하게 날아와 섭구 씨의 손목 위에 앉았다. 섭구 씨가 후 하고 감귤 향 섞인 입김을 불어 넣자 책은 인사하듯 섭구 씨의 손목 주위를 한 바퀴 돈 후 손목 안으로 들어갔다. 자신의 손목을 바라보며 생각에 잠긴 섭구 씨에게 물었다. "섭구 씨, 자꾸 물어봐서 미안한데 하늘로 날아간 책들은 어디로 간 거야?”

"지금 우리가 가고 있는 곳으로.”

"우리가 지금 어디로 가고 있는데?”

"어디긴 어디야, 홍 선생의 도서관이지.”

《빛과 어둠의 제국》에 대해

《빛과 어둠의 제국》을 쓴 이성보의 행동은 극심한 당쟁 속에서도 홀로서기를 택했던 유몽인을 떠올리게 한다. 조선을 대표하는 야담집 『어유야담』을 남길 정도로 글솜씨가 뛰어났던 유몽인은 특정 당파에 소속되기를 거부했던 자유인이기도 했다. 무리 짓기를 좋아하는 세상에서 홀로 가는 건 결코 쉽지 않았기에 광해군에게 밉보여 파직을 당하기도 했다. 그런데 유몽인을 죽게 만든 건 인조였다. 광해군의 복위를 꾀했다는 이유로 유몽인을 체포한 뒤형장의 이슬로 만들어 버린 것이다. 지지하는 세력이 달랐던 두 임금 모두에게 수난을 당했다는 건 백성만을 바라보는 정치란 실은 실현 불가능한 일이나 마찬가지였음을 우리에게 알려 준다.

그러나 지금 우리는 유몽인보다는 소산 대감과 같은 장서가에 더 주목할 필요가 있다. 조선 후기에 접어들면서 수만 권의 책을 보유한 장서가가 출현했다. 심상규, 조병귀, 윤치정은 4만 권 가까이 되는 책을 가지고 있었으며 이하곤, 서유구 등은 만 권 내외의 책을 보유하고 있었다. (강명관 선생의『조선 시대 문화 예술의 형성 공간』(소명)에서 참조했다.)

장서가의 출현을 나쁘게 볼 이유는 없다. 문제는 19세기 이전까지만 해도 조선에는 제대로 된 서점조차 없었다는 사실이다. 장서가의 대부분은 이른바 경화세족이라 불리는 서울 양반들이었다. 전체의 1%에도 못 미치는 극소수의 양반들이 지식을 독점하는 현상이 벌어졌던 것이다. 최석정처럼 자신이 갖고 있는 책들을 다른 이들과 공유한 사례도 일부 발견되지만 대부분은 소장 자체를 목적으로 삼았다.

이의현 같은 이는 중국에서 발간된 책들을 발간 즉시 구입할 정도로 대단한 장서가였지만 그의 사상은 골수 노론의 그것으로 지극히 고루하기만 했다. 책을 소유하기만 했지 책을 통해 깨달음을 얻거나 자신의 사상을 발전시키지는 못했던 것이다.

8장 / 홍 선생의 도서관

홍 선생의 이름은 낯설지 않았다. 제국 최고의 소설가 김철현과 서당 선생인 그의 형 김철수가, 분노한 황제를 피해 길을 떠나면서 댔던 이름이 바로 홍 선생이었으니까. 개인 도서관을 갖고 있는 것을 보니 홍 선생은 책을 엄청나게 좋아하는 사람인 모양이었다. 값비싼 책을 아낌없이 사들였을 테니 홍 선생은 무척이나 부유한 사람인 모양이었다. 졸지에 사면초가 신세가 된 김철현이 찾아가 신세를 지겠다고 했으니 홍 선생은 꽤나 듬직한 사람인 모양이었다. 하지만 무엇 하나 확신할 수는 없었다. 섭구 씨를 만나기 전까지 나는 홍 선생이나 그의 (대단한) 도서관에 대해선 전혀 들은 바가 없었으니까.

도서관은 흔한 곳이 아니다. 제국의 수도인 황성에도 황궁 옆에 딱 하나 있을 뿐이다. 하지만 이름만 제국 국민 도서관이지 출입이

까다롭고 대출은 아예 불가능해 이용하는 사람은 거의 없는 거나 마찬가지였다. 황제 전용 도서관인 규장각이 있다지만 그거야 그림의 떡이고. 그런 상황이니 누구나 이용할 수 있는 도서관이 있다면, 그것도 개인이 만든 도서관이 있다면, 그와 관련된 이야기 한 줄은 바람과 소문, 아니면 냄새를 통해서라도 내 귀나 코에 들어왔어야 마땅했다. 하지만 지난 기억을 아무리 꼼꼼하게 떠올려 봐도 그런 훌륭한 도서관이 있다는 이야기는 들어 본 적이 없었다. 책에 관심이 많은 할아버지는 물론이고 온갖 잡다한 소문에 정통한 서당 선생에게서도 전혀 들은 적이 없으니 이상하다면 무척 이상한 일이었다.

홍 선생의 도서관으로 간다는 섭구 씨의 말을 듣자마자 또다시 궁금증이 생겼다. 말이 나온 김에 고백하자면 사실 나는 원래부터 호기심이 넘치는 아이는 아니다. 서당 선생이 수업 말미마다 질문 있느냐고 머리를 쭉 빼고 좌우를 둘러볼 때면 고개를 푹 숙여 머리를 감추곤 했다. 만물박사인 할아버지에게도 나는 전혀, 라고 해도 좋을 만큼 아무것도 묻지 않았다. 그런 내가 섭구 씨를 만난 이후로는 몇 걸음 사이에도 궁금한 게 거미집처럼 계속 생겨나서 묻지 않고는 도저히 못 배기는 아이가 되어 버렸다. "섭구 씨, 그런데 홍 선생의 이름은 뭐야?"

"아무도 모르지. 그냥 홍 선생일 뿐이야."

"선생이라고 부르는 걸 보면…… 혹시 제국 서당 선생 출신일까?"

"아무도 모르지. 홍 선생은 그냥 홍 선생일 뿐이라니까."

"그럼 홍 선생은 부자야?"

"재산이 많으냐는 뜻이라면 전혀 그렇지 않아. 홍 선생은 오히려 가난한 편이지."

"그런데 어떻게 도서관을 차렸어? 책값은 꽤 비싸잖아."

"홍 선생은 단 한 권의 책도 돈을 주고 산 적이 없어."

"훔쳤어?"

"아니, 책을 씨도 참."

"그럼 어떻게 책을 모았어?"

"책들이 스스로 모여들지."

"아까처럼 하늘을 날아서?"

"그래, 때론 걷거나 뛰어서."

"홍 선생의 도서관엔 책이 많아? 소산 대감이 모은 것보다 훨씬 더?"

"그야 당연하지."

"얼마나 많은데?"

"얼마나 많은지 정확히 아는 이는 없어. 이 세상에 존재하는 모든 책이 한 권도 빠짐없이 다 보관되어 있으니까."

"우와, 굉장하네."

"그래, 굉장하지."

"그럼 도서관이 무척 크겠네."

"무척 크지."

"얼마나 큰데?"

"아마도 이 세상만큼 클 거야."

"에이 섭구 씨, 무슨 그런 엉터리 대답이 있어? 어떻게 도서관이 이 세상만큼 클 수가 있어?"

"책을 씨, 그렇다니까. 다른 곳이 아닌 바로 홍 선생의 도서관이니까."

"흠, 그건 그렇다 치고, 도서관의 책들은 누구나 볼 수 있어?"

"그렇고말고. 도서관을 찾아오는 이들은 누구나. 그러니까 도서관인 거고."

"그런데 왜 나는 지금까지 들어 본 적도 없지?"

"책을 씨, 그게 무슨 소리야? 내 생각에 책을 씨는 홍 선생의 도서관에 대해 이미 잘 알고 있을 거야."

"섭구 씨, 성의껏 대답해 주었는데 이렇게 말해서 미안해. 도무지 무슨 소리인지 하나도 모르겠어."

섭구 씨가 빙긋 웃었다. "책을 씨, 미안해할 거 없어. 직접 경험하고 나면 다 알게 될 거야."

섭구 씨의 어여쁜 웃음도, 따뜻한 격려도 지금의 내 마음엔 위로가 되지 못했다. 섭구 씨가 모처럼 내 질문에 꼬박꼬박 대답을 잘도 해 준다 싶었다. 하지만 정신없이 오간 문답의 내용을 머릿속으로 정리해 보니 사실 섭구 씨는 홍 선생과 그의 도서관에 대해 아무것도 말해 주지 않은 거나 마찬가지였다. 한여름 밤의 몽달귀신 꿈 같은 허무맹랑한 이야기만 줄줄이 늘어놓았으니까. 섭구 씨의 대답을 들으면 들을수록 홍 선생이 실제로 존재하는 사람인지, 홍 선생의 도서관이 실제로 있는 곳인지 점점 더 의심스러워졌다. 나는 곰곰 생각한 끝에 질문의 방향을 바꿨다. "섭구 씨, 그런데 우리가 지금 홍 선생의 도서관으로 가는 이유는 뭐야? 혹시 그곳에서도 나쁜 냄새가 나?"

섭구 씨가 호호 시원하게 웃으며 대답했다. "책을 씨, 홍 선생의 도서관에서는 오직 향기로운 책 냄새만 난다고."

"그럼 왜 그곳으로 가는데? 우린 책을 쓰는 중이잖아. 냄새를 쫓아서 가는 게 아니라면…… 우리가 써야 할 책은 다 쓴 거야?"

"우리가 아니라 책을 씨가 쓰는 거지. 잊었어? 책을 씨는 집필자, 나는 보관자. 그리고 책을 씨는 아직 써야 할 책을 다 쓰지 않았어. 시작한 지 얼마 되지도 않았는데 벌써 다 썼을 리는 없지. 책을 쓰는 일이 그렇게 간단한 일은 아니니까. 홍 선생의 도서관에 가는 건, 가야 할 때가 되었기 때문이야."

안개 속에서 코끼리 코 만지기 식의 문답만 계속 이어졌기에 나는 다시 한번 질문을 뒤틀었다. "그런데 노파심일지도 모르지만 홍 선생의 도서관도 위험하지 않을까? 할아버지가 잡혀간 것도 그렇고, 김철현이 잡혀갈 뻔한 것도 그렇고……. 아무래도 27대 황제는 책이란 물건을 골칫덩어리 취급하는 못된 인간인 것 같으니 말이야. 그런 심보가 삐뚤어진 황제가 이 세상 모든 책을 다 갖추어 놓고 사람들이 자유롭게 볼 수 있도록 문을 활짝 열어 놓은 홍 선생의 도서관을 그냥 내버려 둘 까닭이 없지 않겠어?"

"사려 깊은 걱정은 고마워. 그런데 홍 선생의 도서관은 괜찮아."

"깊은 산속이나 외딴 섬에 있나 보지?"

"아니, 제국 어디서나 볼 수 있는 평범한 마을에 있어."

"경비가 삼엄한가 보지?"

"아니, 도서관을 지키는 사람은 단 한 명도 없어."

"까마귀들이 갑자기 쳐들어오면 어떻게 해?"

"까마귀들은 도서관이 있는 줄도 몰라. 까마귀들은 까막눈이니까."

"농담이야?"

"진담이야."

"어떻게 그럴 수가 있어? 포도청 까마귀들이 얼마나 집요한데."

"그럴 수 있어. 다른 곳이 아닌 바로 홍 선생의 도서관이니까."

질문의 방향을 바꾸고 뒤틀며, 때론 뒤집어서 옆과 아래로 구멍을 뚫어 그 사이로 넘나들며 물었으나 결과는 조금도 달라진 게 없었다. 꼬리가 삼 미터도 넘는 긴 뱀들과 흰머리독수리 떼가 합작해 하늘과 땅에서 입과 부리를 크게 벌린 채 끈끈한 침을 퉤퉤 뱉으며 내 주위를 뱅뱅 돌고 또 돌아 나를 꼼짝도 못 하게 만들어 버린 기분이라고나 할까? 섭구 씨가 지팡이 손잡이로 내 이마를 톡 톡 두드리며 당부했다. "책을 씨의 마음은 나도 이해해. 내가 책을 씨였더라도 그랬을 거야. 하지만 책을 씨, 다시 말하지만 홍 선생의 도서관에 도착하면 내가 한 말이 무슨 뜻인지 금방 다 알게 될 거야. 책을 씨가 가진 다른 궁금증들도 저절로 다 풀릴 거야. 심지어 전혀 궁금하지 않았던 것들까지도 아, 그래서 그랬구나 하고 다 깨닫게 될 거야. 그러니 실마리를 잡지 못해서 머릿속이 어지럽고 속이 답답하고 기분이 꿀꿀하더라도 우선은 그것들을 커다란 바위 밑에 꾹 눌러 두고 머리부터 발끝까지 상쾌한 기분으로 가던 길이나 마저 가는 게 어떨까 싶은데?"

항상 그랬듯 섭구 씨의 말은 이번에도 옳았다. 나는 묵언 수행하는 동자승이 되어 고개를 끄덕거릴 수밖에 없었다. 섭구 씨가 나와 함께 책을 쓰고 수집하는 여행도 일시 중지한 채 홍 선생의 도서관으로 가는 데에는 그럴 만한 이유가 있을 것이다. 내 궁금증에 제대로 답해 주지 않는 것에도 그럴 만한 이유가 있을 것이다. 내가 혼자 고민하고 혼자 결론을 내리는 사이 섭구 씨의 등은 어느새 한참 멀어졌다. 또다시 마음이 바빠졌다. 지금 섭구 씨를 놓치면 그야말로 큰일이니까. 나는 홍 선생의 도서관이 어디인지도 모르니까. 나는 섭구 씨, 같이 가, 하고 목청껏 외치며 발걸음을 빠르게 옮겼다.

섭구 씨가 들려준 말들 중 적어도 한 가지는 사실이었다. 우리는 홍 선생의 도서관으로 가는 내내 제국이 공들여 닦아 놓은 큰길을 따라 쭉 걸었다. 고개도 넘지 않았고, 강물도 건너지 않았고, 샛길로 빠지지도 않았다. 제국의 성실한 파발꾼처럼 시선을 정면에 둔 채 큰길을 빠르게 걸으며 역참을 지나고 또 지났다. 밤이 깊어지자 우리는 역참 근처의 주막집에서 소머리국밥을 먹고 꿀잠을 잔 후 다음 날 정오까지 계속 걸었다.

날씨 이야기를 빼놓을 수는 없겠다. 하룻밤이 지났을 뿐인데 날씨는 크게 변했다. 길 양쪽에서 경쟁하듯 불어오는 칼바람은 온몸에 두터워서 더 징그러운 닭살을 모조리 일으킬 만큼 차가웠고, 하늘을 덮은 먹장구름은 물 먹은 솜처럼 무거웠다. 완벽주의자인 먹장구름 덕분에 조각하늘은 아예 보이지도 않았다. 구름은 언제든 출격할 태세가 되어 있었다. 손가락을 살짝 갖다 대기만 해도 으아아 거칠게 포효하며 올겨울의 첫눈을 쏟아부을 것 같았다.

할아버지 생각이 났다. 겨울이 오고 포실한 함박눈이 제대로 내릴 때면 할아버지는 장마루에 나와 앉아 세상이 하얗게 변장하는 광경을 하염없이 바라보곤 했다. 얼굴에는 엷은 웃음까지 머금고 있었으니 그럴 때만큼은 할아버지가 아니라 나와 같은 열일곱 소년 같았다. 하지만 올겨울 내리는 눈은 할아버지에게 결코 좋은 눈이 아닐 것이다. 겨울은 눈과 함께 온다. 하얀 눈을 마음껏 먹고 배를 불린 겨울이, 친구인 된바람의 서슬 퍼런 도움을 받아 날뛰기 시작하면 안 그래도 몸 여기저기가 온전하지 않은 할아버지로서는 버티기가 쉽지 않겠지.

홍 선생의 도서관에 도착한다면, 정확히 무슨 일인지는 몰라도 그곳에서 우리가 해야 할 일을 마치고 나면 섭구 씨에게 말해야겠다. 할아버지를 구하러 가자고. 나와 섭구 씨가 힘을 모은다면 포도청에 갇힌 할아버지를 구하는 일도 불가능하지는 않을 것이다. 우리는 제법 훌륭한 이인조이니까. 그렇다. 왜 지금까지 그 생각을 못했을까? 까마귀 소굴에서 김철현도 구해 냈는데 할아버지라고 못 구할 이유가 도대체 뭐가 있겠는가? 할아버지를 구하는 것도 우리가 쓰고 보관할 한 권의 책으로서 충분할 텐데. 도서관에 도착할 때까지 기다릴 것도 없겠다 싶어서 급하게 섭구 씨, 섭구 씨, 섭구 씨 하고 큰 소리로 세 번 연속 불렀는데 섭구 씨는 아무 말도 못 들은 사람처럼 나를 보며 빙긋 웃더니 지팡이를 들어 보이며 이렇게 말했다. "책을 씨, 다 왔어. 길 건너로 보이는 저곳이 바로 홍 선생의 도서관이야."

섭구 씨의 지팡이를 따라가 보니 좁다란 개울 건너로 스무 채가량의 집이 옹기종기 모여 있는 궁벽한 마을이 보였다. 섭구 씨가 알려 주지 않았더라면 무심코 지나쳤을, 섭구 씨 말대로 제국 어디서나 볼 수 있는 지극히 평범한 마을이었다.

나무로 된 낡은 무지개다리를 건너 마을로 들어서는 섭구 씨의 발걸음은 유난히 가벼웠다. 섭구 씨는 곧바로 왼쪽 두 번째 초가집의 허술한 사립문을 밀고 안으로 들어갔다. 자기 집으로 돌아온 사람처럼 스스럼없는 동작이었다. 마당에 서서 흰 구름과 대화를 나누던 젊은 여인이 (비유가 아니다. 젊은 여인의 허리께에 자리한 가마만 한 구름은 사람 말을 알아듣기라도 하는 것처럼 가끔씩 끝부분을 아래위로 흔들었으니까.) 고개를 돌려 우리를 보았다. 오른손을 살짝 흔들어 흰 구름을 하늘로 돌려보낸 여인은 보름달처럼 환한 얼굴로 우리를 향해 다가왔다. 여인은 섭구 씨와 내 손을 동시에 잡으며 말했다. "잘 오셨습니다. 섭구 씨와 책을 씨가 활약한 이야기는 이미 김철현 군에게서 다 들었지요. 김철현 군의 탁월한 묘사력은 나도 인정하는 바이지만 모름지기 훌륭한 이야기란 귀로 백 번 듣는 것보다 책을 펼쳐 제대로 한 번 읽는 것이 훨씬 더 통쾌하고 상쾌한 법이지요. 자, 어서 도서관으로 드십시오. 두 분이 어떤 책을 써서 가져왔는지 도서관 안에 들어가서 같이 한번 살펴봅시다."

우리를 반가이 맞은 이 여인이 바로 홍 선생일 것이다. 홍 선생은 여인이었다. 내가 상상했던 것보다 훨씬 더 젊은 여인이었다. 생각도 못 했던 일이었다. 섭구 씨의 말을 들으면서 나는 수염이 허연 노인을 머릿속에 그렸으니까. 어느 순간부터는 내 머릿속 그림을 아예 사실로 받아들였으니까. 그런데 막상 만난 홍 선생은 나보다 겨우 대여섯 살 많아 보이는 젊고 활기찬 여인이었다. 조금 어리둥절했다. 홍 선생은 사십 대 초반인 소설가 김철현을 군이라고 불렀다. 군은 나이가 비슷하거나 손아래인 사람에게 주로 쓰는 호칭이 아닌가? 홍 선생은 아무리 많아도 이십 대 이상으로는 보이지 않았다. 그런데도 조금의 거리낌 없이 김철현 군이라는 표현을 쓴 것이다.

더욱 이상한 건 도서관으로 들어가자는 홍 선생의 말이었다. 내 눈앞에 보이는 것이라곤 말 그대로 무너져 가는 초가삼간 한 채뿐이었다. 바람이 살짝 부니 기둥이 좌우로 크게 흔들려 마음을 서늘하게 만드는 위태로운 건물뿐이었다. 그런데 도서관으로 들어가자니, 도대체 무슨 말인지 알 수 없어 언 강에 순식간에 발목이 잡힌 사람처럼 움직이지도 못하고 눈만 처량하게 껌뻑거렸다. 그러는 사이 홍 선생과 섭구 씨는 이미 마루 위에 서 있었다. 홍 선생이 방문을 잡고 재차 권했다. "어서 올라오세요. 소중한 책을 읽을 생각을 하니 마음이 흥분되어 참을 수가 없습니다."

머릿속이 뒤죽박죽이 되었다. 나는 할아버지에게 배운 겸양의 미덕을 발휘해 시간을 끌었다. "소중하다니, 과찬의 말씀이십니다." 홍 선생이 웃으며 말했다. "처음 쓴 책만큼 소중한 책은 없어요. 첫 고비를 넘긴 책이니까 소중하다는 말로도 사실은 부족합니다."

홍 선생이 하는 한마디, 한마디는 거침없으면서도 따뜻했다. 홍 선생은 툭툭 던질 뿐인데 듣고 있으면 이상하게도 마음이 편안해졌다. 홍 선생의 권유를 따르기로 마음먹었다. 신발을 벗고 올라가려고 하자 섭구 씨가 지팡이로 마룻바닥을 톡톡 쳤다. "책을 씨, 신발을 신고 올라와. 홍 선생의 도서관은 이 세상만큼 넓고 크니까."

오랫동안 익힌 예의범절이 다시 한번 나를 머뭇거리게 만들었다. 하지만 이곳은 '홍 선생의 도서관'이다. 황성에서는 황성의 법도를 따르고 홍 선생의 도서관에서는 홍 선생의 법도를 따르는 게 옳겠지. 내가 마루에 폴짝 뛰어오르는 것을 본 홍 선생이 방문을 열었다. 홍 선생과 섭구 씨 뒤를 따라 머리를 살짝 숙이고 방 안으로 들어간 나는, 홍 선생이 문을 닫는 소리에 괜히 놀라서 재빨리 뒤를 돌아보았다가 다시 고개를 돌린 나는 어이쿠, 하고 비명에 가까운 소리를 내고는 바닥에 그대로 주저앉고 말았다.

홍 선생의 도서관이야말로 밖에서 보이는 게 전부가 아닌 장소였다. 방문을 하나 지났을 뿐인데 세상이 달라졌다. 푸른 대나무가 우거진 나지막한 언덕 곳곳에 수십 채의 전각이 들어선 도무지 믿기 어려운 풍경이 보였다. 팔작지붕을 갖춘 전각 하나하나는 어림짐작으로 보기에도 제국 국민 도서관의 대여섯 배는 되는 크기였다. 그러니까 내 눈앞에는 제국 도서관 수백 개가 동시에 있는 거나 마찬가지였다.

전각의 문들은 활짝 열려 있어 내부가 훤히 보였다. 전각들은 가깝거나 멀리 있었지만 신기하게도 내가 선 자리에서 모든 전각을 다 살필 수 있었다. 내 눈에 성능 좋은 망원경이 달려 있어 자동으로 거리가 조절되는 것 같다고나 할까? 아무튼 내 눈에 보이는 벽이란 벽은 온통 책으로 가득했다. 책의 숲이란 바로 홍 선생의 도서관을 이르는 말이었다. 도서관엔 사람들도 있었다. 의자를 책장 쪽으로 돌려 놓은 채 책을 고르는 남자가 보였다. 흔들의자에 편안한 자세로 앉아 책을 읽는 노인이 보였다. 바닥에 누워서 이리저리 뒹굴며 책을 읽는 아이가 보였다. 널따란 책상에 수십 권의 책을 쌓아 놓은 채 이 책 저 책 뒤지는 여인이 보였다. 책 한 권을 펼쳐 놓고 공책에다 열심히 베끼는 청년이 보였다. 책을 손에 든 채 삼삼오오 모여 이야기를 나누는 선비들이 보였다. 수레를 끌고 다니며 여기저기 흩어진 책들을 한데 모으는 소년 소녀들이 보였다. 사람들은 각자의 방식으로 홍 선생의 도서관을 이용하는 중이었다. 내 눈으로 보면서도 믿기 어려웠다. 현실이 아니라 그림 속에서 일어나는 일 같았다. 꿈처럼 기이하나 묘사한 장면 하나하나가 따뜻하고 아름다워서 저절로 웃음을 머금게 만드는 그림! 어서 나도 안으로 들어가고 싶다고 고백하게 만드는 그림! 섭구 씨가 지팡이 손잡이로 내 이마를 톡톡 두드렸다. "책을 씨, 감탄은 나중에 하고 우선은 해야 할 일부터 해야지."

홍 선생과 섭구 씨는 전각들 사이로 난 길을 사뿐사뿐 걸었다. 바닥엔 푹신하고 얇은 징검돌이 깔려 있어 밟을 때마다 사아삭 하는 소리가 났다. 바람이 적당한 세기로 불었다. 푸른 대나무 향 사이로 책 냄새가 풍겼다. 푸른 대나무 향과 그윽한 책 냄새는 사이 좋은 친구처럼 완벽하게 잘 어울렸다. 길을 걸으면서도 나는 몹시 바빴다. 전각 구경하랴, 향기 맡으랴, 섭구 씨 등 확인하랴, 몸이 하나인 게 아쉬울 지경이었다. 어느새 마지막 전각을 지나자 검은 대나무 숲이 나타났다. 검은 까마귀가 사람을 두렵게 만들었다면 검은 대나무 숲은 사람을 차분하게 가라앉혔다. 바람에 댓잎이 부딪히는 소리만이 정적을 깨웠을 뿐.

길을 걷는 동안 마음이 저절로 시원해졌다. 여태껏 부속처럼 지니고 있던 불안이 하늘로 날아가는 느낌이었다. 조금 과장해 말하자면 밝은 낮과 캄캄한 밤을 보내며 쭉쭉 자란 대나무와 한 몸이 된 것 같았다. 이 길에서 나는 근심 걱정이 전혀 없는, 몸과 마음이 모두 건강한 소년이었다. 아, 이런 길이라면 평생이라도 걸을 수 있겠다. 걷고 또 걸어도 피곤하지 않으리라. 길이 영원히 끝나지 않기를 바란 순간 길의 끝이 나타났고 그 끝에 자리한 붉은색 팔각 정자가 보였다. 검은 대나무 숲에 딱 어울리는 크기와 모양을 갖춘 팔각 정자가 태초부터 자리 잡고 있었던 것 같은 자연스러움을 드러내며 우리를 맞았다. 밖에서도 내부가 훤히 보이는 정자 안에는 원형 책상과 세 개의 의자가 놓여 있었다. 홍 선생이 걸음을 멈추고 말했다. "책을 씨가 먼저 오르세요."

사양하려 했으나 섭구 씨가 그러면 안 돼, 하고 말하듯 입술을 움직이며 살짝 고개를 저었기에 섭구 씨의 뜻을 따르기로 했다. 내가 먼저 의자에 앉고 섭구 씨와 홍 선생이 차례로 앉았다. 의자에 앉는 순간 신기한 일이 일어났다. 정자 기둥 사이로 스르르 흰 벽

이 내려와 밖이 보이지 않게 된 것이다. 하긴, 이 정도 일로 신기하다고 말할 것은 없겠지. 여기는 다른 곳도 아닌 홍 선생의 도서관이니까. 홍 선생이 말했다. "이곳은 도서관에 새로 들어온 책들을 읽는 장소랍니다. 책의 운명을 결정하는 공간이지요. 어떤 종류의 책인지, 누가 읽으면 좋을지를 파악하고 책이 위치할 전각을 확정하기 위해 만들어진 곳이니까요. 자, 그럼 책을 씨가 쓴 책을 한번 읽어 볼까요?"

섭구 씨는 조금 긴장된 표정으로 손목을 들곤 입김을 후 불었다. 진한 감귤 향과 함께 내가 쓰고 섭구 씨가 보관한 책들이 차례차례 나타나 탁자 위에 차곡차곡 쌓였다. 모두 여섯 권이었다. 여섯 권이라니, 살짝 뿌듯한 마음이 들었다. 돌이켜 보니 무엇 하나 쉬운 일이 없었고 다시 하라면 됐습니다, 하고 손바닥을 흔들거나 고개를 젓고 싶은 일들이었지만 그동안의 고생이 여섯 권의 책이라는 결실로 나타난 것을 보니 괜히 어깨를 으쓱하고 싶어졌다. 홍 선생이 조심스럽게 책들 위에 손을 얹었다. 그런데 이게 웬일인가? 제법 두툼했던 여섯 권의 책은 바위에라도 눌린 듯 차츰 부피가 줄어들었고, 마침내 책술이 얇은 한 권의 책으로 바뀌었다. 홍 선생이 내 마음을 읽고 위로의 말을 건넸다. "두께보다는 내용이 중요한 법이지요."

홍 선생이 천천히 책장을 넘겨 가며 책을 읽기 시작했다. 책을 읽는 홍 선생은 전혀 다른 사람처럼 보였다. 서글서글하던 눈매는 날카로워졌고, 웃음이 떠나지 않던 편안한 얼굴엔 엄숙함이 깃들었다. 홍 선생이 책을 읽는 동안 섭구 씨와 내가 겪은 일들을 떠올렸다. 끔찍했던 새끼손가락들, 불에서 꺼낸 시집, 귀애 씨와 버드나무, 소설을 겹쳐 읽은 남자, 김철현 구출 작전, 하늘을 날던 소산재의 책들까지 하나도 빼놓지 않고 떠올렸다. 아, 책으로 쓰지는 않았지만 섭구 씨를 처음 만났던 순간을 언급하지 않을 수 없겠다. 할아버지의 무너지고 부서지고 깨진 서재에서의 일. 아, 할아버지, 할아버지가 함께 있었다면 얼마나 좋았을까? 서재를 평생 머물 집으로 알고 살았던 할아버지가 홍 선생의 도서관을 봤다면 얼마나 기뻐했을까? 할아버지 생각을 하니 갑자기 눈물이 났다. 눈물을 보이긴 싫어서 소맷부리로 얼른 눈을 닦는데 홍 선생의 목소리가 들렸다. "나의 좋은 벗인 오주 선생 걱정은 더 이상 하지 않아도 된답니다."

홍 선생을 쳐다보았다. 홍 선생은 고개도 들지 않고 책을 읽는 중이었다. 입을 연 적이 없는 사람처럼 여전히 엄숙하고 매서운 얼굴로 책의 세계를 거니는 중이었다. 하지만 나는 알았다. 방금 내가 들은 말은 분명히 홍 선생이 건넨 말이었다. 마음이 가벼워지고 따뜻해졌다. 섭구 씨가 나를 보며 빙긋 웃었다. 섭구 씨는 여전히 웃는 모습이 참 예뻤다. 내가 본 어떤 여인보다도 예뻤다. 섭구 씨는 과연 그 사실을 알고 있을까? 그 순간 홍 선생이 책을 덮는 소리가 났다. 긴장한 나는 몸을 똑바로 세우곤 홍 선생의 얼굴을 보았다. 홍 선생이 곧바로 판결을 내렸다. "책을 씨는 참 용감한 사람입니다. 초보 작가답게 조금 무모한 구석도 있지만 마음이 올곧아서 해야 할 일을 보면 물불을 가리지 않고 덤벼드니 나는 그 점이 참 좋아요. 그랬기에 첫 번째 책인데도 이렇듯 훌륭한 책이 나온 것이겠지요. 하지만 이 책을 온전히 책을 씨의 것으로 보기는 좀 어렵겠어요. 도서관 문을 연 후 수천, 수만의 섭구 씨를 책 쓰는 이들에게 보냈지만 이번처럼 호흡이 착착 들어맞는 건 처음 봅니다. 그러니 이 책은 책을 씨와 섭구 씨가 함께 썼다고 해야겠지요."

홍 선생은 가느다란 손가락을 들더니 책 표지에 글씨를 썼다. 홍 선생의 손가락은 살아 있는 붓이었다. 그저 손가락으로 글씨를 썼을 뿐인데 표지엔 붓으로 쓴 아름다운 검은 글자가 나타났다. 홍 선생이 쓴 글자를 읽었다. '책을 씨와 섭구 씨의 기이한 책 여행', 홍 선생이 나와 섭구 씨가 함께 쓴 책에 붙여 준 이름이었다. 얼굴이 붉어진 섭구 씨가 홍 선생에게 말했다. "제 이름이 들어간 책을 보게 되다니, 꿈만 같아요."

"그동안 보관했던 책들에 섭구 씨의 이름이 없다고 해서 내가 섭구 씨의 공로를 모른 체했다고 생각해선 안 됩니다. 섭구 씨는 섭구 씨가 할 일을 한 것이고 나는 내가 할 일을 한 것이니까요. 이번에 섭구 씨의 이름을 함께 넣기로 결정한 데에는 책을 씨가 앞으로 쓸 책들에 대한 기대감도 반영되어 있습니다. 뭐랄까요, 지금은 비상시국이니까요. 돌이켜 보면 책의 세계는 늘 위태로웠지만

246 ·

지금은 그 위태로움이 극에 달한 때이니까요. 시들어 가는 제국을 구원하려면 책을 씨 같은 이들이 열심을 다해 책을 써야 하고 섭구 씨도 전보다 몇 배는 더 바쁘게 활동을 해야 하니까요. 섭구 씨, 내 말 무슨 뜻인지 알겠지요?"

섭구 씨가 호호 웃었다. 내 가슴을 시원하게 만드는 웃음소리엔 여태껏 맡아 본 그 어느 냄새보다도 진한 감귤 향이 섞여 있었다. 홍 선생이 말했다. "자, 이곳에서의 일은 모두 끝났습니다. 이제 책을 도서관에 꽂아 두어야겠지요. 그래야 도서관을 찾아 온 사람들이 이 책을 꺼내서 읽을 수 있을 테니 말입니다."

홍 선생이 그럼, 하고 입을 열자 섭구 씨는 잠깐만요, 하더니 커다란 눈으로 나를 보며 말했다. "책을 씨, 책을 씨라면 지금보다 더 좋은 책을 계속해서 쓸 수 있을 거야. 책을 씨는 책을 씨의 아버지보다도, 아니 어쩌면 할아버지나 고조부보다도 더 강한 사람이니까."

섭구 씨가 날 칭찬하다니, 어깨가 저절로 올라가는 기분이었다. 제국의 사족답게 겸양으로 답했다. "섭구 씨, 고마워. 내가 책을 쓸 수 있었던 건 다 섭구 씨 덕분이야."

홍 선생이 섭구 씨를 향해 손바닥을 내밀었다. 후 하고 대나무 향이 나는 입김을 불었다. 섭구 씨가 나를 보며 빙긋 웃었다. 지금까지 본 것 중 가장 아름다운 웃음이었다고 말하고 싶다.

그 웃음을 마지막으로 섭구 씨의 형체가 점점 옅어졌다. 잠시 후 섭구 씨는 완전히 사라져 버렸다. 믿기 힘든 광경에, 받아들이고 싶지 않은 현실에 커질 대로 커진 내 눈앞에 노란 나비 한 마리가 나타났다. 진한 감귤 향을 풍기는 노란 나비는 내 주위를 한 바퀴 돌곤 밖으로 날아갔다. 바깥 풍경도 다시 보이게 되었다. 전각 위를 날던 나비는 날개를 살짝 움츠리더니 도약하듯 하늘로 힘차게 날아 완전히 사라졌다. 가슴이 내려앉았다. 조금 전까지 섭구 씨가 앉아 있던 자리를 보았다. 섭구 씨는 사라지고 할아버지의 참나무 지팡이만 외로이 탁자에 기대어져 있었다. 마음이 몹시 아팠으나 그래도 이렇게 말해야겠다. 사실 전혀 예상하지 못한 일은 아니었다고. 홍 선생의 도서관을 황홀한 눈으로 살피며 걷다가 문득 이런 생각을 했었으니까. 어쩌면 섭구 씨는 한 권의 책이 아닐까?

왜 그런 생각이 들었는지는 모르겠다. 그저 어느 순간 갑자기 그런 생각이 들었다. 논리도 맥락도 없이. 결과적으로 내 생각은 맞았다. 섭구 씨는 나와 같은 사람이 아니었다. 내가 좋아하는 얼굴과 여린 손목과 단호한 성격과 비상한 능력을 가졌지만 내 곁에 계속 머물 수 있는 사람은 아니었다. 눈물은 나지 않았다. 이것으로 섭구 씨와 영영 헤어진다는 생각은 전혀 들지 않았기 때문이었다. 다만 마음 한구석이 아리고 허전할 뿐이었다. 홍 선생이 할아버지의 지팡이를 건네며 말했다. "책을 씨도 좀 쉬는 게 좋겠습니다. 며칠 후면 또 다른 책을 시작해야 할 테니 말이지요. 푹 쉬게 해 드리면 좋겠으나 여유를 부리기엔 제국의 상황이 몹시 위태위태합니다."

나를 보며 빙긋 웃는 홍 선생에게 물었다. "책을 계속 쓰는 한 섭구 씨를 다시 만날 수 있는 거지요?"

홍 선생이 고개를 갸웃거리며 말했다. "뭐라고 답해야 할까요? 아마 섭구 씨를 다시 만날 수는 있을 겁니다. 하지만 다시 만나는 섭구 씨는 책을 씨가 만났던 섭구 씨는 아닐 겁니다. 섭구 씨는 섭구 씨이되, 똑같은 섭구 씨는 아니라는 거지요. 어쩌면 책을 씨에겐 똑같은 섭구 씨로 느껴질지도 모르겠습니다만."

섭구 씨보다 더 아리송한 홍 선생의 말도 왠지 조금은 이해할 수 있을 것 같았다. 홍 선생의 도서관에 가면 다 알게 된다는 섭구 씨의 말은 역시 거짓이 아니었다. 나는 홍 선생의 모호한 말을 마음으로 받아들였다.

정자에서 나온 후 하늘을 보며 몇 걸음 앞서 걷던 홍 선생이 문득 뒤를 돌아보며 말했다. "그리고 한 가지 더. 책을 씨의 아버지 일에 대해선 미안하게 됐습니다. 최선을 다하기는 하지만 가끔은 우리가 예측하지 못한 불행한 일도 벌어진답니다. 우리가 허균, 권필, 유몽인 선생을 잃은 것도 그래서이고요."

나는 더 물을 수 없었다. 홍 선생의 입에서 내가 모르는 시 한 편이 흘러나왔기 때문이다.

바른 선비는 모두들 좋아하지,

누구나 호랑이 가죽을 사랑하듯.
살아 있는 존재를 죽이려 온갖 애를 쓰더니
막상 죽고 나자 다들 칭찬만 하네.

이렇게 말해야겠다. 허균에 대해서는 그 이름만 들어 본 적이 있고, 권필과 유몽인이 누구인지는 전혀 몰랐으나 홍 선생의 시를 듣는 순간 그들에 대해 저절로 알게 되었다고. 그리고 또 한 사람, 내 아버지의 삶과 죽음에 대해서도 저절로 알게 되어 고개를 끄덕이게 되었다고.

홍 선생의 도서관에 따로 쉴 곳은 없었다. 도서관엔 온통 책으로 가득 찬 전각들뿐이었으니까. 나는 섭구 씨처럼 지팡이를 짚은 채 (섭구 씨가 짚었던 방식을 떠올리며 여러 번 쥐었다 놓았다 반복하다가 마침내 지팡이 머리를 중지로 쓰다듬듯 짚는 방식을 택해서) 전각들을 돌아다니며 구경했다. 신기하게도, 혹은 당연하게도 내가 아는 책은 단 한 권도 없었다. 세상에 책이 이렇게 많은 줄은 처음 알았다. 스스로를 어리석은 존재로 여겨 왔지만 책의 숲에 서니 내 몸과 마음의 키가 더 작아진 것 같았다. 책 한 권을 썼다고 어깨를 으쓱했던 게 부끄러워졌다. 하지만 기운을 잃지는 않기로 했다. 섭구 씨가 말한 것처럼 나는 이제 시작하는 사람이니까. 앞으로도 나는 많은 책을 읽고 쓸 수 있을 테니까.

전각들을 돌아다니다가 운 좋게도 아는 사람을 한 명 만났다. 바로 소설가 김철현이었다. 널따란 책상 위에 수십 권의 책으로 높은 벽을 만들어 두고 책 읽기에 몰두하던 김철현은 무심한 듯 짧은 악수를 교환한 뒤 내 머리를 마구 쓰다듬었다. 이제 그만하시지요, 하는 말을 듣고서야 겨우 멈춘 김철현은 내 머리를 쓰다듬게 해 준 것에 대한 보답이라도 하듯 도서관을 이용하는 방법을 알려 주었다. "전각들을 계속 돌아다녀 보시게나. 아하 바로 이거구나, 내가 이거 때문에 여기에 온 거로구나, 하는 책이 짠 하고 나타날 테니. 그렇게 해서 첫 번째 책을 발견하는 것이라네. 그 뒤의 일은 더 설명할 필요도 없을 테고."

김철현의 말은 맞았다. 일곱 번째 전각에 들어섰을 때 누군가 나를 보고 있는 기분이 들었다. 그 눈빛엔 어딘지 익숙한 그리움과 친근함이 절반씩 섞여 있었다. 주위를 둘러보았다. 나를 보는 사람은 없었다. 모두들 각자의 방법으로 각자의 책에 열중하고 있을 뿐. 자석에 끌리듯 책장으로 다가가서야 시선의 정체를 깨달았다. 내 눈앞에 꽂혀 있는 건 할아버지가 오동나무 서랍장 깊숙이 보관해 두었던 고조부의 책이었다. 까마귀들이 문자 산을 만들어 불태우는 장면을 똑똑히 보았는데 바로 그 책이 홍 선생의 도서관에 꽂혀 있다니!

나는 책을 꺼내 첫 장을 넘겼다. 고조부가 손으로 쓴 짧은 서문이 나타났다. '아버지의 은혜를 갚기 위해 이 책을 썼다.'라는 마지막 문장 다음에는 고조부의 이름이 고조부처럼 반듯한 글씨로 적혀 있었다. 나는 고조부의 책을 들고 책상 앞으로 갔다. 의자 하나를 꺼내 앉고는 오랫동안 미뤄 두었던 이 책을 마침내 읽기 시작했다. 뒤늦게야 읽으면서 나는 꼭 소산 대감처럼 혼자 웃고 혼자 감탄하고 혼자 탄식했다. 책장을 넘기고 또 넘기느라 시간이 가는 줄도 몰랐고, 내가 있는 곳도 잊었고, 심지어 나조차도 잊었다. 나는 마치 책에 홀린 듯 읽어 나갔다. 아니, 고조부의 책이 나에게 들어왔다는, 아니 고조부가 내게 직접 건네는 이야기에 귀를 쫑긋 세우며 들었다는 표현이 더 어울리겠다. 아니, 나는 고조부만 만난 게 아니었다. 그 책 속엔 고조부가 있었고, 할아버지가 있었고, 아버지가 있었고, 어머니가 있었다. 그들은 때로는 혼자서, 때로는 둘이서, 때로는 서넛이 함께 내 귀에 이야기를 불어넣었다. 그들은 어떤 장면에선 뜻을 같이했고 또 어떤 장면에선 서로 다른 목소리를 냈다. 뜻이 같으면 같아서 좋았고 다르면 달라서 좋았다. 가끔은 내 생각을 묻기도 했지만 나는 아직은, 하고 고개를 살짝 숙여 겸양의 미덕을 발휘했다.

마지막 장을 덮고서야 비로소 고개를 들었다. 어느덧 홍 선생의 도서관은 어둑해졌다. 주위엔 아무도 없었다. 오직 내 자리에만 나비를 닮은 노란 등불이 켜져 있었을 뿐. 괜히 가슴이 벅차고 허전해서 어쩔 줄을 모르다가 손등으로 눈을 비비는데 그립고 익숙한 목소리가 들렸다. "네가 쓴 책은 이미 다 읽어 보았다. 첫 책치고는 아주 잘 썼더구나. 제국의 미래가 마냥 어둡지는 않겠어."

목소리의 주인은 바로 할아버지였다. 할아버지는 내 옆자리에 앉아 있었다. 도대체 언제부터 곁에 앉아서 나를 지켜본 걸까? 조금 전에 둘러보았을 때는 분명 아무도 없는 것 같았는데. 홍 선생의 도서관에서는 모든 게 가능하다는 이야기를 들었지만, 도서관에 와서 내가 겪은 일도 그 말이 사실임을 알려 주었지만, 이것만큼은 생각도 못 한 일이라 말이 제대로 나오지 않았다. 나는 언어를 처음 배운 아이처럼 입술만 우물거리다가 할아버지에게 지팡이를 건넸다. 그러고는 할아버지, 하고 부르며 오래 참았던 눈물을 터뜨렸다.

홍 선생의 도서관에 대해

두 명의 인물이 떠오른다. 첫 번째는 허균이다. 허균은 「호서장
서각기」라는 글에서 강릉의 유생들을 위해 도서관을 세우겠다는
뜻을 피력했다. 도서관이라는 단어는 쓰지 않았지만 도서관이라
부르기에 전혀 부족하지 않다.

나는 호상(湖上)의 별장에 나아가 누각 하나를 비우고 수장하고서,
고을의 여러 선비들이 만약 빌려 읽고자 하면 나아가 읽게 하고 도로
수장하여……. (「호서장서각기」, 『성소부부고』)

두 번째는 홍길주다. 홍길주가 꿈꾸었던 도서관으로 표롱각과
선령비서부를 들 수 있다. 거칠게 요약하자면 표롱각은 천하의 읽
을 만한 글이 다 갖춰져 있는 도서관이며, 선령비서부는 제목만 있
는 책을 모아 놓은 도서관, 즉 앞으로 사람들이 내용을 채워 나갈
도서관이다. 표롱각과 선령비서부의 공통점은 상상의 도서관이라

는 데에 있다. 즉 홍길주의 도서관은 실재하는 곳이 아니라 홍길주의 머릿속에만 존재하는 도서관이다. 어쩌면 홍길주는 이 세계 전체가 도서관이라고 말하고 싶은 건지도 모른다. 홍길주의 글 모음집인 『상상의 정원』(태학사)을 번역한 이홍식 선생에 따르면 "문자는 하늘과 땅과 사람을 관통하여 영원히 숨을 쉬는 것"이다. 그러므로 세상을 사는 건 살아 있는 책을 읽는 행위이며 "조물주의 문장을 읽고 의미를 깨닫는 것"이 된다.

도서관 곳곳에서 드러나는 도술적인 면모로 볼 때, 좀 더 창의적으로 생각을 발전시켜서 아예 홍길동을 떠올려 보아도 좋으리라. 마지막으로 박지원의 글을 인용한다.

아침에 일어나니 푸른 나무로 그늘진 뜰에 여름새들이 지저귀고 있더군요. 부채를 들어 책상을 치며 외쳤지요. "이게 바로 내가 말하던 '날아갔다 날아오는' 글자요, '서로 울고 서로 화답하는' 문장이구나. 아름답게 어울린 색깔들을 문장이라고 부르는 것이니 이보다 더 훌륭한 문장은 없으리라. 오늘 나는 진짜 글을 읽었구나!" (「경지에게 보낸 두 번째 편지」, 『연암집』)

9장 / 두 번째 책을 위한 여행

나는 사흘 동안 홍 선생의 도서관에 머물렀다. 일반적인 의미의 사흘은 아니었다. 홍 선생의 도서관에서 보내는 시간은 제국의 평범한 시간과는 달랐으니까. 이렇게 말할 수 있겠다. 수시로 해가 떴고 수시로 해가 졌다고. 책을 읽는 사람이 어둠을 원하면 어두워졌고 빛을 원하면 밝아졌다. ≪빛과 어둠의 제국≫에 빗대어 말하자면 이곳은 빛과 어둠의 도서관인 셈이었다. 나는 이곳에 있는 동안 먹지도 자지도 않았다. 그런데도 배가 고프지 않았고 졸리지 않았다. 먹고 자는 일에 어린애처럼 탐닉했던 내가. 사실 나는 며칠이 지났는지도 몰랐다. 그럼에도 사흘이라고 말한 건 내가 다시 책을 쓰기 위해 도서관을 나왔을 때 홍 선생이 귀띔해 주었기 때문이다. 사흘, 내가 보낸 최고의 사흘이었다. 나는 대부분의 시간을 할아버지와 보내며 그동안 서로의 가슴에 차곡차곡 쌓인 이야기들을 비로소 얼굴을 마주 보며 주고받았다. 그 모든 이야기를 다 소개하고 싶지는 않다. 할아버지와 손자 사이에 오갈 수 있는 지극히 사소한 이야기가 대부분이었으니까. 하지만 제법 중요한 몇 가지는 공개하는 게 좋겠다.

나는 할아버지에게 아버지가 열병을 앓다가 세상을 떠난 게 사실이냐고 물었다. 할아버지는 거짓말을 해서 미안하다고 사과부터 했다. 속이려던 게 아니라 보호하기 위해서였다고 했다. 아버지는 한밤중에 까마귀들에게 잡혀가서 책을 빼앗기고 목숨을 잃었다고 했다. 그 누구도 예상치 못했던 급습이라 할아버지도, 홍 선생도 미처 손을 쓰지 못했다고 했다. 아버지가 절반 이상 썼던 책은 보관도 되기 전에 그대로 불에 타서 사라져 버렸다고 했다. 할아버지는 아버지를 잃은 충격, 그리고 아버지가 쓰던 책을 빼앗겼다는 자책감 때문에 서재에 틀어박혀서 천장의 거미줄만 바라보며 지냈다고 했다. (나쁜 면과 좋은 면은 동전의 양면이었다. 할아버지가 내 고조부의 책을 섭구 씨의 손목에 미리 보관한 것은 아버지의 비극을 통해 배웠기 때문이었다. 고조부의 책이 불에 타는 모습을 보면서도 할아버지가 대체로 차분했던 이유였다.)

상심에 빠진 할아버지를 구해 낸 이는 바로 홍 선생이었다. 아니 홍 선생이 보낸 섭구 씨였다. 섭구 씨는 나비가 되어 할아버지의 서재로 들어왔고 섭구 씨를 통해 홍 선생의 이 세상만큼 커다란 마음을 읽은 할아버지는 슬픔을 떨쳐 낸 후 다시 책을 쓰기 시작했다. 할아버지는 할아버지가 쓸 수 있는 것을 썼다. 할아버지는 제국의 잊힌 이야기들을 기록하는 데 온 힘을 쏟아부었다. 비록 지금은 이상하고 기이하게만 느껴지더라도 제국을 이해하는 데 있어 없어서는 안 되는 모든 이야기를 모으고 썼다. 그것이 바로 할아버지가 생각하는, 시들어 가는 제국에 한 바가지의 마중물을 붓는 길이기 때문이었다.

할아버지의 이야기를 통해 나는 섭구 씨의 시원한 웃음소리가 어딘지 모르게 익숙했던 이유를 깨닫게 되었다. 나는 그 웃음소리를 할아버지의 서재에서 들었던 것이다. 할아버지 혼자 머무는 서재이기에 잘못 들었거나 이웃집에서 나는 소리로 여겼던 것이 실은 섭구 씨의 웃음소리였다. 물론 그 섭구 씨는 내가 아는 섭구 씨가 아니라 또 다른 섭구 씨이겠지만. 할아버지는 까마귀들에게 끌려간 후 도서관으로 오기까지의 이야기도 들려주었다. "홍 선생이 아니었다면 나는 이미 죽은 목숨이었을 게다. 까마귀들이 나를 데려간 곳은 다름 아닌 황궁이었으니까."

느닷없이 황제와 대면한 할아버지도 놀랐겠지만 이야기를 듣는 나도 놀랐다. 책을 쓰는 이들에 대한 황제의 증오심은 평범한 수준을 넘어선 지 이미 오래였던 것. 황제는 이것저것 묻지도 않고 곧장부터 때리라 명했기에 할아버지의 목숨은 더 위태로웠다. 그런 할아버지를 구한 건 홍 선생이었다. 책 한 권을 손에 들고 갑자기 황제 앞에 나타난 홍 선생은 자신에게 달려드는 까마귀들을 피해 살짝 뛰어오르면서 책을 한 장 넘겼다. 그러자 흰옷을 입은 병사들이 나타나 까마귀들을 물리친 후 할아버지를 일으켰다. 홍 선생이 책을 한 장 더 넘기자 병사들은 흰 구름으로 바뀌었다. 홍 선생과 할아버지는 구름을 타고 유유히 황궁을 빠져나왔다. 할아버지가 웃으며 말했다. "토끼처럼 놀란 황제의 얼굴은 정말 볼 만하더라."

할아버지는 섭구 씨에 관한 비밀, 듣고 나니 차라리 몰랐으면 좋았을 것을 하고 곧장 후회하게 만든 비밀 한 가지도 알려 주었다. 섭구 씨는 책을 쓰는 사람이 원하는 모습으로 나타난다는 것이었다. 할아버지의 경우는 젊은 시절의 할머니였다. 섭구 씨가 내 나이 또래의 여인으로 나타난 이유를 알게 되었다. 섭구 씨를 처음 보자마자 마음이 설렜던 이유 또한 알게 되었다. 섭구 씨의 모습은 바로 내가 꿈꾸는 사람의 모습이었던 것.

나는 마지막으로 할아버지에게 내가 책을 쓸 수 있는 능력이 있는지 어떻게 알았느냐고 물었다. 어린 시절부터 책 읽는 모습이 범상치 않았다거나, 대대로 책벌레 가문이니 당연히 그 정도는 할 줄 알았다는 식의 따뜻한 대답을 기대한 질문이었다. 하지만 언어에 기름칠을 할 수도 있다는 사실을 모르는 할아버지는 지나치게 솔직하고 건조한 대답을 들려주었다. "사실 너는 어려울 수도 있겠다고 생각했다. 네 아버지가 어릴 때 보였던 모습과는 전혀 달랐거든. 그렇기는 해도 희망을 완전히 버리지는 않았지. 사람 일은 모르는 법이니까. 때론 늦깎이도 있는 법이니까."

나는 전각들을 오가다 우연히 (어쩌면 필연적으로) 만난 홍 선생에게도 몇 가지 질문을 던졌다. 홍 선생은 대부분의 질문에 대한 답을 특유의 따뜻한 웃음으로 대신했다. 하지만 피 끓는 소년답게, 단순하고 호기심 많은 소년답게 끈질기게 묻고 또 묻자 홍 선생도 결국 지쳤는지, 혹은 원래부터 그 정도는 알려 줄 심산이었는지 몇 가지에 대해서는 짧은 답을 들려주었다. 충분한 답은 아니었지만 그렇다고 부족한 답도 아니었다. 들을 땐 부족하다 느꼈지만 돌아서면 고개가 절로 끄덕여졌다고나 할까? 홍 선생과 나눈 문답을 대략 정리하면 다음과 같다.

문: 젊어 보이시는데 나이가 어떻게 되십니까?

답: 스무 살일 수도 있고, 육십 살일 수도 있고, 구십 살일 수도 있지요. 어쩌면 아직 태어나지 않았을 수도 있고, 어쩌면 이미 죽었을 수도 있습니다.

문: 도서관은 언제 차리셨습니까?

답: 세상이 처음 탄생하던 날, 도서관도 함께 만들어졌습니다. 물론 그 장면을 직접 본 건 아니지만 직접 보지 않은 것도 아닙니다.

문: 도서관엔 이 세상에 존재했던 모든 책이 다 있다던데 정말입니까?

답: 그거라면 확실히 답할 수 있습니다. 정말입니다.

문: 커다란 전각도 수십 채 있고 책들도 빽빽하게 꽂혀 있지만 그렇

다고 이 세상에 존재했던 모든 책이 다 있는 것 같지는 않습니다.

답: 눈에 보이는 전각만 봤으니 그렇지요.

문: 무슨 말씀이신지?

답: 사람은 자신이 보고 싶은 것만 보기 마련입니다.

문: 눈에 보이지 않는 전각이 또 있다는 건가요?

답: 있고말고요. 기왕 말이 나온 김에 더 말하자면 어쩌면 전각 같은 것은 없을 수도 있습니다. 책을 씨가 도서관의 형태로 전각을 상상했기에 전각이 보이는 것뿐이지요. 어쩌면 이 세상 전부가 도서관일 수도 있습니다. 사람들이 미처 그 사실을 깨닫지 못하고 있을 뿐이지요.

문: 혹시 이름을 알려 주실 수는 없습니까?

답: 홍 선생입니다. 처음에도 홍 선생이었고, 지금도 홍 선생이고, 앞으로도 홍 선생일 것입니다.

홍 선생의 도서관을 떠나는 날, 마침내 먹장구름이 첫눈을 쏟아냈다. 포실한 함박눈이 아침 일찍부터 내렸다. 내가 걸어가야 할 제국의 길이 하얀 세상으로 변하는 건 장관이었다. 눈 내리는 제국은 아름다웠다. 눈부시도록 아름다워서 하루가 다르게 시들어 가는 곳으로는 전혀 보이지 않았다. 하지만 제국이 항상 첫눈 내리는 풍경처럼 아름다운 곳만은 아니라는 사실을 나는 이미 잘 알고 있었다.

두 번째 책을 쓰기 위해 여행을 떠나는 나를 할아버지와 홍 선생이 사립문 밖까지 나와 전송해 주었다. 할아버지는 내 손을 꼭 잡고는 이렇게 말했다. "부디 몸조심해라. 황제의 독기가 오를 대로 올랐으니까. 까마귀들도 덩달아 날뛸 테니까. 그리고 한 가지 더, 고조부보다 훌륭한 책을 쓰겠다는 결심을 늘 가슴에 품고 살도록 해라."

홍 선생은 내 눈을 보며 이렇게 말했다. "두 번째 책을 쓰는 건 첫 번째 책을 쓰는 것보다 훨씬 더 힘이 드는 일이지요. 제국의 여건도 훨씬 더 나빠졌을 테고요. 그렇다고 지레 겁을 먹을 것은 없습니다. 훨씬 더 힘이 든다는 건 훨씬 더 가치가 있다는 뜻도 되니까요."

할아버지와 홍 선생이 연합해 있는 겁 없는 겁을 다 주었지만 사실 나는 조금도 겁을 먹지 않았다. 나는 혼자가 아니었으니까. 내 곁에는 섭구 씨가 있었으니까. 물론 지금 내 곁에 있는 섭구 씨는 첫 번째 책을 함께 썼던 섭구 씨는 아니었다. 하지만 그 섭구 씨가 아닌 것도 아니었다. 무슨 말인가 하면, 결국 내 곁에는 섭구 씨가 있다는 뜻이었다. 섭구 씨에게서는 잘 익은 사과 향이 났다.

길을 떠난 지 얼마 후 나는 섭구 씨에게 이렇게 말했다. "섭구 씨, 배가 고픈데 저기 보이는 주막에 들러 소고기국밥이라도 먹고 갈까?" 섭구 씨는 호호 시원한 웃음을 터뜨리더니 할아버지에게 선물 받은 참나무 지팡이로 눈 덮인 길을 콕콕 찌르며 말했다. "책을 씨, 미안한데 서둘러야겠다. 저 고개 너머에서 까마귀 놈들보다 더 비릿한 냄새가 풍기거든. 어찌나 비릿한지 마음이 깊은 우물 속만큼 우울해져서 이 잘난 코를 싹둑 잘라 버리고 싶을 정도라니까."

섭구 씨는 서둘러 발걸음을 옮겼다. 내 눈에 보이는 건 이번에도 섭구 씨의 곧은 등뿐이었다.

섭구 씨, 오주 선생, 책을 씨에 대해

1. 섭구 씨에 대해

'섭구'를 처음 만들어 쓴 건 이덕무다. 이덕무가 박지원에게 보낸 편지의 일부다.

한산주 조계종 본탑 동쪽에 옛날 어느 이 씨가 벌레 한 마리를 길렀는데, 벌레 이름은 섭구(囁懼)로 성품이 양보를 잘하고 숨기를 좋아한다. (『산해경보』, 『청장관전서』)

박지원은 곧장 글을 지어 섭구의 모습을 구체화했다. 박지원에 따르면 섭구는 바로 이덕무라는 사람이다.

백제의 서북으로 삼백 리 거리에 탑이 있고 탑 동쪽에 벌레가 있는데 이름이 '섭구'이다. 귀와 눈은 바늘구멍 같고 입은 지렁이의 구멍

같으며, 그 성품이 매우 슬기로우나 양보하기를 좋아하고 몸을 잘 감추며, 두 팔, 두 다리, 다섯 손가락을 모아 하늘을 가리킨다. 그의 마음은 겨자씨 크기만 한데 먹물을 잘 먹으며, 토끼를 보면 그 털을 핥고 언제나 자신이 자기 이름을 부른다. 나타나면 천하가 문명(文明)해지고 그것을 먹으면 미련하고 어질지 못한 병을 고칠 수 있으며, 마음과 눈을 밝혀 주고 사람의 슬기와 지식을 더하여 준다. (『산해경보』, 『청장관전서』)

이덕무는 박지원의 견해를 반박하는 글을 쓴다. 이덕무에 따르면 자신이 섭구가 아니라 자신이 쓴 책이 섭구이다.

섭구란 무슨 말인가? 귀, 눈, 입, 마음을 말한 것이다. 또 섭(囁)은 말을 함부로 않는다는 뜻이며, 구(懼)는 두려운 것으로 조심조심 대접한다는 뜻인데, 「이목구심서(耳目口心書)」의 내용이 대체로 그런 것들이다. (『산해경보』, 『청장관전서』)

섭구의 한자를 유심히 보기 바란다. 책의 이름에 있는 耳目口心이 다 들어 있다. 이덕무의 다른 글에서 섭구에 관한 또 다른 유래를 추측할 수 있다.

허연 좀 한 마리가 내 이소경 책의 '추국(秋菊), 목란(木蘭), 강리(江

蘵, 약초의 일종), 게거(揭車, 마)' 등의 글자를 갉아먹어 버렸다. 크게 화가 나서 잡아 죽이려 했다. 그러나 조금 후 그 벌레가 향기로운 풀만 갉아먹은 것이 기특했다. 특이한 향내가 그 벌레의 머리와 수염에 넘쳐 나는지 조사하고 싶어서 아이에게 돈을 주고 대대적으로 수색하게 했다. 반나절 만에 갑자기 좀 한 마리가 말없이 기어 나오는 것을 보고 손으로 잡으려 했다. 흐르는 물같이 빠르게 달아나 버렸다. 번쩍거리는 분가루만 종이에 떨어졌을 뿐 좀은 끝내 나를 저버렸다. (「선귤당농소」, 『청장관전서』)

섭구 씨에게서 진한 감귤 향이 난 이유도 추측할 수 있다. '선귤당농소'라는 이름에는 귤이 들어 있다. 이덕무는 한때 '선귤당'이라는 호를 사용했음도 밝혀 둔다.

2. 오주 선생에 대해

오주 선생은 이덕무의 손자 이규경으로 추측할 수 있다. 이규경이 쓴 『오주연문장전산고』는 이야기의 백과사전이라 할 만하다. 몇몇 항목을 들어 보겠다. 어린아이가 젖을 뗄 때 어머니를 찾지 않게 하는 변증설, 사람의 수명이 무한하다는 것에 대한 변증설, 오래 살면 욕을 많이 먹는다는 것에 대한 변증설……. 그렇다고 이 책이 허무맹랑하다는 것은 아니다. 기이한 이야기는 사실 이 책의 일부분에 지나지 않는다. 이 책의 일부는 영원히 사라졌으므로 우리가 이 책의 전모를 파악하기란 쉬운 일이 아니다.

3. 책을 씨에 대해

책을 씨의 유래를 추측할 만한 참고 자료는 없다. 용기를 짜내어 감히 말하자면, 왠지 책을 씨는 나인 것 같다. 말도 안 되는 소리이지만 그런 느낌이 든다. 화내지는 마시길. 다른 말로 하면 당신이 바로 책을 씨라는 뜻이니까.

작가의 말

아리스토텔레스가 『형이상학』을 출판했을 때의 일. 알렉산드로스대왕은 곧바로 편지를 써서 스승의 경망스러운 행동을 비난했다. 선택된 몇몇 인간만이 알아야 할 신성한 지식을 책으로 펴내는 바람에 이제는 모든 이가 다 알게 되었다는 것이었다.

알렉산드로스대왕이 이 시대를 살펴본다면 기절초풍할 터. 수십만, 수백만 권의 책이 서점과 도서관을 가득 채우고 있으니까. 대왕의 뺨은 사과처럼 붉어지겠지. 『일리아드』 한 권만을 읽고 또 읽었던 자신의 짧은 독서 이력이 심히 부끄러울 테니까.

대왕을 위로하는 건 우리의 몫. 방법은 간단하다. 대왕의 귀에 이렇게 속삭이면 그만이다. "너무 염려하거나 부끄러워하지 마십시오. 이 책들을 읽는 사람들은 거의 없답니다."

주제넘게 '책에 관한 책'을 썼으니 보르헤스를 인용하지 않을 도리는 없다. 보르헤스는 이렇게 묻는다.

"우리가 책을 펼치지 않는다면 책은 무엇일까요?"
(『말하는 보르헤스』(민음사)에서 인용했음을 밝힌다.)

뭐, 그냥 그렇다는 이야기다. 책 펼치는 일을 별로 좋아하지 않는 나는 알렉산드로스대왕을 위로할 생각도 없고 보르헤스가 누구인지도 잘 모른다. 섭구 씨에 대해서는 더더욱 아무것도 모른다.

2018년 6월
설흔